살인자와의 대화

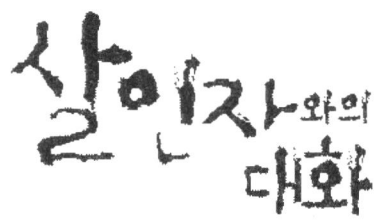

한유지 장편소설

1

 정확한 시간은 알 수 없다. 새벽인지 사방은 고요하기만 하다. 간간이 들려오는 날카로운 기계음이 귀에 거슬린다. 그다지 신경 쓸 정도는 아니다. 눈을 뜨기가 귀찮다. 숙취 때문인지 갈증이 난다. 몸이 꺾인 것도 모른 채 잔 것 같다. 온 몸이 뻐근하다. 몸을 뒤척인다. 통증이 느껴진다. 처음 느껴보는 이상한 느낌이다. 간신히 눈을 뜬 것 같다. 칠흑 같은 어둠이다. 어떤 빛도 느껴지지 않는다. 알 수 없는 고통이 구석구석에서 느껴진다. 거슬리는 눈곱을 떼려 팔을 움직인다. 아니, 움직이지 않는다. 어렴풋한 느낌이지만 집이 아닌 것 같다. 무디기만 했던 감각이 살아나는 것만 같다. 얼굴이 무언가로 가려져 있다. '뭘까? 대체?' 숨 막히는 공포가 찾아 들고 있다. 분위기도 이상하고 몸은 움직이지 않는다.

"성규 엄마! 성규야!"

분명히 소리를 질렀지만 입에서는 단어가 되어 나오지 않았다. 단지 음, 음, 음 하는 신음소리 정도가 들렸다. 지난 십 년 동안 서너 번의 가위눌림이 있었다. 그 때 역시 지금처럼 목에서는 아무런 소리가 되어 나오지 않았었다. 어차피 시간이 가면 정상이 된다는 것을 알고 있지만 불안하기는 마찬가지다. 하지만 뭔가 다르다. 억지스럽지만 가위눌림이기를 바라는 것이다. 이중인격이 되어 스스로를 속이려 하고 있다. 두뇌는 가슴을 속이고, 가슴은 두뇌를 속이는 스스로의 불신이 극에 달했다. 따각! 따각! 구두굽 소리가 귀에 꽂혔다. 현실은 뇌를 속일 수 없다. 철컥! 끼이익~ 철문은 비명을 지른다. 지하차고다. 기억이란 놈은 익숙한 비명을 기억하고 있다. 모든 감각 기관 중 사용할 수 있는 것은 오로지 청각뿐이다. 증폭되는 공포는 근육을 경직시키고 신경을 조인다. 청각으로 모은 정보만으로 상황을 이해하기 위해 뇌를 굴리는 동안, 누군가 명균의 근처를 빙글빙글 돌고 있다. 몇 걸음 떨어진 위치다. 따각거리던 구두 굽 소리가 사각사각, 부스럭거리는 소리로 변했다. 명균은 오래전 지하 차고를 골프 연습장으로 만들면서 한쪽에 인조 잔디를 깔았다. 인조 잔디는 명균을 대신해 비명을 지르고 있다. 구두주인은 발아래 인조 잔디의 비명을 즐기며 명균을 향하고 있다.

"음~ 으으으~"

명균은 '누구야 넌?' 이라고 말하고 싶었다. 그러나 신음 소리만이 귀를 파고들었다. 이제서야 입에 재갈이 물려 있다는 것을 알게 되었다. 감각이 조금 더 살아난 것이다. 지금까지 느꼈던 공포와는 다른 공포가 빠른 속도로 극에 달하고 있다.

"뭐라고?"

명균의 주위를 돌던 자가 비웃음 섞인 투로 물었다. 처음 듣는 목소리다.

"으으으—"

명균은 그자에게 뭐든 말하고 싶었다. 하지만 힘 빠진 신음 소리밖에 내지 못했다.

"말은 하지 않아도 돼! 지금 당장은, 난 너와 대화를 하고 싶지는 않으니까! 무엇이 됐든 말이지. 그저 이제부터 너의 인생을 천천히 정리해보는 거야!"

구두 주인은 명균의 눈을 가렸던 검은 천을 걷어냈다. 형광등 빛이 동공을 파고든다. 고통스러운 빛이다. 명균은 인상을 찌푸리며 눈을 감았다. 주름살이 평소보다 깊은 계곡을 만들었다. 지나온 세월을 증명하듯 희끗한 눈썹을 잔뜩 찌푸렸다.

"기분 나쁘지? 하지만 눈을 뜨지 않는 게 더 좋을지도 몰라!"

구두 주인이 말했다. 명균은 용기를 냈다. 눈이 따가웠지만 형광등 불빛을 노려보았다. 동공은 조금씩 빛에 적응했다. 목소리의 주인을 확인하려 했지만 명균의 목은 좌우 어느 방향으로도 돌아가지 않았다. 머리가 무엇인가로 고정된 것이다.

"왜? 머리도 풀어줄까? 내 생각엔 보지 않는 게 더 좋을 것 같은데 말이야! 그건 널 위해서 신경 써서 배려한 건데……. 그래! 인심 썼다! 원한다면 풀어주지! 보든 안 보든 자유지만 보지 않은 게 좋을 거야! 후회할 게 분명하거든."

그자는 목소리만큼이나 비린 웃음소리를 냈다. 그자의 목소리는 삼십 대 혹은 사십 대 정도의 성대만이 만들어낼 수 있는 음성이다. 음침하면서도 강약이 있는 약간 높은 톤에 굵은 목소리는 극히 평범한 듯한 느낌이면서도 강하다.

"으으으으으—"

명균은 '말 좀 할 수 있게 해줘'라고 말하고 있었다. 명균은 정수리 쪽에서 인기척을 느끼고 있다.

"아직 기다려봐. 지금은 내가 대화를 할 여유가 없거든. 만약 살려달라고 말할 생각이라면 말이야. 미리 알려 줄게. 난 절대로 그럴 생각 없으니까! 그냥 꿈 깨!"

명균의 얼굴 위로 그자의 손이 보였다. 이십 센티는 되어 보이는 두꺼운 침 같은 것이 손끝에 들려 있다. 날카로운 부분이 형광등 빛에 반짝이며 공포를 날름거렸다. 명균은 그자가 그것으로 무슨 짓을 할지 오만가지 상상을 했다. 생각의 흐름을 막아보려 안간힘을 써 보았지만 불가능했다.

"이게 뭘까? 그리고 나는 누구게? 지금부터 넌 반성의 시간을 가져 보는 게 좋을 거야. 인생을 한번 뒤돌아볼 때가 온 거야. 왜? 너는 여태껏 반성이란 것을 하지 않고 살아왔으니까 말이야. 이제라도 하면 좋을 텐데……."

그자는 낚싯줄을 명균의 머리 위로 들이밀었다.

"이건 또 뭘까? 이건 누군가 느꼈던 고통의 길이야. 그동안 나는 널 어떻게 죽여야 할지 고민해 왔어. 무려 삼십 년이란 세월을 고민한 거야. 그런데 얼마 전 텔레비전에서 난 아주 기가 막힌 것을 알게 됐어. 더 고민할 필요가 없었지. 너에게 줄 가장 좋은 선물이라는 걸 알게 된 거야. 아까도 말했지만 당신 머리를 풀어 주는 건 내가 주는 마지막 선물이야. 하지만 보지 않는 게 좋을 거야. 얼마 전에 당신이 좋아하는 개새끼한테 이 방법을 테스트해 봤는데 말이지! 아주 지랄을 하던데? 말을 못해서 그렇지 정말 아픈 것 같더라고. 아, 참! 죄 없는 네 개새끼한테는 미안하지만 그 녀석은 니가 사랑하는 개새끼라서 그런지 나름 죽이는 재미가 쏠쏠하더라구. 며칠 동안 찾아다니느라 고생은 했지만. 사실 니 개새끼도 니가 누워 있는 그 자리에서 죽었지. 지옥에서나 겪을 수 있는 고통이었을 거야. 비명도 못 지르고 죽었어. 지를 수가 없었겠지만 말야. 사랑하는 개새끼하고 한 자리에 누워서 죽는 거니까 아주 불행한 일은 아닐 거야."

그자는 명균의 머리에 고정된 무엇인가를 풀어주었다. 그러고는 어느새 명균의 다리 쪽으로 옮겨갔다. 명균은 고개를 들어 그를 쳐다보았다. 그자는 할로윈 파티에나 쓰일 법한 알록달록하고 우스꽝스러운 가면을 쓰고 있었다. 하지만 명균의 눈에 비친 모습은 괴이하고 공포스러웠다. 그자는 먼저 보여 주었던 긴 침을 들어 보였다. 명균의 눈에 클로즈업 되듯이 침 끝이 선명하게 보였다. 그것도 잠시였다. 그자는 한 순간의 망설임도 없이 명균의 종아리 근육 위에 푸욱 찔러 넣었다. 그 장면을 볼 수 없다는 게 한편으로는 다행이라는 생각이 들었다.

"으으으윽—"

처음엔 피부에서 따끔한 느낌으로 시작되었다. 긴 침이 피부 속으로 파고드는 모습이 머릿속에서 그려졌다. 형용할 수 없는 고통이 감은 눈 속에서도 몽롱함을 느끼게 했지만 침이 피부를 뚫고, 근육을 뚫고, 혈관을 뚫고, 다시 근육을 통과해 피부를 헤쳐 나오는 것을 알 수 있었다. 이유야 알 수 없지만 고통 자체는 그다지 참기 어렵지는 않았다. 꼭 이유를 찾으라면 긴장한 탓일 것이다.

"아! 낚싯줄 꿰는 걸 잊었네. 미안, 배운 지 얼마 안돼서 아직 익숙하지 않아서 말이지."

그자는 긴 침에 낚싯줄을 연결하며 말했다. 명균은 그의 말에 새로운 공포를 상상했다. 대체 무슨 짓을 할지 도저히 알 수 없었다. 공포 속에서도 고통의 원인이 무엇인지 확인하려는 자신을 이해할 수 없었다. 명균은 움직임에 자유를 얻은 목을 꼿꼿이 세워 그자의 행동을 보았다. 눈에 핏발이 서기 시작했다. 아무런 말도 할 수 없었다. 눈을 깜빡이는 것과 신음 소리를 내는 것 외에는 할 수 있는 것이 없었다. 명균은 그저 그자가 하는 행동을 쳐다 보고만 있어야 했다. 자신을 해치고 있는 자의 정체를 기억 속에 더듬었다. 자신을 해치려 하는 이유를 알아내기 위해서다. 그자의 삼십 년을 기다렸다는 말을 떠올렸다. '대체!' 명균은 어렴풋이 잊고 살았던, 아니 잊고 살기 위해 억지로 잊어버렸던 지난 일을 기억 해낼 수 있었다. 물론 그것은 고의가 아니었다. 정말 실수였다. 하지만 그 사실만큼은 절대 피할 수 있는 일이 아니었다. 이제 그 죗값을 치르는 때가 온 것이다. 평생을 양심껏 살아왔다고 자신하고 있던 명균에게 있어 단 한가지 거슬리는 것이 있었다. 그 사건의 중심이나 마찬가지였던 아이가 자신을 묶어 놓은 것이다. 평생을 가슴에 묻어 두었던 일이었다.

'드디어 올 것이 왔구나!' 명균은 사고 이후로 신분을 바꾸고 숨어 지낸 것이나 다름없었다. 의외로 명균은 삼십삼 년 세월동안 쌓였던 체증이 내려앉는 씁쓸한 기분마저 들었다. 알 수 없는 해방감이었다. 그러나 그것도 잠시, 왼쪽 다리의 허벅지에서부터 타는 듯한 고통이 전해져 왔다. 피부, 근육, 혈관, 뼈를 긋는 느낌이 계속 이어졌다. 허벅지에서 시작된 고통은 조금씩 허벅지 위쪽으로 타고 올라왔다. 피부를 뚫는 느낌이 익숙해지기 시작했다. 피부 위로 피가 흐르는 느낌도 있었다. 따스하면서 보드라웠다. 고통은 다시 오른쪽 허벅지를 타고 종아리까지 내려갔다. 느리기도 했고 빠르기도 했다. 핏물은 피부를 타고 흘러 다리 아래쪽에 흥건하게 고이고 있었다. 따뜻했다. 어릴 적 누운 채로 소변을 보았던 기억이 났다. 그자의 거친 행동에도 명균은 아무런 대응을 할 수 없었다. 그저 그가 하는 행동을 고통으로 맞서는 수밖에 없었다. 그자의 행동을 보지 않기 위해 눈을 감은 채 이를 악물고 버텼다. 명균의 머릿속에서는 그의 낚싯줄 바느질이 그려졌다. 예측할 수 없는 그의 다음 행동에 대한 미지의 공포가 완전히 자리 잡았다. 명균은 언젠가 낚싯줄로 온몸이 꿰어져 죽은 사체가 발견되었다는 뉴스를 본 기억이 났다. 떠오르는 것이라고는 그저 모자이크로 가려진 사체뿐이었다. 명균은 당시 낚싯줄에 꿰어진 누군가를 상상했었다. 당시에는 생각해본 적이 없었지만 이제는 죽임을 당한 그가 어떤 과정으로 사망에 이르게 되었는지 알 수 있을 것 같았다. 공포는 점점 극에 달하고 있었다. 명균이 기억하는 삼십삼 년 전 사건은 정확하지 않았다. 자신의 기억이 반이고 뉴스를 통해 들은 것이 반이라고 할 수 있었다.

아이의 아버지인 세광은 명균과 어릴 적부터 함께 자랐다. 형동생 사이로 지내는 사이였다. 고향을 떠난 서울에서 사업을 하던 명균은 사업 실패로 이혼했다. 그는 혈혈단신으로 고향으로 돌아왔고 과일 장사를 시작했다. 문제의 사건 발생 이 년 전이었다. 세광은 명균에게서 오 년 가까이 과일 장사로 벌어 모은 천만 원을 빌려갔다. 몇 달 정도 약속한 이자를 꾸준히 갚아오던 세광은 두 달에 한 번, 세 달에 한 번 하는 식으로 이자를 밀려갔다. 비슷한 문제로 사업을 접어야 했던 명균은 불안했다. 나중엔 이자는커녕 원금도 돌려받기 힘들 것 같았다. 명균은 세광에게 원금만이라도 돌려받으려 했다. 하지만 세광은 당장은 돈이 없다며 차일피일 약속을 미루기 시작했다. 참다못한 명균은 돈을 돌려받을 목적으로 세광의 사무실을 찾았다. 마침, 그의 사무실에는 세광의 지인들이 있었다. 명균은 화를 참지 못하고 그들 앞에서 돈을 갚으라며 재촉했다. 치욕을 느낀 세광은 명균에게 쌍 욕을 해댔고 심지어는 명균을 쫓아내기에 이르렀다.

그날 밤 명균은 소주 세 병을 단숨에 들이키고 세광의 집을 향했다. 열 시 즈음. 깊지 않은 밤이었지만 세광의 집에는 조명이 모두 켜져 있었고 대문은 열려 있었다.

명균은 세광의 집에서 가끔씩 술자리를 해 온 터라 집 구조를 훤히 알고 있었다. 명균이 대문을 열고 마당을 지나칠 무렵 밤을 훤히 밝히고 있던 조명이 꺼졌다. 멈칫하던 순간 명균은 누군가의 인기척을 느꼈다. 너무 어두워서 정체를 살피지는 못했지만 분명히 누군가 대문을 지나 밖으로 나간 것을 알 수 있었다. 조명이 꺼진 세광의 집을 노려보던 명균은 급하게 마신 술기운이 갑자기 치고 올라오는 통에 잠시 현관 계단에 앉아 숨을 골랐다. 가까스로 술기운을 가라앉힌 명균은 무릎을 짚고 일어나 집안으로 들어섰다. 막상 작정하고 찾아오긴 했지만 조명이 꺼진 세광의 집으로 들어서는 것이 망설여졌다. 불과 얼마 전에 불이 꺼졌으니 아무도 잠이 들지는 않았을 거야, 라고 판단한 명균은 현관 문을 열었다. 쇠 갈리는 소리와 함께 달빛이 거실을 집어삼켰다. 달빛으로 약간의 빛을 얻은 명균은 갈색 타일이 깔린 현관으로 들어섰다. 크고 작은 신발들이 현관 타일 위로 어지럽게 굴러다니고 있었다. 명균은 오른손으로 벽을 더듬어 거실의 전등 스위치를 찾아냈다. 스위치에는 뭔가 끈적한 것이 묻어 있었다. 거실 전등이 켜지고 나서야 명균은 끈적한 그것이 누군가의 피라는 것을 알 수 있었다. 알코올 기운이 조금씩 몸을 지배하려던 상황임에도 명균은 방금 전 스쳐 지나갔던 인기척의 주인이 세광의 집을 급습한 것임을 알 수 있었다. 명균은 신발을 신은 채 안방을 향해 뛰어 들어갔다. 세광과 그의 아내가 베개에 새빨간 피를 흥건하게 물들인 채 누워있는 것이 보였다. 명균은 그저 세광에게 돈도 돌려받지 못하고 오히려 핍박받은 것이 서러워 따지려고 찾아온 것이었다. 그런데 여차하면 자신이 살인범으로 몰릴 것이라는 생각이 들었다. 명균은 우선 세광 부부의 상태를 확인했다. 설마 했지만 세광과 그의 아내는 이미 숨이 멎은 상태였다. 명균은 일단 세광의 집을 떠나는 것이 상책이라는 생각이 들었다. 몸을 돌려 안방 문을 나서려는 순간, 문턱에서 세광의 막내아들이 보였다. 아이는 겁에 질린 표정으로 명균을 쳐다보고 있었다. 이제 대여섯 살쯤 되었을 세광의 막내아들은 명균의 얼굴을 분명히 알고 있었다. 경찰에게 지금의 상황을 진술하면 분명히 명균을 살인범으로 지목할 것이 분명했다.

명균이 정신을 차렸을 땐 자신도 모르게 세광의 막내아들 목을 조르고 있었다.

"내가 아니야! 절대 내가 아니야!"

명균은 아이의 목을 조르고 있던 손을 풀고는 부리나케 집을 뛰쳐나갔다. 세광의 집을 빠져 나오기는 했지만 당장에 어떻게 해야 할지 아무런 생각도 나지 않았다. 살인 현장에 놀라기도 했지만 살인범으로 몰릴 상황에 그럴 정신적인 여유가 없었다. 세광의 아들이 명균을 살인범으로 지목할 것이 분명하지만 명균은 자신이 세광의 집을 찾은 것을 아는 사람은 아무도 없을 것이라고 판단했다. 그렇다고 다시 세광의 집으로 돌아가 세광의 막내아들을 죽일 수는 없었다. 자포자기하는 마음과 아무도 알 수 없을 것이라는 막연히 희망적인 생각이 섞인 명균의 두 발은 본능적으로 자신의 집을 향하고 있었다.

사건이 있던 날로부터 이틀 만에 사건 현장에 경찰이 들이닥쳤고 노란색 폴리스라인이 그어졌다. 세광의 이웃집 여자가 신고한 것이다. 세광, 그의 아내, 둘째와 셋째 아들이 현장에서 즉사했고 첫째 딸은 생명에는 지장이 없지만 식물인간이나 마찬가지 상태가 되었다. 막내아들은 세광 부부의 시신 옆에서 기절한 상태로 발견되었다고 했다. 모두 두개골에 구멍이 나 있었다고 했는데 첫째 딸은 비껴 맞아서 생명은 건질 수 있었다는 소식이 명균에게 들려왔다.

경찰은 수사를 통해 동네 개장수 이 씨를 범인으로 몰아갔다. 유력한 용의자로 구속 수사를 했지만 결국 완벽한 알리바이로 풀려났다. 수사는 다시 원점으로 돌아갔다.

사건 일주일 만에 세광의 사무실에서 돈 문제로 다툼이 있었다는 목격자의 진술로 우려했던 대로 명균이 의심을 사게 됐다. 경찰은 명균을 유력한 용의자로 몰아갔다. 현장에서 발견된 발자국의 신발 바닥 패턴, 거실과 안방 전등 스위치에 묻은 혈흔과 지문 그리고 막내아들의 명균을 향한 손가락질은 절대적인 증거와 증인이 되었다. 경찰서에서 마주친 세광의 막내아들은 그를 보자마자 손가락질을 하고서는 두 눈을 뒤집어 깐 채 기절해 버렸던 것이다. 명균은 이제 빼도 박도 못하고 용의자에서 완벽한 피의자로 바뀌어 버렸다. 자칫하면 미결 사건이 될 수도 있었던 이 사건은 완벽한 증거와 증인 그리고 개장수 이 씨에게는 있었지만 명균에게는 없었던 알리바이 때문에 명균은 살인범이 될 수밖에 없었다. 채무 문제로 인한 싸움 혹은 보복이라는 소문이 삽시간에 온 동네를 쓸고 다녔다. 동네 구멍가게에서 소주 세 병을 사가지고 들어가는 것을 보았다는 증언도 있었다. 늦은 시간에 세광의 동네 어귀에서 명균이 지나가는 것을 보았다던 동네 할아버지의 증언은 명균을 살인자로 만드는 데 한몫 거들었다. 소문은 명균을 희대의 살인마로 만들었고 명균의 친인척들마저 곤란을 겪어야 했다. 명균의 사건은 방송과 신문에서 연일 대서특필되었고 메인 기사로 다뤄졌다.

　명균이 구치소에 수감된 후 검찰의 기나긴 조사가 시작되었다. 검찰은 명균의 주장을 믿지 않았다. 아예 처음부터 살인범으로 만들어 둔 채 거기에다 사건을 짜맞추는 것이나 다름없었다. 세 달쯤 지났을 무렵이었다. 개장수 이 씨는 동네 야산에서 아름드리 소나무에 목을 매고 자살했다. 장문의 유서를 남긴 채였다. 유서의 내용은 살인 사건의 자백과 세광의 가족을 살해한 것에 대한 용서를 구하는 내용이 있었다. 게다가 명균에게 혐의를 뒤집어씌운 것에 대한 사과, 자신의 가족에 대한 사랑과 사죄에 대한 내용이었다. 세광의 일가족을 살해한 망치는 개장수 이 씨가 개를 잡을 때 쓰던 것이었다. 개장수 이 씨는 세광이 개 한 마리 값을 몇 달 동안 주지 않아 직접 받으려 찾아갔다가 세광에게서 치욕적인 말을 들었다. 그는 개 같은 놈은 개망치로 때려죽여야 한다며 개망치로 살해한 것이다. 명균은 무죄로 풀려났지만 동네 사람들은 그에 대한 의심을 풀지 않았다. 개장수 이 씨의 자살 역시도 명균의 짓이라는 말도 되지 않는 소문까지 돌고 있었다. 구치소에 갇혀 있었던 명균이 어떻게 개장수 이 씨에게 그런 짓을 할 수 있겠냐는 몇몇

지인들의 반론에도 불구하고 무죄 판결을 받은 명균에게는 법원의 무죄판결에도 불구하고 살인마라는 낙인이 찍혀 있었다. 명균 자신으로서는 세광의 막내아들을 죽이려 했던 것만큼은 사실이었다. 살인 의도는 없었지만 의식을 차리지 못했다면 세광의 막내아들을 죽이고 말았을 지도 모를 일이었다.

명균은 더 이상 고향에서 살 수 없다는 판단을 내렸다. 어차피 혼자 살고 있었던 그는 고향에 머무를 이유도 없었기에 고향의 모든 것을 헐값에 팔아 정리하고 다른 곳으로 이사했다.

고향을 떠난 후 삼십삼 년 동안 명균의 인생은 성공가도를 달렸다. 지인들의 부탁 때문에 어쩔 수 없이 땅을 사 주면 얼마 지나지 않아 땅값이 올랐다. 은행이자보다는 땅을 사자, 라는 생각에 별생각 없이 구입한 땅은 재개발 지역에 편입되어 고가의 보상을 받았다. 사업을 하면 하는 대로 성공했다. 성공의 희열 속에서도 명균의 기억 깊숙한 곳에는 세광의 막내아들이 보였던 표정이 떠나지 않았다. 공포, 저주, 혐오, 증오. 그런 단어로는 표현할 수 없는 표정이었다. 아무도 모르는 사실이라 하더라도 세광의 막내아들만은 그것을 알고 있었다. 명균이 그를 목 졸라 죽이려 했다는 것만큼은 사실이라는 것이다.

명균은 이제서야 세광의 아들 이름이 기억났다. 박명우다. 명균은 말하고 싶었다. 나는 네 부모형제를 죽이지 않았다,라고……. 그날

너를 목 졸라 죽이려 했던 것은 절대로 내 의지가 아니다,라고 말하고 싶었다. 하지만 명균이 할 수 있는 것이라곤 신음 소리와 고통과 공포에 가득 찬 피눈물밖에 없었다. 명우는 명균의 왼쪽 팔로 옮겨와서 팔에 긴 바늘을 찔러 넣었다. 고통의 위치만 바뀌었을 뿐 고통 자체는 서서히 익숙해지려 하고 있었다. 고통에 익숙해진 다기보다는 고통 때문에 생존에 대한 의지를 잃었다는 것이 맞는 표현이었다. 명우의 바느질은 다시 오른팔로 이어졌다.

"이제는 목에다 바느질을 해 볼까?"

명우의 한마디는 명균을 더 깊은 공포 속으로 몰아넣기에 충분했다. 명우는 명균의 앞에 섰다. 그리고 긴 바늘을 그의 눈앞에 서서히 휘저었다. 명균은 눈을 질끈 감아 버렸다. 승모근에 바늘이 꿰어지는 것이 머릿속에서 그려지고 있었다. 팔다리와는 다른 심한 공포가 엄습했다.

"좀 있으면 말을 할 수 있게 해 줄 거야. 조금만 참고 있어. 이제부터 아주 재미있을 거야. 그렇지만 내가 받은 고통에 비하면 아무것도 아니니까 너무 그렇게 겁낼 필요는 없어."

고통은 옆구리 쪽에서 다시 이어졌다. 낚싯줄은 온몸을 타며 넘고 있었다. 가느다란 뱀처럼, 시뻘건 피를 온 몸에 칠하고 명균의 온몸을 조여 갔다. 고통에 몸을 조금이라도 움직이려 하면 살과 근육이 베어지는 고통이 이어졌다. 명균은 승모근에서 피가 흘러내리는 것을 느꼈다. 목 뒤로는 따스하고 끈적한 피가 고이는 것을 알 수 있었다.

'명우야. 내 말 좀 들어봐. 난 아니야. 절대 아니야.' 명균은 속으로 부르짖었다. 얼마 후 그는 명우의 바느질이 더 이상 진행되지 않음을 알 수 있었다. 고통 속에서 얼마나 허우적거렸는지 온몸에 꿰어진 낚싯줄이 살과 근육을 찢어 놓았다. 낚싯줄이 꿰어진 구멍에서 흘러나온 피가 온몸을 적시고 있었다. 명균은 자신이 누워 있는 곳이 피바다가 아닌가 하는 생각이 들었다. 지하실 문이 열리는 소리가 들렸다. 명우는 잠시 어디론가 다녀오려는 듯했다. 명균은 명우의 부재에서 안도감이 생기지 않았다. 돌아온 후에는 어떤 짓을 할지에 대한 공포가 머릿속을 가득 메우고 있었다. '제발…… 제발! 여기서 그만해줘! 차라리 그냥 죽여줘!' 십여 분이 지났지만, 명균은 얼마나 시간이 지났을 지 가늠할 수 없었다. 명균의 귓속을 파고들었던 기계음이 다시 들려왔다. 명우가 돌아온 것이다. 치과 의료기 모터 소리를 들을 때처럼 날카로운 기계음이다. 소리는 명균의 뇌 속에서 거대한 공포를 상상하게 했다. 차라리 눈으로 보는 것이 더 마음을 편하게 할 것만 같았다. 불가능한 것을 알면서도 혹시라도 가능하다면 차라리 자살을 하고 싶을 지경이었다. 미지의 공포가 명균 스스로를 죽음으로 몰아가고 있었다. 잠시 후 명우는 명균의 얼굴 앞에 공업용 그라인더를 내밀었다. 녹이 슬어 있는 일본제 명품 그라인더다. 명균이 몇 년 전 가구를 만드는 취미 생활을 해 보겠다며 사 두었지만 몇 번 사용하지도 못하고 녹만 슬어가던 것이다. 명균은 그걸 사둔 것이 미치도록 후회되었다.

"이게 뭔지는 알지?"

명우는 그라인더의 스위치를 켰다 껐다 반복했다.

"이걸로 뼈를 잘라 줄까? 당신 개새끼도 이걸로 다 잘라줬지. 당신 생각하면서 말이야."

명균은 미친 듯이 고개를 좌우로 흔들었다. 승모근에서는 낚싯줄에 찢어진 근육이 파헤쳐져 드러나기 시작했다. 움직이면 움직일수록 흘러나오는 피의 양이 많아졌다.

"아, 이런 건 싫어하시는구나? 망치로 사람 머리를 칠 때는 몰랐지? 얼마나 무서운지!"

명우는 잠시 뒤로 돌아서더니 이번에는 나무 자를 때 쓰는 목공용 톱을 명균의 얼굴에 들이밀었다. 처음 보는 공구였다.

"이거 어때 보여? 사실, 난 그라인더 말고 이걸 쓸 거야. 훨씬 더 재미있을 것 같지 않아? 쓰윽, 싹! 쓰윽, 싹! 니 뼈를 자르는 느낌이 어떨지 한 번 자알 생각해봐."

명균은 다시 미친 듯이 머리를 흔들어 댔다. '안돼! 싫어! 이 미친 새끼야!' 명균은 생각나는 욕이란 욕을 다 퍼부었지만 그것들은 역시 겨우 신음 소리가 되어 기어 나왔을 뿐이다. 자신이 사 둔 그라인더를 사용하지 않게 되어 다행인 것은 아니었다. 명우의 표현대로 목공용 톱날이 자신의 팔다리를 스윽, 사악, 스윽, 사악 하며 잘라내는 상상을 하니 까무러칠 지경이었다. 차라리 까무러치고 싶었다. 하지만 명균의 희망은 그저 희망일 뿐 그 이상도 이하도 아니었다. 명우는 다시 명균의 시야에서 사라졌다. 잠시 후 명균은 발목 윗부분에서 뼈를 갈고 지나가는 톱의 이빨 하나하나가 뼈와 힘줄, 혈관, 신경을 끊고 지나가는 것을 느꼈다. 두두둑 소리가 들렸다. 그 소리는 귀를 통해 들리는 것이 아니었다. 그건 자신의 몸속을 통해 들려오는 소리였다. 결국, 명균은 자신이 희망했던 대로 공포와 고통 속에서 기절해 버렸다.

"뭐야? 벌써?"

명우는 명균의 숨이 멎지 않았음을 확인하고 아이 주먹만 한 펜치를 들고 돌아왔다. 명우는 명균의 이빨을 하나씩 뽑기 시작했다. 미소를 가득 머금은 명우의 표정은 표현할 수 없을 정도로 기이했다. 눈에는 빛이 났고 얼굴색이 수시로 변했다. 코끝이 찡긋하기도 했다. 두 볼에 경미한 진동도 있었다. 눈썹을 찡그리기도 하고 손을 떨기도 했다. 살결 위에 보일 듯 말 듯 했던 솜털들이 바짝 일어선 채로 있었다. 명우의 손길은 멈출 줄을 몰랐다. 그 손길은 명균의 이빨을 다 뽑아내고서야 드디어 멈췄다. 그리고 명우의 한숨이 이어졌다.

"잊을 뻔 했어. 이 새끼! 혹시, 그 사이 자살하면 안 되는데……."

명균은 그런 식으로 두 번을 더 기절했다가 깨어났다.

"걱정하지 마! 피는 더 이상 나지 않아. 왜냐고? 내가 벌써 다

지혈해 뒀어. 너무 빨리 죽으면 안 되거든. 그리고 혀를 깨물어 자살할 생각도 하지 마. 어차피 혀를 깨물 수 있는 이빨도 없을 테지만 말야. 이제 내 말을 좀 들어 볼래? 응?"

명우는 큰 소리로 웃어댔다. 한참 후에야 명우는 초점을 잃은 명균의 눈을 쳐다보며 말을 이었다.

"당신을 찾는 데 거의 팔 년은 걸린 것 같아. 내가 당신을 찾을 거라는 걸 알고는 신분을 싹 뜯어 고쳤더라고. 이런 시골까지 이사 왔을 줄은 몰랐지. 상상도 못했어. 난 당신이 이렇게 좋은 집에서 살고 있다는 게 더 화가 나. 난 여태까지 정말 거지같이 살아왔는데 말이야. 그래서 당신이 더 가증스러워! 당신 때문에 어떻게 살아왔는지 모르지? 마누라는 어떻게 해 줄까? 딸내미는 정말 예쁘던데. 걔는 어떻게 해줄까?"

명우의 공포스러운 말에 명균은 치가 떨리고 있었다. 특히 가족에 대한 이야기를 듣고서는 오히려 눈에 힘이 들어왔다. 방법이 있다면 자신의 가족만은 지켜야 했다.

"안돼. 저때 가조그……"

명균은 자신의 말이 입 밖으로 나오는 것을 알 수 있었다. 자신이 기절한 사이에 이빨이 뽑히고 다시 입에 재갈을 물리지 않은 것을 알 수 있었다.

명균은 이가 다 빠져 퉁퉁 부어버린 얼굴을 한 상태로 잘 알아들을 수 없는 발음으로 말했다.

'제발…… 가족만은 건드리지 마! 내가 죽어서라도 복수할거야! 절대! 안돼! 하지 마! 씹새끼야! 개새끼야!' 명균은 속으로 부르짖었다.

"약속만 한다면 당신 가족은 건드리지 않겠어. 난 가족들까지 모두 죽이는 파렴치한 살인마가 아니거든. 당신과는 달라!"

가면을 벗어 던진 명우는 명균의 얼굴에 자신의 얼굴을 들이댄 채 말했다. 생김새로만 보자면 먼저 보았던 할로윈 파티 가면이 실제 명우의 얼굴보다 공포스러웠다. 하지만 씨익 하며 비릿한 미소를 지은 명우의 표정은 할로윈 파티 가면을 넘어섰다. 이 상황을 즐기고 있는 것인지 복수를 위한 것인지 의심스러웠다. 명균은 아무래도 상관없었다. 빨리 이 상황을 종결했으면 하는 바람만 가득했다.

"으으……"

명균이 말했다.

"알았다고?"

"아라서"

"생각보다 착하네? 약속은 별 거 없어. 진심으로 우리 가족과 나한테 용서를 빌어. 절대로 누구도 원망하지 마. 나도 당신을 마지막으로 이 짓은 안 하고 싶거든. 물론 그게 내 생각대로 될지는 모르겠지만 말이야."

"아라서. 저때 아 하거야."

"그래도 당신은 죽어야 돼. 그래야 우리 가족이 편하게 잠을 잘 수가 있을 것 같거든. 만약에 내가 당신의 두 다리를 다 자를 때까지 기절하지 않고 버티면 가족을 살려줄 것이고 아니면 전부 다 죽여 버릴 거야. 가족들이 아마, 내일 돌아오지?"

"으으으. 아라서. 마대로 해. 내 가조마느 사려져."

"으흐흐."

명우는 기이한 웃음을 남기고 명균의 시야에서 사라져 버렸다. 명균은 이가 다 빠져버린 잇몸에 힘을 주고 눈을 감았다. 잇몸끼리 물려진 상태에 힘을 주니 치주가 잇몸의 살을 짓이겨 피가 샘솟았다. 입 안 가득 피가 고여 갔다. 스윽— 스윽— 싹! 명균은 이제 버틸 힘도 없었다. 더 이상 잇몸을 악무는 것조차도 할 수 없었다. 입술 사이로 침과 섞인 피가 울컥대듯 뛰쳐나왔다. 명균은 눈동자가 뒤집어져 희번덕거리기를 몇 번, 기절을 할 것 같은 것이 몇 차례나 있었던지 셀 수도 없었다. 그야말로 지옥을 겪고 있었다. 두 다리가 다 잘리고 난 후 명균은 "야소 지켜저", 라며 소곤대듯 힘없는 한마디 말을 남기고 숨을 거두었다.

"이제서야! 우하하하!"

명우는 미친 듯이 웃어 재꼈다. 뜨거운 눈물이 두 볼을 타고 내렸다. 어떤 의미의 눈물인지는 명우 자신도 모르는 것이었다. 명균의 피와 살점이 잔뜩 튀어 덕지덕지한 명우의 얼굴에 흐르는 눈물은 흡사 피눈물 같아 보이기도 했다.

2

눈발이 약해질 기미가 보이지 않는다. 전날부터 내린 눈은 이미 무릎 높이를 넘기고 있다. 철원의 외딴 숲 속은 요정이 나올 듯 하얀 눈으로 아름다운 모습을 하고 있다. 눈밭 위로 이동식 주택 하나가 미처 폭설을 피하지 못한 채로 추위와 눈에 노출되어 있다. 아무도 살 것 같지 않은 주택이다. 그런데 얼마 전부터 실내등이 켜져 있었다.

열릴 듯, 말 듯 미세한 쇳소리와 함께 아주 천천히 문이 열렸다. 문 틈 사이로 한 사내가 빼꼼히 고개를 내밀어 사방을 살핀다. 길이 어딘지도 알아보기 힘들 정도로 눈이 쌓여 사방엔 눈 외에는 아무

것도 보이지 않는다. 그가 주변을 살피는 이유는 알 수가 없다. 사내는 갑자기 문을 급하게 활짝 열고 미친 듯이 뛰기 시작했다. 그러나 미친 듯이 뛴다는 건 사내의 생각일 뿐, 깊이 쌓인 눈 때문에 그리 빠른 속도는 아니다. 철원의 겨울은 완전한 방한 복장을 해도 추위를 견디기 어렵다. 그런데 사내는 외투 하나 걸치지 않은 상태다. 불과 백 미터도 뛰지 못한 그는 상체를 구십도 이상 숙인 상태로 숨을 헐떡이고 있다. 숨을 헐떡인다,라기보다는 고통에 일그러진 표정으로 간신히 숨을 쉬고 있다는 것이 맞는 표현이었다. 불과 사십 대 중반 정도 되어 보이는 사내의 옷은 머리끝부터 발끝까지 명품으로 도배가 되어 있었지만 온통 찢어지고 구멍이 난 상태다. 게다가 온통 피에 젖어 건장한 몸의 실루엣이 드러나 보인다. 그가 지나쳐 온 불과 백여 미터의 눈 위로는 시뻘건 핏자국이 선명하게 이어져 있다. 야생동물을 사냥해서 질질 끌고 지나갔거나 총에 맞은 야생동물이 피를 흘리며 도망이라도 간 흔적이라고 해도 될 것 같았다. 하지만 그것은 명백히 사내의 핏자국이다. 피를 흘렸다라기보다는 몸에 묻은 피가 눈에 씻겼다는 표현이 어울린다.

"씨팔. 씨팔. 어떤 개새끼야……!"

사내는 헉헉거리면서도 욕설을 쏟아냈다. 죽다 살아나온 행색에도 불구하고 체력은 충분해 보인다. 그는 고개를 돌려 이동식 주택에서부터 걸어온 자신의 흔적을 확인했다. 그러고는 다시 진행하던 방향을 주시했다. 사내가 서 있는 곳은 차가 다니던 숲길이 분명했다. 눈이 조금만 더 내리면 그곳이 원래 길이었다는 것을 알아내기 힘들 것 같다. 후드득거리는 소리와 함께 나뭇가지에 쌓인 눈덩어리들이 무너져 내렸다. 사내는 온몸의 털이 곤두서며 재빨리 몸을 웅크렸다. 어딘가 숨어들기 위한 자세 같다. 상기된 표정이 추위에 얼어붙은 듯하다. 사방을 살핀 그는 주위의 인기척이 없음을 확인하고서야 다시 몸을 세웠다.
"이제. 이것 밖에 못 왔는데. 씨팔!"
그는 다시 욕설을 내뱉었다. 아무도 들어줄 리 없는 욕설이었지만 그 마저도 하지 않으면 더 두려울 것 같았다. 그는 이동식 주택 근처에서 오래 머물다간 자신을 납치한 누군가에게 다시 사로잡힐 것이라는 두려움에 사로잡혔다.
그의 마지막 기억은 집 앞 출근길이었다. 그런데 몇 시간 전 정신이 돌아왔을 땐 어디인지 알 수도 없는 곳에 묶인 채 앉아 있었다. 그의 몸은 옷을 입은 상태 그대로 낚싯줄에 온몸이 꿰어져 있었다. 옷 안에 감춰진 자신 몸의 상태가 궁금했다. 추위도 만만치 않았는데 바로 옆에 있는 전기스토브 하나만으로 난방을 하고 있었던 것 같았다. 어둠 속이었지만 전기스토브가 만들어낸 빨간 적외선 램프가 조명을 대신하고 있었다. 하나밖에 없는 창문은 동네 농협에서 얻어 와서 걸었을 것 같은 투박한 달력으로 가려져 있었다. 달력에 인쇄되어 있는 것을 통해서야 그곳이 철원 어딘가

일 것이라는 정도까지 알 수 있었다. 방 안에는 아무도 없었다. 분명히 자신을 납치해서 낚싯줄로 온 몸을 꿰어 놓은 누군가가 근처에서 자신을 지켜보고 있을 것이라는 생각을 하던 중이다. 그가 정신을 차린 지 십 분 정도 지났을 때 건물 밖에서는 후드득하는 소리가 들렸다. 그는 극도로 긴장을 한 상태로 문을 주시했다. 하지만 삼십 분이 지나도록 문을 열고 들어오는 인기척은 없었다. 대신 핏방울이 맺혀 바닥으로 떨어지며 툭툭거리는 소리만 들릴 뿐 그 외에 아무런 소리도 들려오지 않았다. 그의 모든 신경세포들은 긴장 상태로 시간이 멈춘 듯 대기했다. 한 시간이나 지났을까? 그는 근처에 아무도 존재하지 않는다고 판단했다. 긴장 상태가 조금 풀리자 온몸을 찌르는 듯한 고통이 강하게 밀려왔다. 하지만 그는 당장의 고통보다 어떻게든 탈출을 감행해야 한다고 생각했다. 하지만 조금이라도 몸을 움직이려 하면 머리가 깨질 정도의 고통이 온몸을 강타했다. 두어 차례 시도했지만 낚싯줄이 살을 찢으며 더욱 심한 통증을 가져왔다. '한 번 만에 끝내야 돼!' 그는 탈출하기 위한 방법을 고민했다. 온 몸이 묶인 상태에서 가능한 방법을 고민했지만 마땅히 떠오르는 것은 아무 것도 없었다. 그러다 한참 만에 생각해 낸 방법은 전기스토브를 이용하는 것이었다. 멍하게 빨간 적외선 램프를 보다가 떠오른 것이다. 처음에는 미련하다며 지워버리려던 생각이 머릿속에서 떠나려 하지 않았다. 지우면 그려지고 다시 지우면 또 다시 그려지는 아이디어였다. 미친 짓이라고 생각했지만 결국 그는 받아들였다. 그것 외에는 아무런 방법이 없어 보였다. 전기스토브에 한쪽 팔을 태워서 라도 낚싯줄을 녹여 끊어버리겠다는 각오를 한 것이다. 한쪽 팔만 풀어내면 나머지는 어떻게 하든 모두 풀어낼 수 있을 것이라는 생각이 들어서다. 낚싯줄에 살이 터지고 근육이 찢어지는 고통 정도는 각오했다. 살이 적외선 열기에 구워지는 것이 지금보다 기껏해야 얼마나 더 고통스럽겠냐는 생각에서다. 그러나 만약 의자가 넘어졌을 때 전기스토브가 닿지 않거나 전기스토브마저 넘어져 버린다면 모든 계획은 수포로 돌아갈 것이다. 그러면 결국 쓰러져 누운 모습으로 자신을 납치한 자들이 돌아오기를 기다리게 될 것이 분명하다. 이 상태로 죽을 수는 없을 것이니까. 넘어질 각도나 넘어진 후의 고통, 스토브에 팔을 태우는 고통을 참아낼 각오를 하며 마인드 컨트롤에 들어갔다. '기회는 단 한번이다!' 정신을 차린 지 벌써 세 시간이 흘렀다. 무려 한 시간 가까이 전기스토브에 낚싯줄을 끊는 상상을 했다. 하지만 그는 상상한 것을 행동으로 옮기지 못하고 있었다. 벌써 수십 차례 이상 행동으로 옮기는 것을 두고 하느냐 마느냐며 망설였다. 그는 마지막으로 이를 악물고 시도하기로 마음먹었다.

"하나! 둘! 셋! 아니야! 잠시만……. 다시 생각해보자! 다른 방법도 있을 거야."

그는 혼잣말을 하며 가능한 최대로 고개를 돌려 안구에서 경련이 일어날 정도로 주변을 살폈다. 다른 가능한 방법을 찾아보려는 것이었다. 역시 전기스토브보다 나은 방법은 보이지 않았다. 만약 다른 것들이 있다고 해도 거리가 너무 멀어 시도할 수도 없고 가능성도 없다는 결론을 내렸다. 테이블 위에 가위가 보이긴 했지만 그저 의미 없는 물건일 뿐이었다. 염력이라는 능력이 있다면 가위가 자신에게 날아오게 만들 수도 있겠지만.

"하나!"

그는 하나를 세고, 긴 한숨을 쉬었다.

"둘!"

다시 또, 긴 한숨을 내쉬었다.

"셋!"

꽈당, 하는 소리와 함께 그의 입에서 고통이 가득한 신음이 터져 나왔다. 그는 눈을 희번덕거리며 꺽꺽거렸다. 낚싯줄이 근육과 살점을 길게 찢어 놨고 벌어진 살점 사이로 많은 양의 피가 쏟아져 나왔다. 심하게 헉헉거리기를 몇 분째. 그는 바닥에 닿은 오른쪽 볼의 방향을 바꿔 왼쪽 볼로 옮겨야 했다. 다행히 생각했던 대로 전기스토브에 근접한 것인지 우측 팔과 손등 주위가 금세 뜨거워지고 있었다. 이번에는 찢어지는 고통과 함께 불에 데는 고통이 함께했다. 전기스토브의 열기 때문에 근처의 핏물이 부글부글 끓기 시작했다. 이상한 피비린내와 함께 고기 굽는 냄새가 진동했다. 사람 고기는 어떤 맛일까, 그는 잠깐이지만 엉뚱한 생각을 했다. 살이 타는 고통 속에서 긴 시간을 버텨야만 했다. 각오했던 일이긴 했지만 빨리 낚싯줄을 녹여 끊지 못하면 심한 화상에서 벗어나기는 힘들 상황이었다. 허기진 고통을 못 이겨 적외선 램프에 구워진 자신의 살덩이를 씹어야 할지도 모른다는 생각마저 고개를 치켜 들기 시작했다. 고개를 반대쪽으로 돌리는 것 역시 쉬운 일이 아니었다. 끙, 하는 신음소리와 함께 간신히 고개를 돌려놓을 수는 있었지만 체중을 얼굴로 받치고 있는 자세였기 때문에 고통은 먼젓번에 비할 바가 아니었다.

"씨발. 으으으!"

그의 입에서는 욕과 신음 외에는 아무것도 나오지 않았다. 그래도 하늘이 도운 것인지 뜨거운 통증과 함께 낚싯줄 한 가닥이 툭, 소리를 내며 녹아 끊어졌다. 세상을 다 얻은 것 같은 아름다운 소리였다.

"아— 악—"

이를 악물고 팔에 힘을 주었다. 바람대로 낚싯줄은 모두 한 가닥으로 연결되어 있어 오른쪽 팔이 조금씩 자유로워지기 시작했다. 관통되어 있던 낚싯줄이 살과 근육 사이로 기분 나쁘게 미끄러지는 것이 느껴졌다. 얼마나 이를 악물었던지 저도 모르게 입술을 깨물어 아랫입술에 구멍이 나 버렸다.

"으아아악—"

다시 한 번 마지막이라 생각하고 고통을 참아 넘어섰다. 툭!, 하는 소리와 함께 녹아내리던 다른 낚싯줄 한 가닥이 더 끊어졌다. 고기

굽는 냄새가 진동했다. 이젠 팔꿈치 아래로는 자유롭게 움직일 수 있게 되었다. 그는 자유로워진 오른손으로 왼팔의 낚싯줄 매듭을 찾기 시작했다. 손목 뒤쪽에서 매듭을 찾아내긴 했지만 매듭은 무엇으로 묶였는지 생각보다 쉽게 풀리지는 않았다. 게다가 눈으로 확인할 수 없어 그는 온전히 손가락 감각으로만 풀어내야 했다. 게다가 끈적거리는 핏물은 열기에 타 들어가 매듭 풀기를 더욱 어렵게 했다. 다시 한 시간이 넘도록 매듭과 치열한 싸움을 벌였다. 체중을 받치고 있던 얼굴의 감각이 없어질 즈음 되어서야 왼팔의 팔꿈치 아래까지 매듭을 풀어낼 수 있었다. 그 이후부터는 온 몸에 꿰인 낚싯줄을 풀어내는 데 불과 삼십 분이 채 걸리지 않았다. 이미 완전히 기진맥진한 상태였다. 몸을 돌려 누웠다. 한참을 누운 상태로 숨을 고르고 나서야 지혈을 할 만한 것을 찾아보았다. 하지만 방 안에는 사람을 상해할 수 있는 도구 외에 치료할 수 있을 만한 도구는 단 하나도 보이지 않았다. 혹시나 싶어 서랍을 꺼내 모두 뒤집었다. 그가 찾아낸 것이라고는 구급약품 통 안에 쓰다 남은 밴드 한 상자, 지혈제 그리고 압박 붕대 한 뭉치가 전부였다. 그나마 다행이었다. 그는 피가 나는 곳에 모두 지혈제를 뿌리고 가장 출혈이 심한 왼쪽 허벅지를 동여맸다. 낚싯줄을 풀고 나니 고통의 수준이 많이 완화되었다. 낚싯줄이 꿰었던 피부는 곳곳이 찢어진 상태였다. 지혈제를 뿌렸다고는 하지만 레몬즙을 끝까지 쥐어 짜듯 피는 스멀스멀 새어 나왔다.

3

얼마를 걸었을까? 체력은 급격히 떨어졌다. 구두를 신은 발은 이미 동상에 걸렸을 지도 모른다. 낚싯줄 때문에 입은 상처들과 화상, 동상이 한데 섞인 고통이었다. 하지만 그 정도는 견딜 만했다. 살 수 있다는 희망이 얼마나 큰 힘이 되는지 스스로 인지하지 못했을 뿐이었다. '이럴 줄 알았으면 더 준비를 하고 나오는 건데!' 조급하게 뛰쳐나온 것이 후회됐지만 그때는 그런 것을 챙기거나 생각할 수 있는 심적인 여유가 없었다. 한심하다는 생각마저 든다. 몸에서 피가 얼마나 빠져 나갔는지 체온을 유지하는 것이 힘들다. 어지럼증도 심해진다. 끝도 보이지 않는 눈보라 속을 뚫고 얼마를 걸었을까, 멀리서 자동차 엔진 소리가 아스라하게 들린다. 엔진 소리는 꺼져 가던 의지에 기름을 던져 넣은 것만 같다. 집을 빠져나온 후부터는 눈발이 더 굵어져 허벅지까지 푹푹 빠질 정도다. 걸어온 눈길은 이미 흔적도 없이 사라지고 없다. 다시 얼마나 걸었을까? 드디어 희미한 불빛이 시야에 들어온다. 거리는 멀지 않아 보인다. 예상했던 대로 불빛의 정체는 자동차 라이트가 분명하다. 불과 이삼백 미터 정도의 거리다. 앞쪽으로는 언덕길이 어서 오라는 듯 서 있다. 언덕만 넘어서면 차량이 보일 것 같다. 희망찬 기대심도 잠시, 희망 뒤엔 새로운 두려움이 밀려왔다. '만약 나를 납치한 자들이라면?' 그는 덜컥 겁이 났다. 싸움이라면 이골이 난 그였지만, 지금 상태로는 누군가와 대적한다면 이길 자신이 없었다. 고갈된 체력도 문제다. '그래! 조심해서 접근한 뒤 그들을 먼저 관찰하는 수밖에……' 물론 지켜본다고 해서 얼마나 알 수 있겠냐 만은 희망적인 생각만 하기로 마음먹었다. 그는 언덕을 올라 눈 위에 엎드렸다. 차가운 눈이 땀으로 범벅이 된 얼굴에 덕지덕지 붙었지만 녹아내리지 않는다. 이미 땀조차도 얼어붙는 것만 같다. 머리칼 사이로 흘러내린 눈이 눈썹을 적셔 왔다. 눈에 따가운 수분이 덮이자 짜증이 밀려든다. 그는 한 손으로 차가운 눈을 한 움큼 집어 들고 얼굴을 훔쳐냈다. 짜증났던 마음이 한결 가벼워지는 것 같다. 마음을 다스리고 눈발을 헤치고 들려오는 엔진소리와 헤드라이트에 집중했다. 한적한 도로 위에는 검은색 승용차 한 대가 서 있다. 도로 쪽을 향한 상태로 눈에 박혀 오도 가도 못한 채다. 폭설에 바퀴가 빠진 것이 분명하다. 승용차 너머로는 이차선은 되어 보이는 도로가 보인다. 한참을 살폈지만 지나가는 차량 한 대 없다. 원래 한적한 도로인지 폭설 때문에 차량 소통이 없는 것인지는 알 수 없다. 도로 위쪽에는 쌓인 눈이 그다지 많지 않다. 얼마 전에 제설차가 지나갔을 수도 있다. 승용차 안에는 엔진 공회전 상태로 누군가가 멍청하게 앉아 있다. 남자다. 눈에 처박힌 차량을 어찌지 못하고 포기한 것처럼 보인다. 그는 조금씩 의심을 풀어갔다. 그러나 두려움의 깊이는 얕아지지 않는다. 포복한 자세로 조금씩 앞으로 기어간다. 승용차 안에 있는 남자가 차량 밖 소음에 귀를 기울인다 해도 그의 움직임을 눈치챌 수 없겠지만 그는 조심스럽다. 숨조차 크게 들이킬 수 없다. 모든 게 그에게는 두려움의 존재다. 승용차까지는 이제 불과 십여 미터 정도 남았다. 한 팔 한 팔 앞을 향한다. 이제 추위 따위는 두렵지 않다. 승용차 안에 있는 남자가 자신을 해치려 한 자일 수도 있다. 그는 승용차 뒤편까지 수영하듯 헤쳐 갔다. 이제는 모든 움직임이 더욱 느려졌다. 무릎을 세워 뒷좌석의 유리창 뒤로 남자를 살핀다. 남자의 동그란 뒤통수밖에는 아무 것도 볼 수 없다. 머리칼이 어떤 색인지조차 알 수 없다. 그저 남자의 두상이 확실하다는 정도다. 자고 있는지도 모른다. 그것조차 확인할 수 없었지만 잠시 후 스마트폰을 켜는 덕에 잠을 자는 것이 아니라는 것을 알 수 있다. 전화 통화를 하려는 것은 아닌 것 같다. 어둠 속을 밝히는 스마트폰 화면은 남자의 실루엣을 더 자세하게 보여준다. 남자의 얼굴은 차 유리를 통해서도 확인할 수 없다. 고개를 숙인 채로 스마트폰에 열심이다. 얼굴을 조금만이라도 보여주면 좋으련만. 그는 남자의 인상만이라도 확인하고 싶었다. 그래야 의심의 농도를 낮출 수 있을 것만 같았다. 하지만 남자는 그의 바람과는 달리 스마트폰을 꺼 버렸다. 다시 승용차 안은 어둠으로 바뀌었다. '설마…….' 그는 자신이 괜한 의심을 하고 있는 것이라고 마음을 바꾸고 있다. 사실, 바꾸고 싶다. 남자에게 집중해서 잊었던 추위가 의지를 집어 삼키고 있었다. 의지는 빠른 속도로 무너져 갔다.

똑! 똑! 똑! 자신도 모르게 승용차 안의 남자를 부르고 있었다. 그의 두 손은 생각보다 빨리 행동에 옮겼다. 고민하는 자신을 힐책하려는 듯이. 운전석의 남자는 그를 향해 뒤돌아보았다. 하지만 그는 남자의 얼굴을 볼 수 없었다. 역시 실루엣뿐이었다. 남자의 표정은 아마도 놀란 표정이었을 것이다. 눈보라로 채워진 숲 속에서 사람이 튀어 나오리라는 생각을 못 했을 것이니까.

"제가 사고를 당해서 그런데……."

남자의 정체에 대해 고민하며 한참을 준비한 질문이었다. 이제 그에게는 남자의 정체 따위는 중요치 않았다. 당장의 추위를 막을 그 어떤 것이라도 필요했다. 이빨이 부딪히며 딱딱거렸다. 마치 타악기를 연주하는 듯했다. 소리는 남자에게 그대로 전달됐다.

다행히도 몸과는 달리 혀는 얼지 않은 것이 분명했다.
"무슨 사고라도……?"
남자는 어둠 속에 가려진 그의 행색을 위아래로 살폈다. 그는 남자의 질문에 어떤 대답도 할 수 없었다. 당장의 상황엔 그 역시 남자의 정체가 두렵기도 하고 의심스럽기는 매한가지였다.
"저도 보험회사에 연락했지만 견인차가 올 수 없다고 해서 그냥 이러고 있습니다. 가능하시다면 조금 밀어 주실 수 있나요?"
운전석의 남자가 말했다. 그는 자신의 행색을 파악하지 못한 남자의 배려 없음에 쓴 맛을 다셨다. 하지만 지금 그가 남자의 제안을 거절할 이유가 없다. 차량만 눈 속에서 빼낼 수 있다면 당장의 고통스러운 추위와는 곧장 이별하게 될 것이기 때문이다. 그는 대답 대신 승용차 뒤로 돌아가 차량을 있는 힘껏 밀었다. 남자의 신호에 따라 차량을 힘껏 밀었다. 이제는 거의 힘이 남아 있지 않았지만 그래도 쥐어짜듯 힘을 모아 밀기 시작했다. 하지만 타이어는 헛바퀴만 돌며 메케한 고무타는 냄새만 진동했다. 구역질이 날 정도로 속이 울렁거렸다. 몇 차례를 더 밀어내기를 시도했지만 차량은 도저히 움직일 기미가 보이지 않았다. 손은 얼어붙을 정도로 감각이 무뎌져 갔다. 그런데 얼마 남지도 않은 힘을 짜내 쓴 덕분인지 몸에는 조금씩 온기가 돌기 시작했다. 게다가 입에서 나오는 숨결에 온기가 더해졌는지 입김이 모락모락 퍼졌다. 죽을 것 같았던 그에게 오히려 숨어 있던 체력이 다시 솟아나는 것만 같았다. 두 차례 더 밀기를 시도했지만 차량은 제 자리에서 꼼짝하지 못했다. 그는 남자가 핸들을 잡고 있는 것이 못마땅했다. 어둡기 때문에 자신의 행색을 제대로 파악하지 못했을 것이라고 생각했지만 지금 서로의 역할이 바뀌어 있어야 마땅했다.

"죄송합니다만, 제가 운전을 하고 사장님이 밀면 안되겠습니까?"

다혈질인 그의 입은 이번에도 생각보다 먼저 움직여 버렸다. 자신도 모르고 말이 튀어나오자 그는 아차 싶어 후회했지만 이미 엎질러진 일이라며 스스로에게 위안을 주었다. 차주는 그의 말이 황당했던지 말을 잇지 못하고 뒤를 쳐다보더니 이내 차에서 내렸다. 하지만 그는 남자의 얼굴을 살필 수가 없었다. 빛을 등지고 내린 그를 알아볼 수 있는 것은 그저 실루엣뿐이었다. 두툼한 외투에 달린 모자를 머리에 씌운 남자는 본네트 앞을 돌아 보조석 쪽으로 이동했다. 남자는 차량 아래쪽을 살폈다. 차량 상태를 확인하려는 듯했다. 그러고는 차량 바닥을 발로 툭툭 차며 트렁크 쪽으로 향했다.

"운전하시죠."

그는 남자의 입에서 나온 말이 그 어떤 단어보다 반가웠다. 운전석까지 가는 몇 걸음조차도 힘겨웠지만 불과 몇 걸음 앞에 온기를 느낄 수 있는 공간이 있다고 생각하니 행복하기 그지없었다. 그의 신호에 맞춰 남자가 힘을 주어 밀기 시작했다. 그는 핸들을 좌우로 조금씩 돌려 대며 엑셀러레이터를 지긋이 밟았다. 몇 차례

시도하자 차는 생각보다 쉽게 눈 속에서 빠져 나왔다. 그는 남자의 운전 실력을 형편없다고 생각했다. 차를 빼낸 후 그는 남자에게 양해를 구하고 뒷자리로 옮겨 탔다. 그리고는 벌렁 누워 버렸다. 보이지는 않지만 남자의 차가운 시선이 느껴지는 듯했다.

"사장님. 사례는 충분히 하겠습니다. 시트에 피가 좀 묻을 것 같습니다. 제가 상처를 많이 입어서 그럽니다. 죄송합니다. 그리고 부탁드릴 것이 있습니다. 시내까지 태워 주시면 좋겠습니다. 아무래도 지금 여기가 어디인지도 모르겠고 어떻게든 빨리 이곳을 빠져 나갔으면 합니다."

이제 살았다고 생각한 그에게는 모든 의심이 사라져 버렸다. 방어력을 해제한 것이다. 자신을 살려준 것이나 다름 없는 남자에게 고맙기도 했고 시트까지 더럽혀져 보상도 해 주고 싶었던 것이다. 더군다나 남자가 자신을 해하려고 했다면 이미 체력이 고갈되다시피 한 자신을 해치는 데는 그다지 별 어려움도 없었을 것이었다는 생각도 들었던 것이다. 그는 이제서야 긴 안도의 한숨이 흘러 나왔다.

"그러시죠."

차주는 그의 제안을 대수롭지 않게 받아 들였다. 그리고는 느린 속도로 차량을 몰아 어딘가를 향해 달리기 시작했다. 좁은 시트에 몸을 접다시피 누운 그는 창밖을 살폈다. 어둠, 어둠, 어둠뿐이었다. 세상 그 어디에도 빛이라고는 있을 것 같지도 않았다. 지나는 차도 한 대 없었다. 온 몸은 피곤에 절어 있었다. 하지만 복잡한 심경은 몸의 피로도를 느끼지 못하는 듯했다. 정확한 시간은 알 수 없지만 느낌 상으로 삼십 분도 채 되지 않아 4차선 도로로 접어들었다. 하지만 도로에는 가로등조차 없었다. 그는 몸을 조금 일으켜 세웠다. 그새 몸이 시트에 적응해 있었던지 한 뼘 정도 몸을 움직이는데 뼈근함이 뼈를 갈고 지나가는 듯했다. 절로 나오는 신음을 참으며 고개를 들고 창밖을 살폈다. 차량 통행을 확인했지만 도로를 오가는 차량은 보이지 않았다. 다른 것은 파악할 수 없었지만 넓은 도로를 만났다는 것은 외곽을 벗어나 시내를 향하는 것이 분명해 보였다.

"사장님. 여기가 어딘지 알 수 있을까요?"

그는 자신이 납치되어 감금당했던 곳이 어디인지도 궁금했지만 그보다는 가급적 빨리 납치됐던 장소에서 멀리 벗어나고 싶은 생각밖에 없었다. 그의 질문에 남자는 룸밀러 각도를 고쳐 잡았다. 그가 남자의 얼굴을 확인하려 했지만 룸밀러로는 차주의 얼굴을 제대로 확인할 수 없었다. 그런데 남자의 행동이 이상하다는 생각이 들었다. 일반적으로는 뒷자리의 누군가와 대화를 한다면 룸밀러로라도 표정을 살필 것이란 생각이 들어서다. 해제되었던 의심의 봉인이 다시 열리기 시작했다.

"파주예요. 많이 다치신 것 같은데, 잠시 주무시고 계시면 도착하는 대로 깨워드리겠습니다. 길이 미끄러워서 빨리 달릴 수가 없네요. 아까부터 눈이 너무 많이 와서 빨리 달리기도 어렵습니다.

참! 그나저나 아까 말씀하셨던 수고비는 얼마나 주실 건가요?"

남자는 능청스럽게 말했다. 그는 남자의 말 한마디 한마디에 집중했다. 하지만 그의 의심과는 달리 별다른 이상한 점은 찾을 수 없었다. 그리고는 약속했던 감사의 표시는 얼마나 해야 할까 생각했다.

"백만 원 정도……."

그는 파격적인 가격이라고 생각했지만, 한편으로는 그 정도 금액은 자신의 목숨을 구해준 데 대한 사례로는 부족할 수도 있겠다는 생각이 들었다.

"오! 그렇게나 많이요? 고맙네요. 어쨌든 주신다니 받겠습니다."

남자의 목소리에는 그다지 고맙다는 느낌이 들어있지 않았다. 사실 남자보다는 그가 고마워해야 할 일이었다. 룸밀러에 비친 차주의 턱 부분 표정은 고맙기 보다는 왠지 비웃는 것 같다는 느낌이 들었다. 룸밀러를 주시하던 그는 차주의 턱 밑 표정에서 뭔가 이상한 기운을 감지했다. '파주? 그는 남자가 했던 말을 곱씹었다. 자신의 생각이 맞다면 이 차는 철원 시내로 가는 것이리라 확신했다. 이동식 주택에서 보았던 농협에서 배포한 달력 때문이었다. 게다가 자신이 있었던 곳이 철원이었다면 현재 위치가 파주라는 것은 있을 수 없는 일이었다. 그의 대답대로라면 눈길을 헤치며 느린 속도로 달려서는 불과 삼십 여분 만에 철원에서 파주까지 갈 수 있는 거리가 아니기 때문이다. '이 새끼가 나를 납치한 놈이구나' 그는 확신했다. 하지만 그는 남자를 상대할 수 있을 정도의 기력이 남아있지 않았다. 고민 끝에 내린 결론은 때를 기다려 차에서 탈출하는 것이었다. 그는 실천에 옮길 타이밍을 엿보기 시작했다. 살짝 코를 골며 잠이 든 척했다. 한참을 고르거나 거칠게 숨을 쉬었다. 가끔씩 멈추기도 하고 또 가끔씩은 심하게 코를 골기도 했다. 코를 고는 연기는 어릴 적 어머니를 속이기 위해 장난삼아 했던 것 이후로는 처음이었다. 차창 너머로 차량 헤드라이트 불빛이 지나치는 것이 보이기 시작했다. 몇 분 지나자 이제는 차량 소통량도 많아졌다. 체인을 감은 차량의 바퀴 소리도 들리고 굵은 디젤 엔진 소리도 지나쳐갔다. 그는 자신을 태운 차량이 어딘가 멈추기를 기다렸다. 밖에서 지나는 차들이 점점 많아지는 걸로 봐서는 좀 더 넓은 도로까지 나온 것이 분명했다. 그는 이제 계획을 실행에 옮길 때가 왔다고 판단했다. 차가 멈추기만 한다면 문을 열고 뛰쳐나가 무조건 다른 사람을 찾아가는 것이다. 다만 막상 차량 밖에서 아무도 만날 수 없다면 여태 겪어보지 못한 최악의 경험을 하게 될 지도 모를 일이다. 하지만 이제 자신을 납치한 자가 자신을 어디로 끌고 갈 것인지 걱정하고 싶지 않았다. 그런 고민을 하느니 확 저지르고 보는 게 낫다는 판단을 한 것이다. 몇 분이 지나고 저속으로 달리던 차량이 완전히 정차했다. 그는 차창 위로 신호등이 점멸되는 것을 확인했다. 교차로가 분명했다. 순간적으로 튕기듯 문을 열고 뛰어나갔다. 마지막 힘을 몰아 쓴 것이나 다름없었다. 그자는 따라오지 않는다. 길 건너편에 신호 대기 중인 SUV 차량이 보였다. 아까 눈 덮인 산속에서 차량 헤드라이트 불빛을 만났을 때의 느낌과는 비교조차 할 수 없는 반가움이었다. 그는 최대한 빠른 속도로 뛰었다. 고통 따위는 아랑곳하지 않았다. 이 정도 고통쯤은 아무것도 아니다. 콩팥 옆과 허벅지를 사시미 칼에 깊게 찔려 피를 철철 흘리면서도 수 킬로미터를 도주했던 그였다. 두어 차례 쓰러질 듯 휘청거렸지만 넘어지지는 않았다. SUV 차량 앞에 선 그는 다짜고짜로 차에 올라탔다. 누군가 자신의 차량에 갑자기 타게 될 것이라는 생각을 하지 못했던 차주는 그의 상태를 보고는 약간 겁에 질린 듯한 표정을 했다. 자동으로 차량 문이 잠기는 기능을 탑재하지 않은 차량이라는 것만 해도 다행인 일이었다. 놀란 토끼 눈을 하고 있던 차주는 그의 행색에 더 놀란 듯했다.

"사고가…… 저를 위협하는 사람이 있습니다."

거의 숨이 넘어갈 듯한 목소리로 말을 하는 그의 몇 마디에 급히 상황 판단을 한 차주는 엑셀러레이터 페달에 체중을 실었다. 절그럭거리는 체인 소리를 요란하게 울리며 미끄러지듯 달리기 시작한 SUV 차량은 급박했던 현장에서 멀리 사라져 갔다. 『15도 2675』 그는 SUV로 옮겨 타면서 차량 번호를 보고 기억해 둔 것이었다. 메모지를 빌려 종이에 차량번호를 옮긴 후 핏빛으로 물든 바지 주머니에 갈무리했다. 그를 납치해서 죽이려 한 그 놈을 잡을 수 있는 유일한 단서나 마찬가지였다. 끝까지 자신을 죽이려 했던 남자의 얼굴을 파악하지 못한 것이 억울했다. 다만 룸밀러를 통해 보였던 가는 턱 선만이 뇌리 속에 파고들었다.

"야! 이런 미친! 병신 같은 새끼들아! 번호판 가지고 왜 그 새끼를 못 찾아? 그게 말이나 돼?"

이마에 핏발을 세우며 두 남자에게 소리를 질러 댄다. 자신이 당한 고통을 다른 누군가에게 화풀이라도 하려는 심산인 것 같다.

"형님! 그게 말입니다. 그 차는 형님이 말한 검정색 차도 아니고 그랜저도 아니었습니다. 흰색 NF소나타로 등록이 되어 있단 말입니다."

그의 거친 폭언에 쩔쩔 매는 남자는 한참 동안 머리를 긁어 댔다. 부하 직원인 듯한 남자는 민머리에 마른 몸매다. 상의와 하의는 고급 정장으로 맞춰 입었지만 일반 샐러리맨으로 보이지는 않는다. 검은색 정장과 하얀 민머리가 어울리지 않는 조합이다. 하얀 머리 뒷부분에는 눈에 거슬릴 정도로 커다란 땜통 몇 개가 자리잡고 있다. 동그란 눈은 겁에 질린 듯했다. 결코 순박해 보이지는 않는 눈동자를 가지고 있다. 눈썹은 가지런하지만 무엇에 의한 상처인지 알 수 없는 흔적들을 만들어 낸 것인지 세 개의 긴 흉터가 자리 잡았다. 두 볼은 피부 트러블로 벌건 반점들이 가득하고 입술 한쪽도 얼마 되지 않은 꿰맨 흔적이 남아 있다. 누런 치아는 수십 년은 피웠을 담배의 흔적을 그대로 쌓아 둔 것 같다. 말끔하게 면도한 턱 역시도 불규칙적인 선을 그리고 있다. 정장 상의 아래에는 넥타이 없는 회색 와이셔츠가 단추 하나 풀어진 채 목 칼라가 힘없이 누그러져 있다. 혼자 살고 있다는 것을 반영하는 듯하다. 꽤나 마른 체구의 남자의 손 위에 터질 듯 튀어나온 파란 심줄은 다년간 운동으로 다져진 것이라는 것을 표명하는 듯하다. 남자는 신랄하게 호통을 치던 그의 눈치를 보았다. 그는 번호판으로 자신을 납치했던 자의 정체를 알아내지 못했다는 말에 다짜고짜 화부터 내고 있었다. 그자를 잡을 수 있을 것이라는 막연한 희망도 있었지만 다시 자신을 공격해 올 가능성에 대한 두려움 때문이기도 했다.

"형님. 제가 보기에는 동대문 쪽 애들이 아닐까 하는 생각이 듭니다. 요즘 개들이 우리 하는 일에 부쩍 신경을 쓰고 있지 않습니까? 영숙이가 데리고 있는 따라이들도 자꾸 빼내 가고 있었고 말입니다."

민머리 옆에 서 있던 남자가 말했다. 뿔테안경에 짧은 머리를 한 미남형 얼굴이라는 것을 제외하고는 민머리 남자와 전반적으로 비슷한 분위기를 풍겼다. 민머리 남자 덕분에 오히려 뿔테안경 남자의 외모가 빛을 발하는 듯 보였다. 뿔테안경 남자는 그의 납치 사건을 동대문 쪽 소행이라고 의심하고 있었다. 그들 조직에 상당한 위협을 가하고 있던 오랜 라이벌을 의식하는 것이었다.

"자~ 임병규 씨 손님들은 나가 주세요. 진료 시간입니다."

그들의 냉랭한 분위기를 와해시켜 준 것은 회진시간에 맞춰 온 담당 의사였다. 의사의 출현에 병실에 있던 세 사람의 얼굴은 금세 환하게 밝아졌다.

"아~ 우리 미녀 선생님 오셨습니까?"

임병규는 언제 그랬냐는 듯 화를 내던 표정을 바꾸고 수하들을 눈짓으로 나가게 했다. 하지만 의사는 아무런 내색도 보이지 않았다.

"딱 보니까 조폭인 것 같던데요? 그동안 꽤 젠틀한 척을 해서 그래도 사업이라도 하는 사람인 줄 알았는데……. 역시 그 상처는 조폭 싸움질 하다가 생긴 것들인가 봐요?"

의사는 임병규의 상처들을 건성으로 뒤적거리며 말했다.

"무슨 말씀을요. 제가 사업을 크게 하다 보니 심부름을 해주는 건달 동생들이 좀 있습니다."

임병규는 나름 젠틀한 척 노력했지만 담당 의사에게는 그저 조폭 환자 그 이상도 이하도 아니었다. 게다가 여간내기가 아닌지 그가 조폭이라는 것을 알고 있으면서도 전혀 굴하거나 내색하는 느낌조차 없어 보였다.

"환자 분이 뭐 하시는 분인지 저는 알 이유도 없고 알고 싶지도 않으니 신경 쓰지 마세요. 그저 환자 분께서는 빨리 완쾌되셔서 퇴원해 주시면 됩니다. 이런 병실은 병원비도 비싸요. 그것도 아주 많이……."

담당 의사의 목소리는 무미건조하고 사무적이었다. 말을 하면서도 자신의 업무를 의료 로봇처럼 규칙적인 과정을 진행할 뿐 임병규에게는 아무런 관심조차 주지 않았다. 게다가 그가 뭐라고 대꾸를 하려 했지만 이미 담당의사는 병실을 나가 버리고 없었다.
"아. 거참. 타이밍도 안 맞네. 이젠 이 짓도 못해 먹겠네. 옛날에는 대충 해도 여자들이 잘만 엮이더니……."
임병규는 담당 의사가 빠져나간 문을 두고 독백하듯 중얼거렸다. 잠시 후 그의 부하인 듯한 두 남자가 병실 문 뒤에서 시선을 놓치 못한 상태로 들어왔다.
"형님! 저 의사 꼬시는 중입니까? 방금 나가면서 저한테 형님 더러 쓸데없는 짓 하지 말고 빨리 퇴원이나 하라고 하더니, 뭐라고 대답을 하기도 전에 사라져 버리던데 말입니다. 형님! 무슨 일이라도 있었던 겁니까? 형님!"
민머리가 말했다. 뿔테안경이 민머리의 뒤통수를 후려치며 말렸지만 이미 그는 임병규의 심기를 건드리고 말았다. 임병규는 말끝마다 '형님'이라는 호칭을 버릇처럼 붙이는 민머리가 언제나 거슬렸다. 수도 없이 욕을 하고 얼차려를 주어도 민머리는 '형님'이라는 호칭을 버리지 못했다. 게다가 말 한마디에 '형님' 한 단어는 꼭 들어가야만 대사가 성립이 되는지 듣는 그 스스로도 부담스러울 지경이었다. 어릴 때부터 조직 생활을 함께해 온 탓에 그게 입에 더 익었을 수도 있겠지만 금세 버릇을 고친 뿔테안경에 비해 민머리는 아예 고칠 생각을 하려고 들지를 않았다. 어릴 때야 건달이라는 게 자랑스럽기도 했고 힘이면 우쭐했던 시절이었지만 나이를 한 살 두 살 먹어가면서 건달이라는 직업이 더 이상 자랑스럽지 않았다. 가급적 외부인과 있을 때만큼은 '형님'이라는 호칭을 듣고 싶지 않음을 민머리는 모르는 모양이었다.

"이 새끼들. 아무튼 됐고! 내가 말한 동네 찾아서 무슨 짓을 하던 간에 그 새끼 찾아내! 그 새끼 잡기만 하면 내장을 다 걷어내 버릴 거야. 이 씹어 먹어도 시원찮을 새끼. 죽여 버리겠어. 씨팔! 화가 나니까 찢어진 데가 더 아픈 것 같네. 씨팔!"

그는 평소에는 잘 하지도 않던 욕설이 다시금 입에 붙은 것만 같았다. 자제하고 싶었지만 찢어진 상처가 가져다주는 지난 공포가 떠오르는 통에 절로 욕이 튀어 나왔다. 통증보다는 기억 때문인 것이었다. 공포와 추위로 인한 고통의 순간을 벗어나기는 했지만 아직도 그의 머릿속에서는 모든 것이 생생했다. 존재조차도 알 수 없는 자에게 납치되어 감금되고 상상조차 해본 적이 없었던 형태의 고문을 당하고 있었던 것을 더 이상 상상하기도 싫었다. 고문이라고 생각할 수밖에 없었다. 그자는 대체 자신에게 무엇을 얻기 위해서 그토록 처참하고 잔인한 방법을 동원하였는지, 그자의 배후는 누구인지 모든 것이 두렵기 그지없었다. 경쟁하던 상대 조직이었을 수도 있고 과거, 자신에게 피해를 입은 누군가일 수도 있다는 생각이 가득차 버렸다. 그런 심경도 헤아리지 못한 것인지 어렵게 알아온 차량번호를 가지고도 그 자의 정체를 알아내지 못하고 있는 동생들이 답답할 뿐이었다.

"형님! 그 철원이라는 동네에서 형님이 잡혔다는 곳을 어떻게 찾을 지도 문제지만 어떤 놈들이 배후인지를 알아보는 게 더 급선무 같습니다. 그리고 형님. 제가 아는 형님 중에 점쟁이보다 더 용한 탐정질 하는 놈이 있다는데 한번 와 보라고 할까요? 귀신같다고 합니다. 형님!"

뽈테안경은 슬쩍 눈치를 보며 말했다. 아닌 게 아니라 민머리는 이미 한 발을 뒤로 물러 서 있는 상태였다. 최근에는 많이 잠잠해 졌지만 과거 불같이 화를 내던 임병규의 성격을 알고 있었던 지라 뭐라도 날아오면 피하기 어렵다고 판단한 것이었다.

"그래? 어떤 새낀지 모르겠지만 한번 만나는 보자. 와보라고 해봐!"

"근데 말입니다. 형님! 그 새끼가 좀…… 몸값이 좀 나간다는데 괜찮을까요? 형님!"

"야! 이 새끼야! 지금 돈이 문제야? 그런데 대체 뭐하는 놈인데 기껏 탐정 새끼가 몸값이 비싸다는 거야?"

"원래 형사질 하던 놈인데, 하여튼 그 새끼 형사질 할 때도 그렇고 지금도 그렇고 뇌물 안 먹어 본 놈이 없을 겁니다. 우리 하고는 구역이 달라서 그렇지 아마 동대문 애들이라면 아주 식겁할 겁니다. 아마 언젠가 그어 버리겠다고 벼르고 있을 지도 모를 일입니다."

"알았어. 그건 뭐가 됐던 일만 잘 하면 되니까 상관없어. 그리고 요즘 인용이네 애들 수금 좀 어때?"

"인용이네는 얼마 전까지만 해도 매출이 좀 오르는 편이었는데 최근에 매스컴 때문에 몸을 좀 사리는 것 같던데 말입니다. 형님!"

민머리는 또 머리를 긁적이며 말했다. 벌써부터 눈치를 보는 것이 한바탕 욕먹을 것을 각오하는 것 같았다.

"야! 인용이도 내일 들어오라고 해! 이 씹새는 형님이 몸져 누워 있으면 매일 찾아와서 문안 인사를 해야지. 싸가지 없이. 개새끼!"

임병규는 끄응 하는 신음 소리를 내며 침대에 누웠다. 그리곤 두 수하를 향해 손목을 두어 번 꺾어 보였다. 귀찮으니 나가 보라는 표시였는데 두 수하의 표정엔 이제서야 귀찮은 자리에서 빠져 나간 다는 해방의 느낌이 강렬하게 느껴졌다.

4

"형님! 이게 대체 어떻게 된 일입니까? 저는 어제 저녁에 형님 소식을 들었습니다. 많이 다치셨습니까? 어떤 새끼들인지 확! 다 발라버려야 하는데. 이런 개호로새끼들이!"

전날 민머리와 뿔테안경에게서 소식을 전해 듣고 찾아온 인용은 눈에 보일 정도로 과장하는 모습이 역력했다. 그는 조심스럽게 임병규의 분위기를 살폈다. 여차하면 처음부터 오뉴월 한이 서린 여자의 한이 터질 만큼 욕설부터 시작할 것이 분명했기 때문이다.

"미친 새끼! 쇼 하는 거 아니까 됐고. 지난 주 수금상황이나 읊어 봐! 내가 당분간은 못 움직이게 되었으니까 퇴원할 때까지는 여기와서 보고하고."

"네! 형님! 여부가 있겠습니까? 지난달에는 일억 조금 넘었습니다. 형님이 실종된 그날 뉴스에서 보이스피싱이 어쩌니 파밍이 어쩌니 하면서 대처 방법에 대해서도 대대적으로 두드려 댔습니다. 우리도 이제는 새로운 방법을 동원해야 할 것 같습니다. 그리고 동대문 애들 말입니다. 형님. 걔들이……."

"뭐? 동대문 애들이 어쨌다고 다들 동대문 타령이야?"

임병규는 인용의 말을 끊었다. 뿔테안경에게서 동대문 쪽 조직에 대한 이야기를 전해들은 것이 기억났기 때문이다. 그는 벌써 동대문 쪽 조직과 정면 대결을 해야 하는 것이 아닐까 하는 생각을 하기 시작했다. 교활하고 영리하기로 정평이 난 임병규는 이번 마찰 역시도 조직간 전쟁 없이 좋은 기회를 만들어 대화를 이끌어내는 방법을 궁리해야만 했다. 지방에서 성장한 조직이 서울에 무혈 입성하기까지 그는 다른 조직이 장악해 왔던 지역구를 피 한 방울 흘리지 않고 빼앗아 왔다. 그는 생각 외로 달변가였으며 대의를 존중해야 한다는 말로 나름대로 의리를 중시하는 조직의 우두머리를 구워 삶아냈다. 조직의 정통성을 주장하거나 그들의 과오를 들춰내어 스스로 물러나게 만든 것이었다. 그 바닥에서 임병규는 실제로 달변가나 지략가로 유명했던 것이 아니었다. 오래전부터 루머로 만들어진 신화적인 인물이나 마찬가지였다. 그가 언제부터 싸움의 화신, 전략의 귀재로 명성을 얻게 되었는지 정확하게 알고 있는 사람은 없었다. 애초부터 모든 것이 그의 전략이었기 때문이다.

"네. 형님! 그게 말입니다. 최근에 영숙이가 관리하던 년들이 하나둘 동대문 경수 밑으로 들어가는 것을 알게 됐습니다. 그래서 애들 시켜서 알아봤더니 동대문 애들이 새로운 사업 시작하면서 영숙이를 스카우트했던 것 같습니다. 하여튼 기집년들은 믿을 게 못됩니다. 그년이 제일 먼저 경수 밑으로 들어가서 다른 년들을 끌어당긴 것 같습니다."

"그걸 가만 뒀어? 영숙이 먼저 조져 놓던지 해야 다른 년들이 겁을 먹고 요지부동할 것 아니야? 그래서 걔들 한다는 사업이 뭐야?"

임병규는 영숙의 얼굴을 떠올렸다. 예쁘장하게 생긴 탓에 동생처럼 돌봐 주었다. 원래 강남의 유명한 텐프로 출신이었지만 어찌된 일인지 지금처럼 텐프로와는 비교도 될 수 없는 하류의 인생을 살게 된 여자다. 언젠가 임병규의 술시중을 들다 잠자리까지 하게 되며 깊은 하소연을 하는 영숙의 사연을 듣고 동생으로 삼아버린 것이었다. 과연 그것이 진정 마음을 담은 관계였는지는 알 수 없었다. 당장의 뜨거웠던 그날만큼은 영숙의 상처 입은 마음을 감싸 주었던 것은 사실이었다. 임병규는 지난 기억을 떠올리며 가장 먼저 자신의 조직을 배신하고 떠났다는 영숙에게서 쓴 맛을 느꼈다.

"새로운 보이스피싱인데 말입니다. 형님! 이게 요즘 최신 트렌드라고 합니다. 우리도 진작에 그걸 했어야 했습니다."

"그러니까 그게 뭐냐고, 이 새꺄!"

임병규가 화를 내며 병실이 떠나갈 듯 소리를 질렀다. 그렇지 않아도 자신의 문제에 스트레스를 받던 차에 영숙의 배신을 시작으로 조직의 문제에 대해 고민을 해야 한다고 생각하니 화부터 치솟는 게 무리도 아니었다. 인용은 이미 각오했던 일이긴 했지만 임병규의 표정에 움찔했다. 그의 무거운 표정은 많은 고민을 담고 있었다. 인용은 그의 성격이 너무 급한 편이라 눈이 뒤집어지면 일단 몇 대 맞는 건 감수해야할 판이라 급하게 말을 이어갔다.
 "형님! 설명 드리겠습니다. 그게 뭐냐 하면 말입니다. 채팅 앱을 이용한 건데, 형님 혹시 앱이 뭔지는 알고 있겠죠? 형님?"
 혹시나 싶었지만, 임병규는 스마트폰과 그리 친하게 지내는 편이 아닌 것이 분명했다. 임병규의 표정이 말하고 있었다. 인용은 임병규의 시선을 잽싸게 피하고서 다시 말을 이었다.
 "일단, 채팅은 화상채팅으로 이어지는데 말입니다. 형님. 이게 좀 변태새끼들이 좋아하는 거시기한 겁니다. 형님. 미친 연놈들이 홀딱 벗고 지들 거시기를 까고 자위를 하는 겁니다. 우리 애들이 벗고 놀아주면 미친놈들이 환장을 하게 되는데 그러면 그때부터 작업을 하게 되는 겁니다. 그런데 말입니다. 여기서부터 기술적인 스킬이 필요합니다. 형님. 이게 처음에는 일부러 화질이 떨어져 보이게 해서 보여줍니다. 미친놈들은 당연히 선명한 화질로 제대로 보고 싶겠죠. 이미 몸이 달아올랐으니 말입니다. 그러면 우리 애들은 이 미친 또라이들한테 그럽니다. 좋은 화질로 보고 싶으면 앱을 추가로 설치해야 한다고 하면서 새로운 앱을 깔도록 유도를 하는 겁니다. 형님. 근데 이 호로새끼들은 그걸 또 받아서 잘도 설치합니다. 그러면 그 앱은 미친 새끼들 폰을 해킹해서 휴대폰 번호하고 카카오톡 주소록, 전화번호 등등을 몽땅 빼 오는 겁니다. 형님! 그럼 그때부터 문제입니다. 형님! 이년들이 한참 동안 미친 새끼들 하고 미친 듯이 놀아준답니다. 미친놈들! 차라리 밖에 나가서 해결하고 들어오면 될 것을, 형님! 아무튼 이 미친 새끼들이 지들 거시기에 폰 들이대고 이 년들 본다고 미친 듯이 지랄 발광을 합니다. 그동안 사무실에서는 이 새끼 동영상을 지네 엄마나 마누라한테 보낸다면서 협박을 합니다. 만약 말을 안 들으면 지네 엄마한테 진짜로 보내 버립니다. 형님. 그럼 그때부터는 거의 부르는 대로 돈을 보내줍니다. 친구나 마누라나 거래처 사람들에게 보냈다고 생각해 보시지 말입니다. 이제는 옛날처럼 고갱님 찾을 필요가 없습니다. 형님!"

인용의 장황한 설명을 들은 임병규의 표정은 의외로 밝았다. 사업의 새로운 돌파구로서 흥미를 느끼는 기색이었다.

"야, 그거 정말 좋네. 미친 새끼들이 그렇게 많아? 인용아 그거 당장 시작해라."

"형님. 그런데 문제가 좀 있습니다."

"뭔데?"

"동대문 애들이 영숙이가 키워 놓은 쌍년들을 거진 다 데려가 버렸어요. 물 좋은 것들은 전부 말입니다."

"뭐야? 그럼 다시 데려오든가 새로 구해 오든가 해!"

"형님! 그럼 동대문 애들과 전쟁을 해야 될 지도 모릅니다. 다른 대책을 찾아야 합니다."

"일단, 그거는 광일이 시켜. 두 배 준다고 해. 빨리 물 좋은 애들 구해서 시작해 봐! 괜찮은 애는 다 데리고 와! 어차피 작업장 있잖아."

"네, 알겠습니다. 형님. 다른 건 뭐 없습니까?"

"됐어. 빨리 가봐."

임병규는 요즘 부쩍 떨어진 매출을 급부상시켜 줄 새로운 아이템을 생각하니 조직을 먹여 살릴 걱정을 하나 덜어 놓게 된 것만 같아 조금은 후련한 느낌마저 들었다. 민머리나 뿔테안경을 신뢰하던 그는 이제 인용에게 적당히 좋은 자리에 앉혀 놔야겠다는 생각을 하게 되었다.

"뭐야, 완전 양아치네. 쳇! 사업가 같은 소리하고 자빠졌네. 미친 새끼들이……."

인용이 병실 문을 열고 나가자 기다렸다는 듯이 담당의사가 고개를 들이밀고 한마디 뱉고 지나갔다. 그녀의 한마디에 임병규는 어안이 벙벙했다.

"저거, 정말 재미있는 년이네. 겁도 없이. 생각보다 재밌겠어. 내가 어떻게 하던 너를 꼭 자빠뜨리고 만다!"

임병규는 껄껄 웃으며 침상에 누워 버렸다. 인용이 조심스럽게 문을 열고 나간 후 그는 시멘트로 발라진 천장을 주시했다. 담당 의사의 한 마디는 여러 가지 생각을 하게 만들었다. 양아치? 그는 조직의 우두머리로 깡패라는 말은 들어 보았지만 양아치라는 표현을 들어본 적은 그다지 없었다. 그것도 새파랗게 어린 여자, 그것도 의사에게서 그런 말을 듣게 되리라고는 상상해 본 적도 없었다. 아무리 생각해도 당돌하기 그지 없는 여자였다. 대체 어디서 그런 용기가 나오는 것일까? 그는 예쁘장하게 생긴 여의사를 떠올렸다. 그리고는 고무줄 밴드로 된 환자복 바지 속의 성기를 주물럭거리기 시작했다. 천장을 올려다보던 그의 동공은 초점을 잃어갔다. 동공 안에는 여의사가 흰색 가운을 벗어 내리고 자신의 위로 올라타려는 중이었다.

5

며칠 후 뿔테안경이 말했던 탐정이 임병규의 병실을 찾아왔다. 175센티 정도의 키에 건장하고 다부진 체격을 가진 남자다. 그는 임병규가 예상했던 것 같은 스마트한 이미지가 아니었다. 차라리 운동선수를 연상케 하는 편이었다. 며칠 동안 태운 숯으로 아무렇게나 그은 듯한 짙은 눈썹에 콧구멍이 넓은 오뚝한 코, 오랜 세월 동안 담배를 피웠을 것이라는 생각이 들 정도로 칙칙한 색으로 변한 두터운 입술, 말수가 적어 보이는 무뚝뚝한 기색은 강한 인상을 드러냈다. 전직 형사라는 걸 굳이 말을 하지 않아도 알 수 있을 것만 같았다. 여태 살아오면서 마주했던 수많은 형사들이 가지고 있던 고정적이고 편향적이며 전통적인 그들 만이 가진 느낌은 형사 옷을 벗어도 사라지지 않는 것인가 싶었다.

"형님. 영등포에서 온 이영준 사장입니다. 원래 강서구에서 형사 생활을 좀 오래했다고 하더군요. 인사드리시죠. 이 사장님!"

뿔테안경은 임병규에게 이영준이라는 탐정을 소개했다. 그가 이영준을 마주친 기억이 없는 이유를 알 수 있을 것 같았다. 강서구라면 자신의 조직이 관여하는 지역과는 거리가 좀 있기 때문이었다. 하지만 이영준은 자신을 알 수도 있다고 생각했다. 어떤 부서에 있었을지는 몰라도 서울에서 조직의 계보 정도는 거의 파악하고 있었을 것이 분명했기 때문이다.

"오면서 대충 설명은 들었습니다. 오늘은 제가 일을 수리할 지 여부에 따라 우리가 다시 볼 사이인지 결정될 것 같습니다."

이영준의 목소리는 겉모습과는 달리 나긋나긋한 편이었다. 그런데 그의 사건에 그다지 호감이 없어 보였다. '이 새끼! 그럼 여기 왜 온 거야?' 임병규는 속으로 뇌까렸다. 하지만 속내를 감추고 입을 열었다.

"이사장님 소문은 익히 들었습니다. 이사장님이 해결하지 못하는 일이 없다고 하던데…… 혹시 나이가 어떻게 됩니까?"

임병규는 이영준의 나이를 물어 일단 호형호제하면서 일을 맡겨 보려는 심산이었다. 수하들 말대로 실력만 있다면 자신이 조금 성격을 누그러뜨려도 참을 수 있을 것이었다. 외모로 보아 자신과 기껏 해야 한두 살 차이라고 생각했다.
"이제 마흔 셋입니다만. 나이는 왜 물어 보십니까?"
이영준의 불친절한 대답에 임병규는 속이 부대꼈지만 그는 마음먹은 것을 성취하기 위해서 어떤 것도 참아내는 훈련이 되어 있었다. 참는 것은 언제나 잠시 뿐이었다. 그것은 그의 오랜 조직 생활을 통해 각인된 부분이었다. 잠시만 참아 내면 그에게 큰 보상이 있었다. 입이 간질거려도 참았고 조직을 뛰쳐나가고 싶어도 참아냈고 한 대 쥐어박고 싶어도 참아냈었다. 지금도 솔직히 이영준을 걷어차고 싶었다. 적어도 머릿속에서는 이영준의 싸대기를 한 대 내려 갈기는 상상을 했다. 물론 그가 그의 의도처럼 맞아줄지는 알 수 없었지만.
"허, 우리 갑장이시네요. 우리, 친구처럼 생각하고 이야기하지요. 어떠십니까?"
임병규는 사실 이영준보다 한 살 아래였지만 조직 내에서는 실제 그의 나이보다 두 살 더 많게 알고 있었다. 그건 오래 전 조직 내에서도 불문율처럼 내려오는 사실이 되었다. 먼저 죽은 그의 두 살 많은 조직 동기 때문이었다.
"저는 그냥 이 상태가 편합니다. 말씀하시죠."
이영준은 끝까지 뻣뻣하게 굴었다. 하지만 임병규는 차라리 잘됐다 싶은 생각이 들었다. 사실 사건을 의뢰한 것은 본인이고 돈을 주는 것도 자신인데 거꾸로 고압적인 자세로 자신을 대하는 이영준이 고까웠다. 하물며 사건의뢰를 맡을 탐정이 자신에게 사건을 취조하는 형사의 모습을 하고 있는 것만 같아 이를 악물고 버텨야만 했다. 그는 이영준에게 철원에서 납치되어 어떤 식으로 묶여 있었고 어떤 과정을 통해 탈출했는지 설명했다.

"이사장님. 그리고 그 새끼 인상이 말입니다. 밤이기도 했고 제가 너무 경황이 없어서 정확하게 본 것은 아니지만 이상한 정신병자 같은 모습은 아니었습니다. 180센티 정도의 키에, 눈썹은 진한 편이고 머리는 좀 작은 편인데. 그 개새끼가 글쎄, 턱선만 봐서 단정 지을 수는 없지만 어쨌건 생긴 건 멀쩡하게 잘 생긴 것 같은데…… 대체 무슨 이유인지는 알 수 없지만 어떻게 그런 무식한 짓을 하는 건지. 아, 그 씨발 놈. 아! 이 사장님 듣기 거북하셨다면 미안합니다. 워낙 제가 황당한 일을 당하다 보니. 폭설 내리는 밤중이기도 해서 정확하다고 할 수는 없지만 아무튼 그 놈은 코가 좀 큰 편이고, 눈도 작은 편은 아니었습니다. 눈은…… 눈동자 흰 부분이 제법 크게 보여서 그렇게 생각하는 겁니다. 운동을 좀 했었는지 몸은 이 사장님보다 호리호리했던 것 같았습니다. 제가 갇혀 있던 집은 이동식 주택이었습니다. 달력에 적힌 것들 때문에 알게 된 것인데 아마도 장뇌삼 관리인 숙소로 쓰이던 곳 같았습니다. 그리고…… 제가 그놈 차에서 빠져 나와 다른 사람 차로 옮겨 탄 곳이 신철원 근처 삼거리였습니다. 정확한 건 아니지만 그놈 차를 타고 거기까지 삼사십 분 정도 이동하긴 했었습니다. 눈이 너무 많이 내려서 아마

시속 삼십 킬로미터 이하로 달렸을 겁니다. 아! 그리고 큰 길로 접어든 건 우회전이었으니까, 제가 있던 곳은 신철원에서 북쪽으로 올라가다가 좌회전하는 방향일 것 같습니다. 당시에 제가 제 정신이 아니라 거리 감각이 거의 없지만 눈만 없다면 2차선 국도에서 그 집까지는 차로 오 분도 채 안 걸릴 겁니다."

임병규는 머뭇거림 없이 설명했다. 환자라고 하기엔 왠지 어색해 보였다. 마치 무용담을 자랑하듯 그는 달변가라고 해도 될 정도로 이야기를 술술 털어냈다. 이영준에게 당시의 기억나는 것을 모두 설명한 그의 표정은 미처 보지 못했던 두려움이 지나쳤다. 이영준은 지인의 소개로 이 자리에 오게 되긴 했지만 조폭들 일을 봐준다는 것이 어째 꺼려졌고 대충 설명만 듣고 떠날 참이었다. 그런데 임병규가 당한 사고 형태를 듣고 나서는 예사 사건이 아니라는 것을 직감했다. 그것은 십 년 가까운 형사 생활을 통해 저 스스로도 모르게 자리 잡은 수사관으로서의 직감 때문이었다. 임병규에 대해서 제대로 조사하고 온 것은 아니었지만 환자복 속의 그의 다부진 근육질 몸매와 짧은 대화였지만 조리 있게 이야기를 설파하는 언변을 통해 어지간한 두뇌는 아니라는 것을 예상할 수 있었다. 한 조직을 이끄는 그런 인물을 쥐도 새도 모르게 납치해 어딘가에 감금하고 낚싯줄로 살을 꿰매는 해괴망측한 사건에 대한 설명을 듣고 지난 기억 하나가 슬며시 부상하는 중이었다.

"임 사장님! 제가 할 일은 뭡니까?"

"그 새끼가 누구인지 찾아 주시고, 참! 그리고 그 새끼 차는 검은색 그랜저였습니다. 차량 번호를 기억해서 메모해 왔다가 애들 시켜서 알아보았습니다. 그런데 그 번호는 다른 차로 등록되어 있답니다. 아마 그놈은 벌써 다른 차에서 번호판을 떼내 사용하고 있겠지요. 예사 놈은 아닌 것 같습니다. 전문적인 킬러라면 그냥 저를 죽이고 말았을 것인데…… 대체 제게 어떤 정보를 캐내기 위해서 그런 미친 짓거리를 했을까요?"

임병규는 미처 몰랐지만 저도 모르게 치를 떠는 모습이 이영준의 눈에 들었다. 이영준은 그 모습을 보고서 이 사건에 대한 호기심이 급증했다.

"혹시 그 차의 특징 같은 건 기억나는 것 없습니까?"

이영준의 질문에 임병규는 그가 자신의 의도대로 따라와 주고 있다는 것을 인식했다. 정식으로 경찰에 사건을 의뢰할 수 없는 그로서는 소문만 무성한 탐정일지라도 자신의 사건을 수사해 줄 수 있다는 생각에 한층 안도감이 생겼다.

"뭐, 그다지. 당시에 눈이 하도 많이 왔고, 차에 눈이 많이 쌓인 상태였기 때문에 특징 같은 게 있었다 해도 알아볼 수는 없었을 겁니다."

"그렇군요. 다른 것은 없나요? 이런 수준의 정보를 가지고 찾는 게 아주 불가능하지는 않겠지만 그렇다고 쉬운 일은 아닐 것 같군요."

이영준은 호기심을 죽이고 예의 업무적인 모습을 보였다. 비록 파면된 것이었지만 형사직을 그만 두고 나온 이후에는 어차피 돈이나 많이 벌자는 게 그의 목표였다. 불명예스러운 일이었지만 결과적으로는 자신이 책임을 져야 할 일이었고 지금은 가족들 생계를 꾸리는 게 가장 급선무였다. 비록 탐정이라는 직함을 걸고는 있지만 법적으로는 탐정이라는 것이 불법이나 마찬가지인데다 외부인들의 시선에는 그저 심부름센터 수준에 머물고 있는 게 현실이었다. 이런 일이 아니라면 그저 돈 많은 사모님들이나 사장님들의 의뢰를 수주하는 게 고작이었다. 그들은 고액을 줄 것처럼 일을 시켜 왔지만 단 한 번도 그의 기대를 충족시켜 주지는 못했다. 주머니에서 돈을 꺼낼 상황이 되면 결국 딴 소리를 하는 게 그들이었다. 서로가 불법적인 관계나 마찬가지였지만 그들은 돈 이외에 권력이라는 것도 가지고 있었다. 이영준은 어쨌건 그들의 적수가 되지 못했다. 그럴 때마다 그는 형사 시절이 그립기도 했다. 어쨌건 권력에 기댄 누군가의 소개로 이어진 연줄이 형사에게까지 미치는 영향력 정도는 그 스스로도 이겨낼 수 있었을 때도 있었다. 그는 아주 오래전, 그래도 세상을 깨끗하게 만들어 보겠다는 초심을 가지고 있었던 초보 형사 시절을 떠올렸다. 그런 기억도 잠시, 이영준이 탐정이라는 명함 타이틀을 내걸고 해 온 일들로 생각이 옮겨 왔다. 그가 의뢰받아 했던 일들 중 성사시키고도 제대로 원하는 수금을 할 수 없게 된 경우가 많았다. 결과적으로 그를 뇌물 형사 시절보다 더한 돈 귀신으로 만들고 만 것이다. 그는 임병규의 사건을 마주하고 이번만큼은 제시한 금액을 확실하게 받아낼 수 있을 것이라는 판단이 섰다. 적어도 조폭에 관여된 일을 두고 권력에 빗댈 일은 없을 것이고 조폭 따위는 전혀 두렵지 않은 그였다.

"이 사장님. 수고비는 얼마나 드리면 될까요?"

임병규는 이영준의 눈치를 살피며 물었지만 임병규는 이영준에게서 어떤 느낌도 눈치챌 수 없었다.

"착수금 천만 원 주시고 성공 시 이천만 원 더 주십시오. 만약 제가 범인을 잡으면 삼천만 원 추가입니다. 유류비 등 경비는 추후 영수 처리해서 청구합니다."

이영준은 평소 의뢰 받았던 사건들보다 무려 두세 배 이상을 제시했다. 입밖으로 금액이 튀어나오자 그는 심하게 갈등했다. 미친 짓이었다. 모처럼 들어온 제대로 된 건수인데, 하다가 말아도 돈을 받을 수 있을 일인데, 그는 너무 많이 제시한 것이라고 고민했다.

"그럼, 계좌번호 남겨주십시오. 이 사장님 화끈하시네! 일단 해봅시다. 그 새끼 못 잡으면 분해서 잠도 못 잘 것 같습니다."

임병규는 이영준의 환한 표정이 스치는 것을 보았다. 불과 찰나였지만 그 역시 닳고 닳은 남자였다. 그가 이영준의 그런 표정을 놓칠 리가 없었다.

"입금 확인되면 착수하겠습니다."

이영준은 놀란 가슴을 추스르며 말했다. 그는 로또에 맞은 것마냥 기쁜 마음에 속으로 환호성을 질렀다.

"그럼 얼마나 걸릴까요?"

"글쎄, 그건 알 수 없습니다. 일단 착수하고 중간중간 보고하겠습니다. 그리고 계약서는 따로 쓰지 않겠습니다. 이 바닥은 얼굴이 곧 영수증입니다."

이영준은 임병규에게 착수금 입금 계좌를 알려주고 병실을 나섰다. 문을 닫고 나오던 그는 흰색 가운을 입고 병실 문에 기대고 있던 여의사를 마주치고 목례 했다. 여의사의 표정은 그다지 밝지 않았지만 그에게 미소를 지어 주었다. 그는 억지 미소라는 것을 어렴풋이 느꼈다. 아마도 우연히 그들의 대화를 들은 것이리라, 하고 그는 생각했다. 그로서도 그리 탐탁치 않은 의뢰였기에 여의사의 표정을 십분 이해할 수 있었다.

6

 똑~딱~ 이영준의 신형 스마트폰은 새로운 문자메시지를 알려왔다. 그는 메시지를 확인하고 놀라지 않을 수 없었다. 여태껏 단 한 번도 이렇게 빨리 수금한 적이 없었기 때문이다. 병원을 나선 지 불과 십 분도 채 지나지 않았다. 그는 자기도 모르게 휘파람을 불었다. 왠지 이번 일은 쉽게 풀릴 것 같은 기분이 들었고 시원하게 계약금을 투척한 의뢰인이 맘에 들었다. 첫인상은 전혀 그렇지 않았지만.
 이영준은 곧장 주소록을 뒤져 누군가에게 전화를 걸었다. 통신사에서 제공하는 멜로디가 울려 귓전으로 파고들었다. 그는 익숙한 그 멜로디가 유명한 교향곡 중 하나라는 것은 알고 있지만 굳이 그게 무엇인지 검색하고 싶지는 않았다. 포털사이트에 몇 자 두드려 넣어 검색 버튼 하나만 누르면 되는 것이었지만 벌써 수 년째 시도해 본 적도 없다. 언제나 그저 궁금하다고 생각했을 뿐이다. 이런저런 생각에 잠겨 같은 멜로디가 새로이 반복될 즈음 되어 상대방이 전화를 받았다.

"이 탐정님. 어쩐 일인가? 내가 또 뭔가 알려줄 것이 있나 보구만?"

서울 강서경찰서 강력계에서 근무 중인 동기 장남권이다. 한때 이영준과 함께 동거동락하며 형사 생활을 했었고 지금은 서로 다른 목적을 위해 살고 있다. 어찌 보면 다른 목적이 아닐 수도 있다. 장남권이나 그나 처자식을 먹여 살리기 위해 산다는 미명하에 누군가를 좇는다는 것만큼은 같다. 그러나 장남권은 아직 법의 수호를 위해 뛰고 이영준은 법의 수호보다는 돈을 위해 뛴다. 이영준은 형사 시절 그래도 가장 신뢰를 쌓았던 장남권과 아직까지도 연락을 자주 하는 사이였다. 하지만 장남권에게 있어 이영준은 그저 불편한 옛 동료 그 이상도 이하도 아니었다. 다만 그 둘 사이에 있는 끈끈한 무언가 그들의 결속력을 끊어지지 않게 유지하고 있었다.

"혹시, 임병규라고 알아?"

이영준은 다짜고짜 질문부터 던졌다. 서로 불편한 부분이 많지만 그래도 그들은 이상하게도 잘 들어맞는 것이 있었다. 적어도 이영준은 장남권보다 범죄자의 냄새를 맡는 능력이 특출났다. 문제는 이영준이 그 능력을 정상적으로 이용하기보다는 좀 더 사적으로 이용하는 데 더 특출났다는 것이 문제였다. 장남권은 이영준이 죽을 때까지도 절대 그 사적 이용을 그만두지 못할 것이라는 것을 알고 있었다. 이미 수년 전부터 뜯어 말리고 충고 역시 수없이 해 왔었지만 단 한 번도 자신의 말을 들은 적이 없었다. 들으려 노력한 적조차 없었다. 장남권은 이영준의 사냥개 같은 능력을 부러워했다. 사고가 터지기 전까지만 해도 실적 하나만큼은 그 누구도 이영준을 따라갈 수 없었기 때문이다.

이영준의 코는 독일산 순종 셰퍼드보다도 민감했다. 눈빛을 보면 그가 생각하는 것을 읽었고 대화를 하면 그의 심중을 꿰뚫었고 표정을 보면 거짓말을 하는 것을 금세 눈치챘다. 게다가 육감은 얼마나 뛰어난지 그가 예측한 것은 항상 얼추 맞아떨어졌다. 형사 생활 중 아무도 그의 그런 능력을 의심한 적도 없고 따라잡을 수 있는 사람도 없었다. 그런데 그런 무한한 능력을 가진 이영준이 뇌물 형사의 길로 접어들게 된 이유를 아는 사람은 아무도 없었다. 흔히 비리 형사를 다룬 영화나 드라마처럼 아이가 아프다거나 애 엄마가 죽을 병에 걸렸다거나 하는 드라마틱한 상황 설정조차도 그에게는 없었다. 아무도 그 이유를 알지 못했다. 그가 형사라는 직업을 내려놓았을 때는 말할 것도 없고 지금도 역시 누구도 이영준이 삐딱한 길을 가게 된 것을 알지 못했다. 가장 절친했던 장남권 역시도 마찬가지였다. 한때는 며칠 동안 함께 술을 마시며 이영준 머릿속의 무언가를 파 보고자 했지만 아무리 취했어도 끝내 입을 열지 않은 그였다. 그러던 그가 갑자기 탐정이라는 직업을 가지겠다고 했을 때 장남권은 그 길이 진정 이영준의 길이 아닐까 하는 생각을 했었다.

경찰로서 누군가에게 돈을 받는다면 비리가 되고 뇌물이 되지만, 정식으로 비용을 받고 일을 하는 탐정이야말로 이영준에게 가장 어울리는 직업이라고 느꼈던 것이다. 그 생각을 굳게 만들었던 결정적인 이유는 그가 뇌물형사라는 꼬리표를 달면서부터였다. 뇌물형사. 장남권은 다시금 지난 시간을 떠올렸다. 지금은 또 어떤 일을 해서 돈을 벌려고 하는 것인가?

"물론 잘 알지! 그 자식 무슨 사고 쳤나? 요즘 잠잠하던데…… 근데 뭘 알려줘야 하는 거야?"

장남권은 이영준이 언제나 그랬던 것처럼 구체적인 설명 없이 목적만 요구할 것이 분명하다는 생각을 했다. 아무리 알려고 해도 알려주지 않는 그였지만 그래도 언제나처럼 재차 요구해보는 것이었다.

"어! 전부 다! 임병규에 관련된 자료 좀 가져오지? 이따 간만에 쏘주나 한 잔 하자구. 목동에서 볼까?"

이영준은 다짜고짜 일방적으로 약속을 잡고 전화를 끊었다. 평소와는 다른 페이스였다. 장남권은 묘한 흥미가 생겼다. 이영준은 자료를 달라고는 했어도 먼저 술자리를 만드는 법이 없었다. 보통 술자리는 장남권이 제안했던 것이다.

  오후 6시 30분경 이전부터 메케한 연기가 모락모락 피어나는 고깃집에 장남권이 먼저 도착해 있었다. 그는 빨간 연탄불에 소 갈빗살을 굽고 있었다. 담배연기보다 지독한 연탄불에 얼굴을 찡그린 그는 한쪽 코에 콧물이 맺힌 지도 모른 채 고기를 뒤집는 중이다. 소고기는 두 번만 뒤집어야 된다는 철칙을 가진 그는 노릇하게 익어가는 갈빗살을 노려보듯 주시하고 있다. 그는 이영준이 근처에 도착했을 것이라는 것을 알고 있다. 그래서 미리 술안주를 준비하는 것이다.

  이영준은 매우 차분한 성격이었지만 술 앞에서는 돌연 변해버리기 때문에 잘만 구슬리면 이번 요구 사항의 뿌리를 짚어볼 수 있지 않을까 하는 생각이 들어서다. 열 번 시도하면 한두 번은 성공하는 방법이었다. 이번이 그 한두 번에 속한다면 다행이겠지만 이영준이 어떻게 나올 지는 아무도 알 수가 없는 일이다.

  "어이! 여기야"

  장남권이 식당 안으로 들어온 이영준을 알아보았다. 항상 같은 자리에서 만났었지만 이영준은 언제나 주변을 두리번거리며 들어왔다. 형사 시절부터 몸에 익은 행동이었다. 장남권은 그런 이영준의 모습이 처음에는 눈에 거슬렸지만 이제는 그의 그런 디테일이 부러웠다. 구석구석 아주 사소한 것까지 시선을 둘러보는 이영준의 모습을 보면 부럽기 그지없었다. 그도 그럴 것이 장남권은 형사 생활이 물에 익을 정도가 되었지만 아직까지도 이영준의 관찰력을 따라갈 수 없었기 때문이다.
"역시 준비성이 있어."
주변을 얼추 살핀 그는 별 의식 없이 이영준은 가방을 옆 의자 위에 올려 두고 자리에 앉았다. 그리고는 맥주 한 잔을 벌컥 들이키더니 다 익지도 않은 갈빗살을 한 점 입에 넣었다.
"야! 아직까지 밥도 못 얻어먹고 돌아다닌 거냐? 아무리 배가 고파도 고기는 좀 익혀서 먹자!"
장남권은 구박하듯 이영준을 나무라며 소주잔을 들이밀었다. 이영준은 식사 때 맞춰서 밥을 먹는 일도 별로 없었다. 그는 하루 세 끼를 먹는 것은 인간의 가장 큰 죄악이라며 언제나 두 끼 식사를 주장해 왔다. 그 중에 한 끼는 거의 술자리였고 하루 중 대부분의 에너지는 저녁식사에서 해결하는 것이나 마찬가지였다. 장남권은 오늘도 나름 이영준이 감추려 하는 사건의 요지를 하나하나 캐보려는 참이었다.
"무슨 일인데 그 자식 정보가 필요한 거여?"
"어? 어! 잠시만, 일단 배 좀 채우고 하자. 난 하나도 안 급해"
이영준은 불판에 놓은 갈빗살을 흡입하듯 입에 집어넣었다. 장남권은 이번에도 역시 이영준의 페이스에 말려버릴 것만 같은 불안한 느낌이 닥쳐왔다. 이렇게 뜸을 들이는 것이라면 이번에는 예사 사건이 아니라는 반증이었다. 항상 그랬다. 이영준은 가벼운 사건과 무거운 사건을 대응하는 방식이 달랐다. 일단 표정도 달랐다. 업무적으로야 전혀 다른 모습이었지만 적어도 자신에게만은 표정의 변화가 확실했다. 속내를 잘 드러내지 않는 그였지만 가끔씩 속 깊은 이야기도 하고 개인적인 푸념도 털어놓곤 했다. 그에게 기분이 확 풀어질 정도로 카운셀링을 할 수 있는 능력도 정신적인 소양도 없었지만 그래도 진심으로 대화를 나눌 수 있는 사이긴 했다. 그래서 장남권은 한 마디 한 마디에 신중을 기하기로 했다. 이번만큼은 그의 페이스에 말려 주도권을 빼앗기기 싫었다. 이런 저런 고민 속에 의식 없이 젓가락질을 하던 차에 이영준이 입을 열었다.

"역시 소고기는 갈빗살이지. 흐흐 맛있다. 그런데 남권아 오늘은 정말 형이 살 테니까 실컷 먹어라. 양념이 잘 됐네. 역시 갈빗살은 마늘 양념이 배어 있어야 더 맛있어. 안 그냐?"

"야! 이 자식아. 난 아직 맛도 못 봤다."

장남권은 예사롭지 않은 이영준의 살가운 표현에 불안함을 느꼈다. 더불어 호기심이 타 올랐다. 불판 아래 빨간 숯불 위에 호기심을 얹어 놓은 것만 같았다. 그는 불판 위에 갈빗살을 한 차례 다시 얹어 굽기 시작했다. 빨간 소 갈빗살이 지글거리며 핏물을 태워갔다. 핏물은 어느새 짙은 색으로 변하고 수분을 빼앗겨 살 속으로 파고들었다.

"이제, 요 주둥이 근육에 힘이 좀 가는 것 같구만. 남권아. 너 혹시 기억나냐? 몇 년 전에 어떤 미친 놈이 낚싯줄로 사람을 꿰어 죽였던 사건 말이야."

이영준은 장남권에게 시선 한 번 주지 않고 말했다. 그의 시선은 소 갈빗살의 지글거리는 핏물 위에 조준되어 있었다. 장남권은 눈에 빛을 발하며 이영준의 이야기에 관심을 보였다. 장남권의 대답이 즉시 나오지 않자 이영준은 이미 확신이나 한 듯 집게를 내려놓았다. 그리고는 이영준은 다시 말을 이었다.

"그거 니가 종결한 사건이었나?"

"아니 그거 건우가 종결한 사건이었지."

"아! 그랬던가? 아무튼 그 새끼가 다시 나타난 것 같아."

"미제 사건이 하나 풀리는 건가?"

"나도 오래전 사건이라 생각도 않고 있었는데, 그 일이 다시 시작되는 것 같아."

이영준은 한숨을 내쉬었다. 그는 병실에서 갖은 힘을 다 내어 표정 관리를 했었다. 비록 수년 전 사건이기는 했지만 분명히 기억하고 있었다. 자신이 형사직을 내려놓은 후에 벌어진 사건이라 관여할 일도 없었고 그저 옛 동료들과의 우연찮은 술자리 혹은 뉴스에서 들었던 것이 대부분인 사건이었다. 하지만 너무도 잔인하고 듣도 보도 못한 종류의 사건이었기 때문에 뇌리에 박혀 있던 사건이었다. 그런데 그 비슷한 사건이 벌어졌다는 것이 의아하기도 했다. 한편으로는 그 현장에서 탈출해 나온 임병규의 사건을 직접 전해 듣고 나서는 예사로운 사건이 아니라는 결론을 낸 것이었다. 그는 임병규에게서 전해 들었던 납치 사건 이야기를 장남권에게 그대로 설명했다. 장남권의 미궁의 사건을 해결할 수 있는 실마리를 발견했다는 눈빛이었다. 그는 새로운 단서를 확보한 것처럼 벌써부터 성취감을 느끼는 것 같아 보였다.

"영준아. 그거 찾으면 나한테 넘기는 거냐? 나도 이제 진급 좀 하자."

"글쎄다. 일단은 의뢰 받은 일이니까 돈 받은 만큼은 일을 해야지? 상황 봐서 정보는 줄게. 어차피 그 자식 하는 대로 그냥 놔둘 수만은 없잖아. 그나저나 내가 말한 거 내놔 봐!"

이영준의 말에 장남권은 염색이 바랜 갈색 가방에서 노란색 봉투 하나를 건넸다. 제법 두툼했다. 이제는 버려도 될 것 같은 가방에서 깔끔한 봉투가 나오니 상당히 대조적이었다. 봉투 위에는 촌스러운 경찰서 심벌이 새겨져 있었다.

"아! 센스 없게 노란 공무원 봉투가 뭐냐? 촌스럽게. 나 공무원이요, 티 내고 다니냐?"

이영준은 농담처럼 장남권을 나무라며 봉투 속 서류를 꺼내 검토했다. 장남권은 옅은 미소를 띄우고 있었다.

"야. 이 새끼 완전히 양아치네! 뭐야? 이거 뭐! 불법이라는 것 중에 손 안 대는 게 없잖아. 마약 빼고는 다 하는 것 같은데?"

이영준은 임병규의 서류를 보며 혀를 끌끌 찼다.

"영준아. 그 자식 그래 봬도 서울에서 그놈 건드릴 만한 놈들이 별로 없어. 조직 없이 큰 놈이야. 게다가 전국구도 아니야. 그런데 웃기는 게 말이야 그 자식이 서울 말고도 다른 지역까지 가서 사업을 하는데도 아무도 건드리질 못해. 정말 잔인하기로 유명했었거든. 그런데 최근에는 직접 가담하는 경우도 없어. 그리고 그놈은 희한하게 단 한 번도 징역살이를 한 적이 없어. 그만큼 철저한 놈이라고 생각하면 돼! 그런 놈이 당했다고 하는 걸 보면 의외야."

장남권은 이영준에게 임병규를 조심하라는 뉘앙스로 말을 하는 듯 했다.

"그러게 말이야. 그런 놈이 어떻게 그런 잔인한 살인마에게 걸려든 거지? 내가 알기론 세 건이었는데. 혹시 추가된 건은 없지?"

"없어. 마지막이 이 년 정도 된 것 같네. 내가 알기로는 그 이후로 비슷한 사건도 없었어. 그런데 다시 그 놈이 나타났다니 좀 어이없지만 이번에는 어떻게든 꼭 잡아야지."

장남권은 이번엔 이영준이 의뢰 받은 사건 덕분에 특진을 하리라는 강한 신념이 생긴 듯 했다. 비록 형사 옷을 벗기는 했지만 수사 능력은 현직 경찰들보다 우수하다는 걸 자신 뿐 아니라 경찰 조직 누구라도 인정한 부분이었기 때문이다. 장남권은 다시 그의 탐탁지 않은 과거가 아쉬웠다. 한편으로는 박봉의 형사 생활을 하는 자신보다 여유롭고 자유롭고 돈 많이 버는 이영준이 부럽기도 했다. 물론 자신의 능력으로는 비록 불법이랄 수도 있지만 탐정이라는 직업을 가진다고 해서 그처럼 돈을 벌 수 있다는 자신도 없었다. 장남권은 지난 사건들을 차근차근 떠올렸다. 소 갈빗살이 노릇노릇 익다 못해 새까맣게 타 들어갔지만 집게를 들고 있는 그의 손은 한동안 움직일 줄을 몰랐다.

"영준아. 그러고 보니까 말이야. 한 건은 제주도 건이라 우리 소관이 아니어서 보고서 내용 이외에는 자세히 알 수 없었지만 사건들마다 조금씩 다른 양상을 보이는 것 같긴 했어. 용인 사건만 해도 서에서 그다지 협조를 안 해줘서 더 자세히 알 수는 없었는데 말이야 범행 스타일은 분명히 치정에 얽힌 원한에 복수를 목적으로 한 살인이야. 물론 생각만 해도 정말 처참할 정도의 사건이었고 말이야. 난 아직도 피해자 배 속에서 죽지 않고 꿈틀거리던 뱀이 기억난다. 그 뱀이 인간의 독한 위액을 뒤집어쓰고도 죽지 않고 살아 있었는지 그것도 미스터리야. 피부가 녹아 들어간 뱀의 피부가 지금도 잊혀지지 않는다. 세 사건이 비슷하기는 하지만 어째…… 하여튼 좀 그래. 방송에서는 그다지 세세하게 노출되지 않았었지. 우린 그때 연쇄살인일 거라고 생각했었어. 하지만 사건이 더 이상 연속되지 않아서 잊혀진 사건이지. 살인자의 흔적은 전혀 찾아낼 수도 없었고."

지난 사건의 기억을 들추던 장남권은 흐물흐물 녹아내린 피부에 고통스러워 마구 꿈틀거리던 뱀의 모습을 기억하고는 입맛이 달아났다. 그는 소 갈빗살이 타고 있는 것을 인지했지만 집게를 식탁 위에 떨구어 버렸다. 워낙 다양한 살인사건들을 접해 온 그로서는 사건 자체가 참지 못할 상황은 아니었다. 하지만 비 오는 날 길을 가다 우연히 발에 짓눌린 지렁이가 엄청난 스피드로 미친 듯이 꿈틀대듯 위액을 뒤집어 쓴 뱀이 요동을 치는 모습은 기괴하기 짝이 없었다.

"그랬구나."

이영준은 장남권의 표정에 당시 현장이 모습이 얼마나 잔인한 상황이었는지 대충은 이해할 수 있을 것 같았다. 그러나 식욕이 몽땅 달아나 버릴 정도로 눈살을 찌푸린 그의 표정만으로는 이해할 수는 없는 것이었다.

"그런데 왜 하필 그게 임병규였을까? 혹시 임병규 반대 세력에서 사주를 한 것은 아닐까? 모방범죄일 수도 있고 말이야."

이미 술자리는 파한 것이나 마찬가지 분위기가 되어 버렸다. 달달한 소주조차도 입술에 닿는 것이 달갑지 않았다. 장남권은 잊혀졌던 사건이 다시 재연되는 것이 달갑지 않았다. 다행히 매스컴을 타거나 한 사건은 아니었지만 정말 연쇄 살인 사건이라면 앞으로 누군가 비슷한 형태로 죽음을 맞이할 것이고 매스컴에서는 야단법석을 필 것이 분명했다. 그러면 지난 사건을 조사했던 자신에게 호출 명령이 떨어질 지도 모를 일이었다. 귀찮은 일이다.

"그럴지도 모르지! 그럴지도…… 모방범죄라니."
이영규는 생각에 잠긴 듯, 비록 잠시였지만 눈에 초점이 없었다.

철원군청. 이영준은 철원군청 관련 부서에 전화를 걸어 신철원을 기준으로 장뇌삼을 키우는 농가들을 조사했다. 신철원을 중심으로 10킬로미터 반경 안에는 여섯 개가 있었고, 20킬로미터 반경 안에는 사십 개나 되었다. 각 농장별로 주소지를 정리한 후 신철원 일대의 지도를 출력하고 각 주소지별로 위치를 마킹했다. 임병규의 설명에 의하면 대로를 만나 좌측으로 이동해서 신철원을 만났다고 했다. 임병규가 다른 차로 옮겨 탄 지점을 중심으로 동쪽과 서쪽은 대상에서 제외시켜도 된다. 이제 제법 개수가 줄어들었다. 서북쪽으로는 10킬로미터 반경 네 개, 20킬로미터 반경에는 열두 개로 축소되었다. 신철원 일대는 위성지도 서비스가 되지 않았다. 군사지역이기 때문에 인터넷 포탈사이트에서는 모두 블라인드 처리된 것이다. 로드뷰를 이용해서야 대략의 위치를 검색할 수 있었지만 그것도 수년 전에 촬영된 것이라 백 퍼센트 확신할 수 없었다. 적어도 의심 지역을 세 단계로 분류하기 위해서는 그것도 감지덕지했다. 그것을 중심으로 검색이 시작됐다. 10킬로미터 반경 안에 있던 네 개 중 한 개는 임병규가 증언한 위치와는 거리가 먼 것을 알 수 있었다. 도로변에서 장뇌삼 판매소가 보이는 것을 확인할 수 있었기 때문이기도 했다. 임병규의 설명엔 이동식 주택에서 도로변에 이르기까지 언덕이 있었다. 신철원에서 서쪽으로 좌측에 위치한 곳은 대상지에서 빼 버렸다. 대략 정리를 하고 보니 이영준이 직접 찾아가 봐야 하는 장뇌삼 농가는 총 여덟 개로 줄어들었다. 게다가 불행인지 다행인지 다음날 눈 예보가 있었다. 임병규가 설명한 것처럼 분위기를 연상한다면 생각보다 쉽게 찾을 수 있겠다는 생각이 들었다. 이영준은 바로 임병규에게 전화를 걸었다. 그에게 몇 가지 더 물어봐야 할 것이 생각난 것이다. 신호가 달랑 한 번 울렸는데 임병규 목소리가 들려왔다.

"아이구. 이 사장님. 벌써 전화를 다 주시고. 뭔가 성과가 있습니까? 역시 대단하십니다."

아이구, 소리부터 시작한 임병규의 목소리는 벌써부터 기대에 찬 듯 했다.

"임 사장님. 아직 그런 건 아닙니다. 물어볼 게 있어서 전화 드렸습니다."

"좋다 말았군요. 뭡니까? 그 궁금한 것이?"

임병규는 쩝쩝거리며 말했다. 무엇을 먹고 있었던 것인지 기대가 허물어져 내는 소리인지 알 수 없었다.

"범인이라고 예상하시는 검은색 그랜저가 서 있던 곳에서 본 것이 있다면 알려주시기 바랍니다. 좀 특이한 것이라면 더 좋겠죠."

"음~ 다른 건 아무것도 없었습니다. 기껏 있다면야, 음······."

임병규의 거친 숨소리만 들려왔다. 담배 연기로 폐가 썩어 들어갔을 것 같은 깊은 쇳소리가 들려오는 것만 같았다. 상대편에게는 그다지 기분 좋게 느껴지는 소리는 아니었다. 십여 초가 넘어서고도 한참 후에야 임병규가 입을 열었다.

"길 쪽으로 나오던 중에 음, 그러니까⋯⋯ 좌측으로 전봇대가 하나 서 있던 게 기억납니다. 그날 눈이 많이 와서 다른 건 보이지도 않았고⋯⋯ 아! 전봇대에 노란색 스티커로 지게차 광고가 붙어 있었던 것 같습니다."

임병규는 자신이 대단한 단서라도 찾은 양 목소리가 경쾌해졌다. 그는 그것 하나만으로도 사건 현장을 찾을 수 있을 것이란 생각을 하는 듯했다. 이영준은 그에게 쉬운 일은 아니라며 기대심을 눌러 앉혔다. 그의 고객들은 누구를 막론하고 언제나 막연한 기대를 하곤 했다. 남자나 여자나 노인이나 젊은이나 할 것 없었다. 그들은 형사보다 탐정을 더 신뢰했다. 이유는 알 수 없었다. 적어도 돈을 주고받는 고용주의 입장에서는 돈이면 뭐든 다 해결할 수 있을 것이라는 막연한 기대심리일 지도 모를 일이었다. 임병규 역시 그 패턴에서 한 치의 오차도 없었다.

7

 다음날 새벽. 이영준은 철원으로 향했다. 하늘은 온통 회색빛이었다. 우중충한 것이 금방이라도 눈이 쏟아져 내릴 것 같았다. 그는 임병규의 사고 당일에도 비슷한 날씨였을 것이라는 생각에 왠지 으스스한 느낌마저 들었다. 다행히 의정부를 지날 때까지도 도로를 지나는 차가 많지 않았다. 출근 시간을 피해 일찍 출발한 덕분이었다. 두 시간 만에 도착한 신철원은 동네 자체가 한산한 편이었다. 농번기였다면 벌써부터 경운기와 트랙터가 도로를 점령하고 있을 것이었다. 추운 겨울에는 군인들도 모두 얼어붙는 것인지 흔하게 보이던 군인들의 흔적조차 보이지 않았다. 간혹 스쳐 지나가는 군부대 입구 근처에는 군인 한두 명이 보였다. 각 잡힌 전투복에 광이 나는 전투화를 신은 것으로 봐서는 첫 휴가를 나가는 모습 같았다. 아니나다를까 군인의 견장에는 작대기 두 개가 반듯하게 붙어 있었다. 이제 진짜 군인이 되었다는 자신감 같았다. 국도는 대로변보다 더욱 한산했다. 가끔씩 지나다니는 군용 차량들이 이영준의 관심을 끌었다. 철원은 그야말로 군부대를 위해 조성된 지역 같았다. 첫 번째 장소까지 가는 동안 그가 본 사람들 대부분은 군인이었다. 민간인이라고는 도통 살 것 같아 보이지 않았다. 가끔 민가를 지나치는 경우에도 민간인은 보이지 않았다. 그나마 사람이 살고 있다는 것을 알 수 있게 한 것은 곧 쏟아질 눈에 대비하겠다는 투로 벽에 세워 둔 커다란 플라스틱 눈삽이었다. 첫 번째 장소에 도착한 그는 서둘러 주변을 살피기 시작했다. 부지런히 움직여야 하루 안에 여덟 개나 되는 곳을 모두 돌아다닐 수 있을 것 같았기 때문이다. 하루 이상 지체하고 싶지 않은 느낌이었다. 기존에 가지고 있던 철원의 느낌은 이미 온데간데없이 사라지고 없었다. 허탕이었다. 전봇대 자체가 없었다. 그가 찾아야 하는 곳이 아니란 증거다. 두어 시간을 국도를 누비고 다니며 찾아낸 일곱 곳 중 여섯 곳은 전봇대가 길가에 꽂혀 있었다. 오래전에 제작된 투박한 시멘트 전봇대가 두 개, 회색빛이 추운 겨울을 더 차갑게 보이게 하는 신형 전봇대가 네 개였다. 하지만 그 어디에도 임병규가 말했던 노란색 스티커를 붙인 전봇대는 보이지 않았다.

전봇대를 구석구석 살폈지만 스티커가 떼어진 흔적조차 없었다. 게다가 여섯 곳 중 두 곳은 전봇대의 위치가 길에서 좌측에 있었다. 하지만 국도로 접어든 마당에 임병규가 방향을 제대로 인지하지 못했을 가능성도 고려해야만 했다. 그렇다고 하더라도 그 역시 기대했던 장소가 아니라는 결과다.

"젠장! 뭐가 잘못된 거지?"

이영준은 수사가 다시 원점으로 돌아왔음을 알 수 있었다. 막막했다. 대체 어디서부터 다시 수사를 시작해야 할 지 고민했지만 딱히 떠오르는 것이 없었다.

아직 목록에 남은 농가가 있긴 했지만 벌써부터 맥이 빠져 가고 있었다. 그는 끝이 보이지 않는 숲 속을 쳐다보았다. 시커먼 숲이었다. 임병규가 그 속에서 추위와 고통을 이겨내어 탈출을 했다는 것이 신기하게 느껴졌다. 살겠다는 희망 때문이었을까? 그는 임병규에게 자신을 대입해 보았다. 다시 힘을 내고 차에 시동을 걸었다. 수 킬로미터를 달려 여덟 번째 농가를 찾아갔다. 마지막 농가다. 새로 지어진 듯한 조립식 건물이 그를 맞았다. 그가 찾던 곳과는 완전히 대조적인 곳이었다. 이미 문은 닫혀 있었다. 건물 앞에는 농장주의 것일 듯한 휴대폰 번호만이 현수막에 적혀 있었다. 다시 차에 올라탄 후 문도 닫지 않고 시트에 걸쳐 앉았다. 얼음을 머금은 찬바람이 쌩 하며 그의 얼굴을 할퀴고 지나갔다. 쓰라림을 느꼈지만 바람은 피부보다는 뇌를 쓸고 지나간 것만 같았다. 장뇌삼 농가의 현수막이 눈에 거슬렸다. 그는 힘껏 눈을 감았다. 그리고는 사전 조사에서 무엇이 잘못된 것인지 꼼꼼히 되짚어 보았다. 처음부터 차근차근 기억했다. 임병규의 설명도 다시 떠올렸다. 하지만 자신이 가지고 있던 얼마 되지 않는 정보만으로는 여기까지 온 것만 해도 다행이라고 생각했다. '아~ 내가 초심을 잃은 것일까?' 이영준은 자신이 무엇을 놓치고 있는지조차 전혀 감이 오지 않았다. '결국! 현장 탐문 조사뿐인가?' 한숨을 길게 내쉰 그는 다시 눈을 뜨고 스마트폰을 꺼내 들었다. 딸아이가 저장해 준 바탕화면이 눈에 밟혔다. 자신은 딸아이 사진을 저장하고자 했다. 그런데 딸아이는 자신이 직접 그린 것이라며 아빠의 모습을 담은 그림을 촬영해 바탕화면에 등록했다. 크레파스로 그린 그림인데 아무리 봐도 자신의 모습이라고 할 수 없었다. 그저 눈, 코, 입이 사람이라는 것을 알 수 있게 했다. 그는 통화 목록을 드래그 해 내려 임병규와의 통화 내역을 찾았다. 〈임병규 사장〉. 전화번호를 등록할 때 잠시 고민했었다. 깡패새끼라고 써 넣고 싶었지만 그래도 클라이언트인데 그렇게까지 할 필요가 있을까 싶어서 사장이라는 직함을 써 넣은 것이다. 그는 임병규에게 이 사건을 종결짓는 것이 좋겠다, '나는 포기한다'라고 통보하려고 했다. 그런데 갑자기 초심을 잃은 것이 아닌가 하는 생각이 밀려들기 시작한 것이다. 탐문 조사. 언젠가부터 그는 인터넷에 의존하거나 제 삼자로부터 건네받은 자료들에 의지해왔다. '그래! 다시 해 보자. 이번 건만큼 돈을 많이 버는 일이 어디 있기나 했었나.' 그는 돈이 가져다주는 희망과 가족에게 가져다주는 돈에 의한 만족도에 새삼 실감했다. 그리고는 고개를 돌려 전화번호가 적힌 현수막의 번호를 기억하고 스마트폰 키패드를 두드렸다. 통화 연결음이 들려왔다. 귓전을 때리는 구수한 뽕짝 메들리는 전화 주인의 연령대를 짐작할 수 있게 했다. 노래 제목을 기억 구석에서 꺼내 오려던 참에 상대방의 전화가 연결됐다.

"여보세요? 혹시 장뇌삼 하는 분 맞나요?"

"네 맞습니다만. 누구십니까?"

걸걸한 목소리의 주인은 예상했던 대로 나이가 꽤 지긋한 것을 연상할 수 있게 했다.

"네~ 어르신. 다름이 아니라 근처에 장뇌삼 농장을 찾고 있습니다. 이미 군청에서 알려준 곳은 전부 들러 봤는데 제가 원하는 곳을 찾을 방법이 없어서 무작정 전화를 걸었습니다. 혹시 어르신 계신 곳으로 찾아뵐까 하는데 시간 괜찮으시겠습니까?"

이영준은 노인에게 부탁을 하면서도 대체 뭐하는 짓인가 싶었다. 기껏 초심으로 돌아가자고 마음을 먹고 탐문 수사를 시작하긴 했지만 기껏 할 수 있는 일이란 게 모래사장에서 바늘 찾는 격이 되어 버린 것이다.

"그래요? 우리 삼도 좋은데. 일단 오셔서 우리 것도 보고 비교해 보시구려."

이영준은 안주머니를 뒤져 꼬질꼬질 때가 묻은 노트를 꺼내 노인이 불러주는 주소를 받아 적었다. 노인이 일러준 주소까지는 기껏 오 분도 채 걸리지 않은 지척이었다. 주소지 근처를 들어서자 비슷한 연령대의 노인 세 명이 둘러앉아 있었다. 수십 년은 되어 보이는 낡은 평상 위에는 술판이 벌어져 있었다. 철원군 토속 브랜드로 보이는 흰색 막걸리 병이 열댓 개 정도 보였는데 벌써 몇 개는 뚜껑이 달아난 상태로 평상 위를 대책 없이 굴러다니고 있었다. 간간이 불어오는 차가운 겨울바람에 이리 저리 흔들렸다. 이영준은 그렇지 않아도 추운 날씨에 당장에라도 눈이 쏟아질 것만 같은 하늘 아래서 매서운 바람을 맞으며 막걸리를 들이키는 노인들을 보고 혀를 차지 않을 수 없었다. 어이가 없는 게 아니라 존경해 마지않아서였다.

"어르신들 약주 하시는 데 방해가 된 건 아닌지 모르겠습니다. 방금 전화드렸던 사람입니다. 갑자기 쳐들어와서 죄송합니다."

"괜찮아요. 이런 동네에 외지 사람이 들어오는 게 더 반가운 일이지. 어때? 같이 한 잔 하실라우?"

수락 여부와는 상관없이 노인 한 명은 이미 빈 탁배기에 막걸리를 따르고 있었다. 처음 보는 걸쭉한 막걸리가 당기긴 했다. 하지만 운전을 핑계로 사양하자 다른 노인이 역정을 부리며 말했다.

"에이, 성의가 있지. 젊은 사람은 이 정도 한 잔은 마셔도 아무렇지도 않아."

이영준과 통화했던 노인이었다.

"어르신. 혹시 이 근처에 말입니다. 군청에 등록되지 않은 장뇌삼 농가가 있을까요? 군청에서 알려 준 곳은 전부 찾아가 봤습니다만, 전부 다 제가 찾는 곳이 아니더라구요."

"아~ 그렇지 뭐. 뭣 때문에 그런 델 찾아다니는지 모르겠지만. 등록하고 농사짓는 사람도 있고 아닌 사람도 있지. 이 근처에도 등록 안 하고 하는 곳이 몇 군데 있어."

"여기 최씨네도 마찬가지야. 군청에 등록한다고 해서 좋을 것도 안 좋을 것도 없어. 그래서 잘 안 해. 귀찮기도 할 게고."

"게다가 최씨는 굳이 대출받을 일이 없으니 군청 지원 받을 일도 없어."

노인들은 앞다투어 한마디씩 던졌다. 주거니 받거니 하는 것이 었지만 한 사람이 말하는 것처럼 나름 일목요연했다. 노인의 말에 의하면 자신의 탐문 수사는 영양가 없는 짓이 된 것 같다는 생각이 들었다. 다시 또 막막함이 밀려들었다. 갈증이 밀려들었다. 그는 자기도 모르게 노인이 따라 준 막걸리로 목을 축였다. 탄산 함유량이 많은 걸쭉한 막걸리는 의외로 목 넘김이 부드럽고 좋았다. 즐겨 마시던 퀸즈에일 보리맥주보다 구수함이 있었다.

"최씨 할아버지는 왜요?"

그는 막걸리 몇 방울쯤 묻은 입가를 손바닥으로 훔치며 물었다.

"돈도 많은데 뭐. 이 친구는 산이 좀 많아."

"아마 제일 크게 할 거야. 철원에서는 말이야."

두 노인이 또 질세라 한마디씩 던졌다.

"무슨 그런 소리를 하나? 괜히 이상한 소문나는 거 싫으니까 담부터는 절대 그런 말 입에 담지도 말아! 안 그래도 얼마 전에 사무실에 도둑이 들어서 찜찜해. 누군가 손을 탄 것도 같고 말여. 훔쳐갈 만한 것도 없었지만 남의 손을 탔다고 하니까 기분이 나빠서 말이야."

최씨 노인은 눈살을 찌푸리며 말했다. 그의 표정만으로도 신경이 예민해져 있음을 알 수 있었다. 그는 최씨 노인의 말에 그곳이 바로 임병규가 말하던 곳과 동일 장소라는 것을 알 수 있었다. 오랜 형사 생활로서 굳어진 직감이라고 수도 있지만 누구라도 제법 의심할 만한 것이었다.

"어르신. 거기 혹시, 제가 가볼 수 있을까요? 잘하면 제가 범인을 찾아드릴지도 모르죠."

김이 모락모락 나는 두부를 한 점 들어 입에 넣으려던 최씨 노인이 반응을 보였다. 이번에는 김치 한 점을 입에 말아 넣었다.

"뭐라구? 젊은 사장은 뭐 하시는 분이길래 그런 말을 하는가? 혹시 경찰이라면 됐네. 괜히 동네 구설수 오르기도 싫고. 귀찮아!"

최씨 노인은 이영준의 제안을 거절해 버렸다. 이영준은 어설프게 말을 했다가는 최씨 노인의 도움은커녕 말도 못 붙이고 쫓겨날 것이라는 생각이 들었다.

"경찰은 아닙니다. 사실은 친구 부탁 때문입니다. 얼마 전 제 친구 녀석이 장뇌삼 밭을 찾아다니다가 우연히 알게 된 곳이 있다고 하더군요. 자기가 그 산을 매입해 농사를 지어보겠다고 해서 대신 알아보러 다니는 중입니다. 제 눈에는 그 산이 다 그 산인데 무조건 자기가 찾은 그곳을 알려 달라고 합니다. 무슨 고집인지. 아무튼 그 녀석은 그때 적어 놓은 주소와 연락처를 잃어 버렸다면서, 달랑 입구에 있는 전봇대에 지게차 광고 스티커가 붙어 있었다고만 알려 줬습니다. 하지만 제가 그것만 가지고 찾아다니기는 너무 힘이 드네요. 오늘도 하루 종일 철원 산자락 구석을 뒤지고 다니는 상황입니다. 아! 지게차 스티커는 노란색이고 길에서 들어가는 길 오른쪽에 전봇대가 있었다는 것만 알고 있습니다. 달랑 그것만 알려 주고서는 저 더러 그 땅 주인을 만나 보라는데…… 아무튼 친구 부탁만 아니었으면 이 짓을 하고 있지도 않을 겁니다."

이영준은 대충 둘러대느라 진땀을 흘렸다. 설명도 너무 장황해서 노인들이 자신의 말을 믿어 주리라는 자신도 없었다.

"자네 뭐 하는 사람인가?"

최씨 노인은 의심을 거두지 않은 것이 분명했다. 칠십 년 이상을 살았을 노인의 눈치가 아무려면 그의 난감해 하는 모습을 읽지 못했다면 그것이 더 이상한 것일 수도 있었다. 이영준은 아주 잠시 고민했다. 그리고는 차라리 자신의 직업을 사실대로 말하는 것이 낫겠다고 체념했다. 임병규 사건에 대해서만 입 다물고 있으면 그만이니까. 그저 직업 정도만 이실직고하면 문제될 것이 없었다.

"어르신. 저는 사실 사립탐정이에요. 제가 뭔가를 찾는 것만큼은 선수거든요. 제가 제일 잘 하는 것을 직업으로 삼아버린 겁니다. 아무튼 장뇌삼 농장 하나 찾겠다며 친구 녀석이 저를 고용한 겁니다. 소주 한 잔 얻어먹고 말이죠. 수수료랍시고 주기는 하겠지만 어처구니없이 이런 일을 맡아버렸네요. 고생스럽겠지만 며칠이고 돌아다니다 보면 지게차 스티커 붙은 전봇대 하나쯤은 찾아내긴 하겠죠."

이영준은 짐짓 무식하게 찾아 다닐 양으로 말을 던졌다. 그리고는 최씨 노인의 반응이 나오길 기다렸는데 의외로 다른 노인의 입이 열렸다.

"저 앞에 우회전해서 오 분만 가면 저 인간이 농사짓는 데 있을 겨."
"그런데 최씨가 그 땅을 팔지는 모르지."
"아마 십 억을 줘도 안 팔 걸?"
"이놈아. 십 억이면 당장에 라도 팔아야지 무슨 소리야."
"작은 아들 사업 자금 필요하다면서!"

노인 둘이 또 주거니 받거니 말을 이었다. 노인들은 은근히 땅을 팔겠다는 의중을 이영준에게 전달하는 것이었다. 시골 할아버지들이었지만 외지인을 들었다 놨다 하는 것이 상당히 노련해 보였다.

8

    이영준은 최씨 노인의 산으로 향했다. 현장을 직접 확인하고 결정하겠다는 말을 남기기는 했지만 괜한 기대만 하게 만든 것이 아닌가 하는 죄책감이 들었다. 막걸리 판에서 최씨 노인의 산까지 가는 길은 노인의 말대로 오 분이 채 걸리지 않았다. 도로에서 산으로 들어가는 입구는 임병규가 말했던 대로였다. 박아 놓은 지 기껏 수년 정도 되었을 전봇대에는 노란색 지게차 광고 스티커가 붙어 있었다.
    일기예보에서는 오전부터 내린다고 했지만 오후 늦게서야 눈이 내리기 시작했다. 서서히 눈발이 굵어지기 시작했다. 순식간에 사방이 어두워지는 것이 꽤 많은 양의 눈이 내릴 것을 예감할 수 있었다. 첩첩산중이라는 단어가 딱 어울리는 철원 산중의 분위기는 깊은 계곡으로 세상의 어둠을 모두 몰아갈 것만 같았다. 수십 미터의 바닷속으로 다이빙하는 것처럼 임병규가 빠져나왔을 깊숙한 숲길 속에는 무언가 있을 것만 같았다. 이미 살인자도 자리를 떠난 지 오래지만 임병규가 설명했던 현장의 공포가 그대로 그에게 전해지는 듯했다. 이영준의 살결에 깃털을 뽑아낸 오돌토돌한 닭의 피부마냥 땀구멍이 피어올랐다. 평소 겁도 없고 어지간한 공포 따위에는 안중에도 없던 그에게도 이 숲은 이상한 분위기를 가지고 있었다. 살인을 하기에 딱 맞는 숲이 아닐까, 그는 생각했다. 이영준은 더 이상 자신의 승용차로 진입할 수 있는 곳이 아니라고 판단했다. 온기 가득한 차에서 내리자 노인들이 있던 곳과는 다른 습하고 차가운 공기가 폐 속에 침투했다. 저도 모르게 몸서리가 쳐졌다. 별 것 아닌 추위라고 생각했지만 장갑 없이는 추위에 노출되고 싶지 않았다. 그는 다시 차 문을 열고 센터페시아 밑에 넣어 둔 갈색 가죽 장갑을 꺼냈다. 손목 부위에 토끼털이 달린 장갑은 지난해 아내에게서 생일선물로 받은 것이었다. 왠지 아내의 온기가 전해지는 것 같은 착각을 일으켰다. 차 문을 잠그고 모든 어둠을 빨아들일 것만 같은 숲 속으로 한 걸음 옮겼다. 꼭 아귀 입속으로 들어가는 것 같다고 생각했다. 임병규와 마찬가지로 걸어서 진입해야만 했다. 단지 방향이 다를 뿐이다. 이미 깊이 쌓인 눈 위에 새로 내리는 진눈깨비가 하얗게 단장하기 시작했다. 거친 바람에 흔들리다 못해 떨궈진 솔잎들과 겨울 전 떨어지지 못하고 대롱대롱 매달려 있던 진갈색 낙엽들이 이제야 떨어져 쌓여 있었다. 그 위에 새로이 눈이 쌓여 갔다. 더 많은 눈이 내리기 전에 현장에 다녀와야 할 상황이었다. 진입 부분부터는 최근 차량의 출입이 있었던 것을 알 수 있었다. 군데군데 흙이 보이는 곳도 있었다. 하지만 언덕 근처부터는 차량의 출입이 없었던 듯했다. 게다가 몇 명의 사람들이 오간 발자국과 눈이 쓸린 흔적만 남아 있었다. 아마도 최씨 노인과 그의 친구들의 발자국일 것이었다. 혹은 범인의 흔적일 수도 있다. 언덕을 넘어서자 임병규가 말했던 이동식 주택이 눈에 들어왔다. 임병규는 그 거리를 엄청나게 멀게 표현했지만 실제는 그렇게 먼 거리가 아니었다. 그는 일 킬로미터도 채 되지 않는 거리를 힘겹게 걸었다는 임병규의 이야기를 떠올렸다. 당시 그의 체력이 어느 정도였는지 예측할 수는 있었다. 그가 흘렸다던 핏자국은 존재조차 하지 않았다. 맑은 날 햇살에 눈이 녹아내리면서 모두 흘러버렸을 것이다. 숲은 생각보다 무성해서 이미 가지밖에 남아 있지 않음에도 불구하고 어두침침했다. 삭막하다 못해 침울한 분위기가 느껴졌다. 그야말로 살인이 이뤄지기에는 최적의 분위기였다. 최씨 노인의 이동식 주택은 시건장치가 이중으로 되어 있었다. 하나는 최근에 설치해 놓은 것이었다. 다행히 창문은 가려지지 않아 창을 통해 실내를 확인할 수 있었다. 깨끗하게 정리된 것이 실내로 들어가 본들 딱히 건질 것은 없을 듯 보였다. 현장에서 범인의 흔적을 찾을 수 있을 만한 것은 없었다. 그는 혹시나 싶어 근처 곳곳을 뒤져 보았지만 역시 나오는 것은 없었다. 모든 증거들이 눈에 덮여 있으니 단서가 될 만한 무언가를 찾는다는 것은 불가능했다. 이영준은 스마트폰을 꺼내 현장 사진을 촬영해 저장했다. '이런 계절에 이런 곳에서라면 매일 사람이 죽어 나가도 모르겠군.' 주변을 둘러본 이영준은 생각했다. 아마도 임병규가 가진 기지와 용기가 아니었다면 분명히 이곳에서 최후를 맞이했을 것이 분명했다. '범인은 왜 그를 현장에 두고 떠났다가 입구에서 임병규와 마주치는 일이 벌어졌을까?' 이영준은 당시의 상황을 그려보았다. 임병규를 납치한 자는 폭설이 내리는 것을 보고 단지 차를 빼두려고 나가거나 했던 것은 아닐 것이다. 눈에 차가 박혀서 돌아온 것은 더더욱 아니었을 것이다. 그렇다면 그자는 대체 왜 그곳에 머물고 있었을까? 게다가 임병규를 차에 태우고 어디로 가는 길이었을까? 혹시 임병규를 힘으로 제압하기는 힘들 것이라고 판단하고 그가 잠들기를 기다린 것일까? 하긴, 임병규 같은 자가 아무리 상처를 입었다 하더라도 일반인이 그를 상대해서 제압할 수 있을 것이라는 판단을 하기는 어려울 것이다. 더군다나 임병규를 납치한 자는 분명히 그에 대해 자세히 알고 있는 자가 분명하다고 이영준은 확신했다. 그렇지 않고서야 조직폭력배 두목이라는 자리에 있는 임병규를 집 앞에서 납치한다는 것 자체가 말이 되지 않는 일이다.

임병규가 현장을 빠져 나오기까지는 최소 네 시간에서 여섯 시간 정도는 걸렸을 것이다. 그가 마취 상태에서 깨어나 탈출하기까지 아무리 짧아도 열두 시간 정도는 걸렸을 것이라고 예상해 보는 것도 좋을 듯싶다. '혹시 신철원 시내에 갔었을까?' 그렇다면 신철원 시내의 CCTV 영상을 확인 해 보는 것도 필요할 것이다. 이영준은 아귀 입속에서 다시 세상 속으로 걸어 나오며 장갑을 벗었다. 느끼지 못하고 있었지만 장갑은 땀으로 젖어 있었다. 땀에 젖어 미끈거리는 손으로 스마트폰을 꺼내 들은 그는 임병규 사장, 이라고 저장해 둔 번호를 검색했다. 속으로는 깡패 새끼라고 지정을 해 두었지만 지금은 어느 정도 인정해 주고 싶은 마음이 들었다. 스마트폰에서 들려오는 멜로디가 숲 속의 분위기와 어울리지 않았다. 장엄한 심포니 악장을 연주하는 음악을 들으며 꽹과리를 치는 것처럼 말이다. 그는 임병규와 감정 없는 인사말을 나누고 단도직입적으로 설명을 시작했다.

"임 사장님. 현장은 발견했습니다. 그런데 혹시 범인의 차량에 탔을 때 뒷자리에 실려 있던 것들이 있을까요? 기억나는 게 있으면 뭐라도 알려 주십시오."

그의 말이 끝나기도 전부터 임병규의 거친 숨소리가 전해져 들려왔다.

"이 사장님! 대단하십니다. 우리 애들은 일주일 넘게 찾아 다녔었는데 그 근처도 못 찾았습니다. 역시 소문대로 이십니다. 거기는 어딥니까? 애들 보낼까요?"

임병규는 뭐가 그리 신이 났는지 벌써 범인을 찾은 것처럼 들떠 있었다. 이영준은 속이 불편했다. 지금까지 해낸 것이라고 해봐야 기껏 현장 위치를 찾은 정도였다. 하지만 임병규는 범인의 실체를 찾을 것처럼 반응하고 있었다.

"임 사장님 휴대폰으로 현장 사진 보내 드리겠습니다. 그리고 사건 현장은 이미 주인이 다 정리했습니다. 주인이 오기 전에 이미 범인이 현장을 모두 정리해 둔 상태였던 것 같습니다. 여기서는 더 이상 건질 것이 없습니다. 지금 상태로는 현장을 찾아낸 것만 해도 성공적이라고 해도 될 것 같습니다."

"그렇다면 범인이 누군지 알 수 없는 건가요? 그 새끼를 내가 찢어 죽여야만 속이 시원하겠습니다. 꼭 찾아주세요. 이 사장님. 부탁합니다."

이영준은 임병규의 말이 진심으로 들렸다. 병원에서 설명을 들었을 때만 해도 그저 사고 당사자로서 자신을 해한 범인에 대한 복수심이 가득한 정도로 느껴졌었다. 막상 사고 현장을 둘러보고 난 후에는 그가 탈출하던 과정이 얼마나 치열했을지 예측할 수 있었기 때문에 그의 심경을 어느 정도 헤아릴 수 있었다. 그에게 죽음의 공포를 맛보게 해 준 그자에게 살의를 느끼지 못한다면 그게 더 이상할 일이라고 생각했다.

9

 이영준은 임병규에게서 의뢰 받은 두 가지 업무 중 한 가지가 남아 있다. 그의 수하들이 해결하지 못한 것, 범인이 이용했던 차량 수배다. 민간인 신분만으로 그것을 찾아낸다는 것은 거의 불가능에 가깝다. 그는 여타 흥신소와는 다른 출신 성분을 가졌다. 형사질을 그만두게 된 이유야 어찌 됐건 흔치 않게 강력계 형사 출신이다. 그는 동종업계라고 생각하고 싶지 않지만 고객의 대부분이 그를 흥신소 그 이상으로 대우하지 않았다. 개중에는 그의 명함에 찍힌 것처럼 탐정님이라고 호칭을 달아 주기는 했지만 진정으로 그렇게 생각하는지는 알 수 없는 일이었다. 단지 그들의 표정이나 말

한마디에서 진심이겠거니 하며 직업적인 프라이드를 가질 뿐이었다. 그가 다른 흥신소들과 그나마 다른 점이 있다면 경찰의 정보력을 활용할 수 있다는 부분이었다. 현직 형사인 장남권은 물론이고 본인에게도 불법적인 일이지만 그 정보를 불법적으로 사용하지 않는 한에는 크게 문제될 것도 없다고 생각했다. 장남권 역시 그의 부탁이 내심 불편했지만 그렇다고 모른 척 하진 않았다. 오래전 사건이고 정확하게는 모르고 있지만 그가 형사직을 내려놓게 된 것은 의리 하나 때문이기도 했던 것 정도는 알고 있기 때문이다.

"남권아. 차적 조회 좀 부탁하자."

이영준은 전화기 너머로 들려오는 장남권의 여보세요, 소리에 다짜고짜 부탁부터 했다. 불편한 부탁을 하기에 앞서 전제하는 불필요한 대화를 하고 싶지 않아서였다.

"이번엔 뭐야?"

"지난번 그 새끼 차량인데 직접 찾아봐야겠어. 도난 차량이라고 하는데 건달 애들이 해봐야 얼마나 알아봤겠어."

이영준의 목소리는 사뭇 긴장되어 있었다. 스스로 인지하지 못했을 뿐 그는 스스로를 임병규의 사건에 대입시키고 있었다. 낚싯줄 살인사건에 대해 은근히 집착하기 시작한 것이다.

"뭘 그렇게 흥분하냐? 넌 지금 형사 신분도 아니야. 만약 이거 해결한다고 해서 떨어지는 것도 별로 없잖아? 뭐 기껏 푼돈 몇 푼

벌자고 너무 날뛰는 거 아니야?"

장남권은 이영준이 흥분하는 것을 눈치챘다. 그래서 제동을 거는 것이 나을 것 같다는 생각이 들었다. 물론 이영준이 박봉인 형사들보다 좀 더 많이 번다고 하지만 술자리 때마다 이어지는 하소연 때문이었다. 위험한 일은 형사들보다 더하고, 사고가 나면 모두 본인 부담이고, 쉬는 동안 못 벌면 까지는 것이고, 대부분 혼자 해결해야 하는 일이고 해서 따지고 보면 많이 버는 것도 아니라고…….

"이 자식 생각보다 머리가 좋아. 분명히 그놈은 내가 생각하는 것보다 한참 위에 있는 것 같다는 생각이 들어. 그러니 임병규네 떨거지들이 추적한다고 해서 걸려들기나 하겠냐고!"

"그렇긴 하지. 너도 잘 알겠지만 가끔 손 씻었다는 조폭 새끼들이 부탁하면 대충대충 해 준 적이 없지는 않지.

"남권아. 미안한 부탁인데. 그 차량 번호를 가지고 철원 시내 CCTV를 조사해 봐야겠어. 그런데 알다시피 내 신분으로는 불가능하잖냐. 네가 좀 도와줘야겠다. 알다시피 이 건은 니 진급용이니까, 네가 좀 나서 줘야겠어."

이영준은 불편한 부탁을 해야 하는 상황이었지만 지난번 술자리에서 했던 약속을 떠올렸다. 두 번이나 진급에서 누락되었던 장남권에게 있어 진급보다 더 좋은 미끼는 없었다.

"그래! 이 새끼. 하여튼, 속 보인다. 그럼 일단, 철원군에다 협조문 보내 놓을 테니까 알아서 해."

이미 서로 묵인하에 일은 진행되는 것이다. 이영준의 머리는 벌써 앞으로의 계획을 짜내고 있었다. 장남권은 이영준이 아직도 형사 신분증을 가지고 있다는 것을 알고 있었다. 퇴직하면서 반장에게 신분증을 제출해야 했지만 어찌된 일인지 그러지 않았다. 그가 옷을 벗기 전에 이미 탐정이라는 직업을 생각하고 있었던 것이 분명했다. 그도 그럴 것이 이영준은 형사 짓을 그만두고 몇 주 지나지 않아 탐정사무소를 개설했다. 장남권은 반장과의 암묵적인 거래가 있었을 거라고 의심했다. 그가 옷을 벗게 된 사건의 배후에는 반장도 포함되어 있을 것이란 소문이 형사들 사이에 은연중에 퍼져 있었기 때문이다.

형사 사칭이라는 것이 법적인 문제는 있다. 하지만 지금 이영준의 요구 사항은 사고가 날 만한 불법적인 행위를 위한 것이 아니다. 장남권은 부탁을 들어준다고 해도 그다지 문제가 되지 않을 것이라 생각했다. 이영준이 가끔씩 형사 신분증을 이용해 왔지만 지금까지는 문제가 된 적도 없었다.

"이번에 너도 팀장 달아야지. 내가 이 사건 풀어내면 말이야. 너도 이번만큼은 팀장 달지 않겠냐? 힘내라!"

이영준은 다시 한 번 장남권이 좋아하는 미끼를 던져두었다. 그는 지근거리에 미끼가 있다는 것을 피부로 느끼고 있었다. 미제사건으로 분류된 살인사건을 파헤쳐 밝혀내는 것만으로도 진급 사유는 충분했다.

10

제설이 되기는 했지만 새벽에 얼어붙은 도로는 반질반질했다. 교차로의 신호등이 바닥에 반사되어 보였다. 마치 때 묻은 거울에 비춰보는 것만 같았다. 지나는 도로 위에는 가끔씩 고랑에 한쪽 바퀴가 빠져 오도 가도 못하는 차량도 보였다. 신철원까지 가는 길에 가벼운 접촉사고를 두 건이나 목격했다. 게다가 지그재그로 운전하는 차량도 보였다. 물론 운전자의 의도는 아니었을 것이다. 가끔씩 쌩 하는 소리와 함께 강풍이 불어오기도 했다. 워낙 차량 소통량이 적은 도로였지만 거북이보다 더 느린 차량들이 많아 계획했던 것보다 느린 속도로 주행해야만 했다. 시간을 재촉하다 미끄러지면 대형사고로 이어지리라는 건 보나마나 뻔했다. 이영준은 하루 종일 신철원의 CCTV를 확인해야 했기 때문에 서울에서 새벽에 출발했다. 하지만 하루 안에 원하는 결과를 얻을 수는 없을 것 같았다. 그는 범인이 신철원 어딘가에서 내렸을 것이란 추측을 했다.

그는 범인이 신철원에서 꼬리가 잡힐 것이란 확신을 하고 있었다. 그저 직감이기도 했지만 깡촌이나 마찬가지인 곳에서 범인이 갈 만한 곳은 상업시설이 있는 곳뿐이었다. 이영준은 임병규에게서 탈출에 성공한 시간과 범인의 차에 탑승한 시간을 미리 알아 두었다. 물론 그가 알고 있는 시간은 그다지 정확하지 않았다. 게다가 심리적으로 느낀 시간과 현실적인 시간은 전혀 다를 것이었다. 하지만 이영준은 그가 알려준 시간을 기준으로 두고 역추적할 계획이다.

구청에서는 이미 장남권의 협조공문을 수신해 놓은 상태였다. 계획보다 두어 시간 늦게 도착했지만 도착 직후부터 영상 조회를 시작할 수 있었다. 다행히 CCTV 담당자가 있어서 생각보다 일찍 결과를 도출해낼 수 있을 것이란 기대를 할 수 있었다. 강원도라고는 하지만 강원도 사투리를 쓰지 않는 철원 지역의 담당자는 전혀 시골 사람 같아 보이지 않았다. 세련된 패션에 하얀 피부를 가진 그는 생전 손에 흙 한번 만져보지 못했을 것만 같았다. 담당자는 CCTV를 조작하는 키보드와 마우스를 이리 저리 움직이기 시작했다. 하얀 피부만큼이나 손마디가 여자 손같이 부드러워 보였다.

이영준은 흉터 가득한 자신의 거무스름한 손을 보았다. 칼에 베인 흔적만 해도 셀 수가 없었다. 손마디는 발가락이라고 해도 될 정도로 거칠고 굵다. 왼손 검지 첫 마디는 반쯤 사라지고 없다. 오른손 새끼손가락은 오른쪽으로 꺾여 있다. 수년 전 격투 중에 부러진 후 별다른 응급처치도 못하고 현장을 뛰어다닌 결과물이다. 이영준의 눈동자는 다시 CCTV 화면으로 이동했다. 따분한 작업이 예상됐다. 눈동자가 새빨개지도록 모니터를 지켜봐야 한다.

"요즘엔 장비가 좋아서 차량 번호를 조회하는 소프트웨어도 있습니다. 세상 좋아졌어요."

고통스런 작업이 예상되던 차에 담당자가 반가운 소식을 건네주었다. 왠지 빨리 끝날 것 같은 좋은 느낌이 들었다.

"그런데 눈이나 비가 오는 날에는 사람 눈으로 찾는 것 외에는 다른 방법이 없습니다. 번호 알려주시죠."

이영준은 좋다 말았다는 기분이었지만 어쨌든 각오했던 일이었기 때문에 기대를 접었다.

"15도 2675입니다. 이 번호로 된 차량이고 차종은 검은색 그랜저입니다."

"언제부터 조회할까요?"

"1월 15일 새벽 여섯 시 이전부터 열두 시간 정도입니다. 그 시간대에 신철원 어딘가 있을 것 같군요."

"그렇다면 생각보다 쉽게 찾을 수 있겠는데요. 이 동네는 시골이라 저녁 아홉 시만 넘어도 동네에 차가 없어요. 그 이후에 다닌 거라면 시간도 오래 걸릴 것 같지 않습니다."

그의 말에 이영준 역시 반가웠다. 하지만 그의 호언장담과는 달리 오전 내내 그들이 찾는 것은 영상에 나타나지 않았다. 사고 당일에는 눈이 꽤 많이 내린 터라 눈으로 확인하는 것이 쉽지는 않았다. CCTV 중 몇 개는 눈바람에 맞은 것인지 모니터의 절반 이상을 눈에 가려진 모습으로 보여 주었다. 그들은 점심식사도 컵라면으로 간단히 해결하고 CCTV에 집중했다. 오후 세 시가 조금 넘어가자 이영준은 꾸벅꾸벅 졸기 시작했다.

"찾았습니다! 찾은 것 같습니다."

담당자가 소리를 질렀다. 굳이 소리까지 지를 것은 없었지만 그도 어려울 것이란 예상을 했던 것이어서 찾아낸 것이 반가웠던 것이다. 고개를 떨군 채 졸던 이영준은 화들짝 놀라서 깨어 눈을 비비며 담당자의 하얀 손끝이 가리키는 CCTV 영상을 확인했다. 눈에 반쯤 가려진 CCTV 영상이 보였다.

"어! 맞는 것 같군요. 제가 깜박 졸았네요. 미안합니다."

"괜찮습니다. 어려운 작업입니다. 저야 직업이니까 이 짓을 한다지만 이것도 안 해본 사람들에게는 어려운 일이거든요. 밤 열한 시가 다 된 시간이네요. 실내포장마차 앞입니다. 아니군요. 편의점에 들어가네요."

화면 속으로 들어갈 요량인지 담당자는 모니터 앞에 얼굴을 바짝

갖다 붙였다. 불행인지 다행인지 차량번호판 중 2675만 인식이 가능했다. 눈이 많이 덮였지만 누가 봐도 검정색 그랜저라는 것은 확실했다. 거친 눈발에 CCTV 렌즈도 가려지는 상황이었는데 번호판을 인식할 수 있었던 것만 해도 다행이었다. 담당자가 화면을 뒤로 되돌렸다. 차량 문이 열리는 부분부터 느린 속도로 재생했다. 범인이라고 생각하는 사람이 차에서 내리는 부분에서 화면을 정지시켰다. 이영준은 눈꺼풀에 힘을 주고 동공을 조였다. 얼굴을 CCTV 앞에 들이댔다. 영상을 조종하는 스틱을 넘겨받은 그는 한참 화면을 조정했다. 한참이 지나 이영준의 얼굴에는 화색이 돌았다.
"감사합니다. 고생하셨네요. 감사 공문이라도 보내 드리라고 하겠습니다."
"뭘요, 그렇게까지……."
사양한다는 표현을 하기는 했지만 담당자의 표정은 밝기만 했다. 아무리 봐도 시골사람 같지는 않았다. 이영준은 편의점에 들어가는 범인의 모습을 담은 영상을 메모리에 담고 A4용지에 정지 영상 몇 컷 출력했다. 하지만 문제는 있었다. 범인이 쓴 벙거지 모자 때문에 얼굴 중 눈 아래 부분 외에는 아무 것도 확인할 수가 없었다. 사건 당일 내린 폭설 때문에 거리에 있던 대부분의 사람들은 완벽하게 방한 복장을 하고 있었다. 이영준은 애시당초 범인의 얼굴을 확인할 수 있을 것이라는 기대를 하지는 않았다. 그런데 막상 범인이 차량에서 내리는 모습을 발견하자 기대심이 증폭되던 것이다. 어쨌든 기대 이상이었다. 화질도 뚜렷했다. 눈 아래 부위뿐이지만 조명 아래 범인의 모습은 퍼즐의 일부를 맞춘 것이나 마찬가지였다. 이제는 장남권에게 부탁한 결과를 기다리는 것을 제외하고 그가 할 수 있는 것은 아무 것도 없다.

"형님! 형님! 큰일났습니다."
민머리가 임병규의 병실 문을 열고 미친 듯이 뛰어들어왔다.
"뭔 일인데 아침부터 지랄이야?"
만화책에 빠져 있던 임병규는 성격대로 욕지기부터 튀어 나왔다. 호들갑을 떠는 민머리의 행동이 예사롭지 않았다. 그의 민머리 꼭대기까지 새빨개져 있었다. 추운 날씨에 뛰어오느라 달아오른 것은 아니었다. 임병규는 요즘 동대문 쪽과의 트러블 때문에 불안함을 느끼고 있었다. 그래서 덜컥하니 드디어 올 것이 온 것이 아닐까 하는 생각을 했다.
"놀라지 마시고 들으세요. 형님! 인용이가 죽었습니다. 형님이 당한 것과 비슷합니다."
민머리는 숨을 몰아쉬며 말했다. 이제 보니 그의 눈 흰자위는 실핏줄이 터져 있었다. 그것만으로도 두려움을 설명하기에 충분했다. 임병규는 그날의 기억이 한순간에 스쳐가며 이용의 모습이 그려졌다. 온 몸에 낚싯줄이 꿰어진 채로 고개를 숙이고 있다. 입 부근에서 피와 침이 섞인 액체가 진득하게 흘러내린다. 십여 센티는 되는 것 같다. 온 몸에 수 백 번은 꿰어졌을 낚싯줄이 SF 영화에서나 보던 에일리언의 촉수 같아 보인다. 인용이 곧 에일리언의 숙주가 되어 벌떡 일어날 것만 같다.

임병규는 사색이 되어 정신을 차릴 수가 없었다. 다시 그날의 공포가 온몸을 휘감고 있었다. 민머리는 임병규의 공포에 질린 모습을 처음 보았다.

"어디서? 동대문 애들 짓이야?"

임병규는 한참 만에 정신을 차리고 물었다. 민머리가 어떤 상태였는지는 듣지 않아도 알 것 같았다.

"동대문 애들 짓인지는 모르겠고 말입니다. 형님. 아침에 사무실에 들어갔는데 인용이가 책상 위에 낚싯줄에 묶인 채 누워서 죽어 있었습니다. 형님. 인용이 거시기가 잘려 있었습니다. 그리고……."

민머리는 말을 잇지 못하고 임병규의 눈치를 살폈다.

"그리고 뭐? 이 새꺄. 빨리 말해!"

임병규는 상황이 예사롭지 않음을 알고 심장이 덜컹거렸다.

"손하고 발이 껍질 채 벗겨져 있었습니다."

민머리는 임병규의 동공이 확대되며 놀라는 표정을 볼 수 있었다. 임병규는 자신이 상상했던 상황보다 더욱 심각하다는 생각을 했다. 그리고 자신이 당했을 다음 단계는 인용처럼 피부가 벗겨지고 생식기가 잘리는 고통을 맛보아야 했음을 직감했다. 식은땀이 흘렀다. 오른손으로 고환과 풀이 죽어 있던 생식기를 조물락거리며 만져 보았다. 물건이 달려 있다는 것이 행운이라는 생각마저 들었다. 비록 인용의 주검을 확인한 것도 아니었지만 흡사 코앞에서 보고 있는 것처럼 생생하게 눈앞에 살인 현장이 그려졌다.

임병규가 인용의 사고 소식에 놀라는 것은 당연했다. 그보다 자신과 비슷한 사고를 당했다는 사실이 그를 공포 속으로 밀어 넣었다. 한편으로는 경찰이 그 사건을 알게 되는 것이 더 걱정되었다. 조직의 존폐가 걸리는 상황이 벌어질 가능성도 배제할 수 없었다. 여러가지 문제점들이 그의 머릿속을 휘저었다. 마구 꼬인 실타래처럼 엉킨 정보들은 스노우 볼처럼 커져만 갔다. 경찰이 인용의 살인사건 수사를 시작하면 인용이 진행하던 사업에 큰 차질을 빚을 것이 뻔했다.

"신고는 했어?"

"혹시나 해서 전화도 못하고 이렇게 뛰어 왔습니다. 형님!"

"잘했다. 일단 애들도 입단속 시키고, 인용이 시체는 알아서 처리해. 짭새들 냄새 맡지 못하게 하고."

"현장은 형님이 보셔야 하지 않겠습니까?"

민머리의 질문에 그는 대답을 하지 못했다. 보지 않아도 본 것 같았지만 그렇다고 보지 않을 수도 없었다. 그 역시도 아직 병원 밖으로 움직일 수 있는 형편이 아니었다. 여태까지 조직 생활을 하며 수없이 많은 고비와 난관을 마주쳤어도 언제나 정면 승부로 해결해 왔던 그였다. 하지만 이번만큼은 피해 가고 싶었다. 기억은 언젠가 흐릿해지고 잊혀진다고는 하지만 어떤 계기로든 다시 살아나는 것이라는 것을 그는 많은 경험을 통해 알고 있었다. 게다가 아직은 자신의 사고로 인한 정신적인 패닉 상태가 정상으로 돌아온 것도 아니었다. 수하들은 그의 그런 정신적 상태에 대해서 알 리가 없었다. 인용까지 그렇게 당하고 나자 임병규는 동대문 쪽 애들이 자신의 영업장을 건드리는 것으로 생각을 굳혀가려 했다. 그렇지만 이해되지 않았다. 아니! 이해할 수가 없었다.

수십 년간 조직폭력집단이라는 음지 생활을 해왔지만 여태까지 단 한 번도 이런 미치광이 같은 살인은 일어난 적이 없었다. 고문을 한다고 해도 기껏해야 겁이나 주는 정도에서 그치는 정도였고 상대방의 고통을 보며 즐기거나 하는 변태적인 행위를 하는 조직도 없었다. 조직 간 영역 싸움에 이런 식의 살인은 하지 않는 것이 정상이었다. 그들은 나름대로 명분이 있어야 싸웠고 스스로들은 음지의 법도대로 나름 의리와 정도를 지킨다고 생각했었다. 많은 고민 끝에 최종적으로 그가 내린 결론은 동대문 쪽의 소행이 아니라는 것이었다.

하는 수 없이 그는 이영준에게 전화를 걸었다. 그것도 한참 동안 전화기를 만지작거리다 못해 조직을 발가벗겨서라도 보여주겠다는 마음을 먹고서였다. 아무래도 이 살인 사건의 실마리는 이영준이 풀어낼 수 있을 것만 같았다. 사건을 경찰에 맡길 수 없는 처지의 임병규에게 믿을 구석이라고는 이영준밖에 없었다. 지난번 자신의 사건 현장을 며칠 만에 찾아낸 그의 수사 능력이라면 자신의 근본적인 문제를 해결해 줄 수 있을 것이다, 라는 막연한 기대였다.

11

 이영준이 임병규가 알려준 주소지의 사무실로 찾아간 것은 추가로 천만 원이 더 송금된 후였다. 인용이라는 남자가 살해된 현장은 이미 장남권에게서 받아 검토했던 이전의 낚싯줄 살인 사건들과 비슷한 듯 보였다. 그런데 이번 경우는 이전의 사건들과는 또 다른 양상을 보였다. 성기가 잘린 것은 같았지만, 이번에는 손과 발의 피부가 벗겨져 있었다. 좀 더 잔인해져 있었다. 살인의 업그레이드라고 해도 될 것이었다. 인용은 분명히 산 채로 껍질이 벗겨졌을 것으로 보였다. 죽은 지 몇 시간이 지났지만 근육은 경직된 그대로였다. 그가 검토한 사건들을 종합해 보면 사건 현장마다 공통점과 차이점이 분명하게 존재했다. 이영준은 이 사건을 장남권에게 알려야 할지 고민이 되었다. 임병규가 극구 당부했지만 장남권과는 공유하는 것이 필요할 것 같아서였다. 하지만 그는 지금 형사가 아니다. 남들은 흥신소나 심부름꾼 정도로 취급하지만 자신은 스스로 돈을 받고 일하는 사립탐정이라는 명함을 소중히 여겼다. 고민 끝에 장남권에게 알리는 것은 당분간 보류하는 것으로 결정했다. 만약 현장이 경찰에 알려지면 분명히 매스컴을 탈것이다. 그러면 이영준의 목적은 모두 물거품이 될지도 모를 일이었다. '어차피 쓰레기 같은 놈들인데 일단은 지들 하는 대로 내버려두는 게 낫겠다.' 이영준은 일단 경찰에게도 비밀에 부치는 것으로 결정했다. 위험한 판단이었다. 만약 이 현장이 알려지는 날엔 그 역시도 빠져나갈 수 없는 일이었다.

이번 사건 역시 전혀 반항 한 번 못 해보고 죽은 것 같았다. 그들의 사무실에서 반항조차 할 수 없었다는 것은 일면식도 없는 자에게 당한 것이 아닐 수도 있다는 가정이 가능했다. 격투를 하거나 둔기에 맞은 흔적조차 없었다. 일면식이 있었던 없었던 간에 인용을 살해하기 위해 상당히 연구를 하고 오랜 준비를 했을 것이 분명했다. 물론 확신할 수는 없었다. 어디까지나 추측일 뿐이었다. 이영준은 CCTV 영상에서 보았던 턱이 가는 선을 보이는 자를 떠올렸다. 호리호리한 몸매가 분명했다. 아무리 두꺼운 외투를 껴입었지만 그 정도는 알아볼 수 있었다. 이곳 어딘가에서라도 촬영된 영상이 있다면 철원에서 찾아낸 영상과 비교해서 범인을 찾아낼 수 있을 것도 같았다.

"혹시 여기 CCTV 있습니까?"

그는 사무실을 지키고 있던 행동대장급으로 보이는 남자에게 물었다. 그다지 험상궂게 생긴 편은 아니었다. 잘생겼다고 할 수는 없지만 평범하게 산다면 꽤 매력적인 남자일 것 같아 보였다. 얼굴에 흉터 하나 없는 게 그다지 큰 사고 없이 그 자리에 올라선 것 같았다. 하긴, 요즘에는 조폭 간 전쟁이 예전 같지 않은 것은 사실이다. 그들도 이제는 나름 사업이라는 것을 하고 있다. 그것이 합법이든 불법이든 간에.

"사장님. 우린 그런 거 안 키웁니다. 저희가 불법적으로 일하는 건 전부 알고 있잖습니까? 특히 이 사무실 같은 경우엔······."

'내가 그런 걸 어떻게 아냐? 이 새꺄!' 이영준은 속으로 그렇게 생각하면서도 정중하게 물었다. "그럼 건물 입구나 복도에는 있나요?"

"그건 이미 저희가 이 사무실 쓰면서 전부 고장 내 버렸습니다."

건달은 머리를 긁적이며 말했다. 불법적인 일을 하기 위해 멀쩡한 CCTV를 고장 낸 결과로 결국엔 자신들의 위험을 자초하게 된 것이다. 그렇다면 건물 주변의 CCTV를 확인해야만 한다는 것인데 그마저도 경찰의 협조를 받아야 하니 쉬운 방법은 아니었다. 건물 밖으로 나온 이영준은 사무실 입구 근처에 설치된 CCTV를 찾아 보았다. 하지만 그의 눈에 띄는 것은 하나도 없었다. 요즘 같은 시대에 황당한 일이 아닐 수 없었다.

"이 자식들! 사무실 하나는 기가 막힌 곳에 잡았네. 정말 잘 잡았어."

이영준은 혀를 차며 혼잣말을 했다. 그들의 사업 목적에 아주 적합한 곳을 임대했다고 생각하니 어이가 없었다. '축하할 일이네. 젠장!' 그는 사무실 바닥과 구석구석을 샅샅이 뒤져서 소파 테이블 아래에서 낚싯줄이 감겨 있었을 낚싯패 하나를 찾아냈다. 아마 실수로 떨어뜨리고 수거하지 못한 것이 아닐까 싶었다. 그걸 빼고는 완전히 깨끗했다. 바닥의 흥건한 피가 굳어져 그 위에 새겨진 신발 자국 대여섯 개가 남아 있었지만 그것 역시 증거나 단서가 될 수 없었다. 어쨌든 발자국 패턴은 세 명의 것이었다. 일단 사진을 찍어 두었다. 언젠가 필요가 있을 수도 있는 것이었다. 낚싯패에는 『세진낚시』라고 쓰여 진 가격표 라벨이 붙어있었다. 파우더를 뿌려 보았지만 기대했던 지문은 전혀 남아 있지 않았다. 그것으로 권인용의 조사를 마무리했다. 어차피 그에게 있어 사망시간 등의 유추 등은 의미가 없는 것이나 마찬가지였다.

12

 위, 아래, 위, 위, 아래~ 초등학생인 큰딸이 세팅해 준 이영준의 스마트폰 벨소리다. 장남권에게서 걸려 온 전화였다. '이 녀석 언제 또 바꿔 놓은 거야?' 집에 들어가면 제일 먼저 아빠에게 달려드는 녀석의 작품이었다. 딸을 낳기 전에는 딸바보라는 표현을 이해할 수 없었지만 이제는 스스로가 딸바보임을 자처하며 살고 있다. 아마도 딸 녀석이 아니었다면 그가 형사 옷을 벗지 않았을 지도 모를 일이었다. 스스로에게 부끄럽고 싶지 않았기 때문이다. 이미 사고는 쳤지만 앞으로 더 이상은 부끄러운 일에 휘말려 들기 싫었다. 그대로 형사직에 있게 되면 그에게 뻗쳐 있던 마수의 그림자가 끝까지 발목을 잡고 놓아주지 않으리란 것을 그는 알고 있었다. 초심을 잃은 게 언제인지 기억조차 나지 않았었다. 그는 불명예스러운 퇴직이 될 뻔했던 사건을 함께 뇌물을 나눠 먹었던 반장 선에서 좋게 마무리한 것을 알고 있었다. 그보다 더 위에서 마무리했다는 것도 어렴풋이 알고 있었다. 거기까지다. 그가 초심이란 것을 다시 찾았을 때, 이미 형사로서 살 수 없다는 것을 알게 되었다. 불명예 퇴직이 아니었음에도 사실상은 불명예 퇴직이라는 꼬리표가 달려 있었다. 소문은 정말 무서운 놈이었다. 하지만 그는 그 정도로 만족했다. 적어도 딸에게는 불명예 퇴직한 전직 형사로 남지 않았다는 것을 천만다행이라고 자족했다. 이런저런 생각 끝에 장남권의 여보세요, 소리가 들려왔다.

"어! 남권아." 이영준은 스마트폰을 목에 기대어 붙이고 현장의 건달들에게 손인사를 하며 계단을 내려갔다.

"미안! 누가 좀 있었어. 지금은 말해도 돼!"

이영준은 주변에 누가 있는지 재차 확인을 하며 운전석에 올라탔다.

"차적 조회를 해 봤는데. 용인이야. 주소는 문자로 보내 줄게. 원래 흰색 소나타가 맞아. 니가 말한 그랜저가 아니야."

장남권의 말에 그는 예상과 맞아떨어진다고 생각했다. 어느 정도라고 표현할 수는 없지만 꽤 치밀한 놈일 것이라고 생각했다. '샤프한 머리를 가진 살인마', 이영준은 가벼운 한숨을 쉬었다. 쉽지 않은 길이라는 것을 예감하는 순간이었다.

"그래? 알았어. 내일은 용인으로 가 봐야겠네."

"영준아. 비밀이다. 이건……."

"알았어. 내가 언제 사고 친 적 있냐?"

"아니. 그거 말고. 낚싯줄 사건이 또 났어."

장남권이 말하려고 했던 말은 이제가 시작이라는 말이었다. 이영준은 방금 나온 살인 사건 현장이 벌써 경찰의 귀에 흘러 들어간 것이 놀라웠다. 그는 살인 사건 현장 훼손 등의 형사적인 문제가 발생할 것이 염려되었다. 범죄 현장 은닉 등은 물론이고 자신의 일을 불법으로 몰자면 한두 가지가 아니긴 했다. 이영준은 백미러, 사이드미러, 전방, 후방을 전부 다 훑어보았다. 경찰이나 형사로 의심되는 사람은 보이지 않았다. 임병규의 조직원들 중 누군가가 정보를 흘렸을 수도 있었다. 이영준은 사건이 상당히 꼬여 간다는 기분이 들었다. 등골을 타고 식은땀이 흘렀다. 기분 나쁜 느낌이다.

"어디야? 거기는? 현장이~"

이영준은 아무 것도 모르는 척 말했다. 일단 장남권에게서 사건에 대한 내용을 들어보는 게 나을 것 같았다.

"송추야. 이번에는 여자다. 나도 지금 현장으로 가고 있는데. 요즘 잠잠하다가 갑자기 난리냐. 너도 현장으로 와라. 어차피 내가 있어서 신원문제는 안될 거야. 송추역 근처에 있으니까 송추역에 와서 전화해."

"미치겠군!"

이영준은 전화를 끊고 긴 안도의 한숨을 내쉬었다. 비록 잠깐이었지만 극도의 호기심에 아드레날린이 마구 분비되는 듯 피가 끓어올랐다. 송추역까지는 대략 두 시간 거리였다. 최대한 빨리 현장에 도착해야 사건에 대해 좀더 지켜볼 수 있을 것이었다. 그는 평소보다 급히 차를 몰았다. 형사 시절 이후로는 이렇게까지 급하게 운전해 본 적이 없었다. 머릿속이 복잡해졌다. 왠지 판도라의 상자를 건드린 것 같다는 묘한 기분이 들었다. 잠잠하던 낚싯줄 살인이 왜 다시 이어지는 것인지, 잊혀져 가던 연쇄 살인 다시 재발하면 매스컴에서 열심히 떠들어 댈 것이다. 그러면 자칫 임병규와 인용의 사건 때문에 자신도 위태로워지는데다 범인이 잡혀 모든 사건을 자백하기라도 한다면……. 이영준은 살얼음판을 걷는 기분이었다. 게다가 다시 이어지는 잔인한 살인에 치가 떨렸다.

"대체 어떤 놈이지? 하룻밤에 두 명이나……."

이영준은 혼잣말을 하며 깊은 생각에 잠겼다.

13

　현장은 송추역에서 이십 분 정도 더 들어가야 했다. 인가도 없는 외딴곳에 오랫동안 사용하지 않았을 법한 회색 벽돌창고가 있었다. 그 앞에는 경광등도 켜지 않은 순찰 차량 두 대와 장남권의 차 그리고 다른 승용차 두 대가 아무렇게나 서 있었다. 진입로도 매우 좁아 신경 써서 운전해야만 돌아올 수 있는 곳이었다. 진입로 양쪽에는 축 늘어진 잡초들이 너저분했다. 군데군데 물이 고여 썩은 내가 진동하는 진창에는 어느 농부가 쓰다 버렸을 고무장화 한 짝이 널브러져 있었다. 초록색 플라스틱 농약병 몇 개가 바닥에 굴러다니고 쥐새끼 몇 마리가 보일 듯 말 듯 수풀 사이를 쌩 하고 지나갔다. 누가 죽어도 몇 달이고 알아채지 못할 곳이었다. 이런 곳에서 살인이 일어났다고 생각하니 철원의 아귀 입 같은 숲 속이 기억났다. 범인은 인적 드문 외딴곳을 잘도 찾아내는 것 같았다. 창고 밖에는 구석에서 구역질을 하는 여형사 한 명이 보였다. 형사 생활이 얼마 되지 않았음이 분명해 보였다. 아무래도 이번 사건 현장은 그가 생각했던 것보다 처참하고 잔인할 것 같다는 예감이 들었다. 수풀 옆에 대충 주차한 그는 스마트폰 단축키를 눌러 장남권에게 전화를 걸었다. 폴리스라인을 설치하고 바리케이트를 치고 있는 순경들이 자신을 제지할 것이 뻔했기 때문에 미리 불러 내려 한 것이다. 멀리 창고 안에서 터벅 걸음으로 나오는 장남권이 보였다. 그는 순경 한 명을 시켜 이영준을 바리케이트 안쪽으로 불러들였다. 장남권의 표정이 많이 어두워 보였다. 이영준이 형사 짓을 그만 두던 당시 보았던 씁쓸했던 표정 그 이상이었다.
"어때?"
"일주일은 넘은 것 같아. 방치된 곳이라 아무도 지나다니지 않는 곳인데, 동네 고삐리들이 여기서 뻘짓거리 하려고 들어왔다가 발견했다더라고."
"뻘짓거리? 뭐?"
"알면서 뭘 물어. 뽄드 빨러 왔겠지. 새끼들……."
"여자라며. 그 낚싯줄 맞아?"
"맞아. 그런데 좀 그래!"

장남권은 상상하기도 싫다는 듯이 고개를 절레절레 흔들었다.
"뭔데 그래?"
"직접 봐라. 쟤 좀 봐! 여태 오바이트네. 저런 애가 과학수사대에서 나왔댄다. 어디 검시나 제대로 하겠어?"
한참 땅바닥과 인사하며 모래알 개수를 세는 것 같던 여형사는 장남권을 날카롭게 비껴보았다.
"미안미안~ 들었구나? 들으라고 말한 거야! 임마!"
장남권은 이미 여형사와 친분이 있었던 모양인지 일부러 더 심하게 놀려댔다.

14

 겨울이라 현장의 사체의 부패 정도는 심하지 않은 상태였다. 사체 근처로 가면서 이영준의 눈동자는 조금씩 커져갔다. 멀리서 봐도 여자는 다리가 벌려진 상태로 묶여져 있는 것을 알 수 있었다. 음부에는 소주병이 밑바닥 부분부터 꽂혀 잘록한 소주병 입구 부분만이 살짝 보였다. 역시 낚싯줄이 온몸에 꿰어져 제대로 반항 한 번 못했을 것이 분명했다. 그리고 여자의 옆에는 한 주먹도 안 되어 보이는 태아의 사체가 남아 있었다. 여자의 사체와 태아의 사체에는 쥐가 파먹은 흔적이 많았다. 끊어질 듯 간신히 연결된 탯줄도 그대로 노출되어 있었는데, 범인이 여자를 살해한 후에 태아를 꺼낸 것인지 아니면 살아있는 상태에서 꺼낸 것인지는 알 수 없었다.
"증거물 같은 거는 없어?"
이영준의 질문에 장남권은 봉투 하나를 내밀었다.
"이게 다야?"
이영준은 봉투를 받아 내용물을 확인했다. 봉투 안에는 수술용 메스 하나와 낚싯패가 들어있었다. 낚싯패는 오전에 보았던 것과는 다른 것이었다. 뒷면에는 『황금물고기』라는 상호가 적힌 스티커가 붙어 있었다. 장남권은 모르는 사실이다. 이영준은 이번 사건이 다른 사건들과 확연히 다르다는 것을 알 수 있었다. 다른 사건들 역시 복수에 의한 사건이라고 해도 될 정도로 치밀하고 혐오스럽긴 했지만 여태까지 여자의 음부에 소주병을 박아 넣거나 한 적은 없었다. 게다가 뱃속의 태아를 꺼내는 엽기적인 살인은 여태까지 들어본 적도 없었다. 물론 형사 시절 공부 좀 해 보겠다며 뒤적였던 해외 살인사건 사례집에서 태아를 꺼낸 사건을 본 적이 있기는 했지만 이건 심해도 너무 심했다.
"이거 사진 좀 찍어 둬도 되냐?"
"사진 찍는 데 닳지는 않지. 필요하면 찍어 둬라. 내가 적극 협조해야 니가 진급 시켜 줄 거 아니냐? 그나저나 임병규 그 자식 거는 잘 되어가는 거냐? 내일 용인 가서 뭔가 건져오면 좋겠는데. 보다시피 여기서도 찾을 수 있는 단서가 나올 것 같지가 않아. 너무 완벽해! 주변에 CCTV 하나 없어. 있는 게 이상하긴 하지. 고삐리들 아니었으면 한 달이 가도 발견되지 않았을 것 같아. 여기 사건 보면서 느낀 건데 임병규 그 자식은 억세게 운 좋은 놈이다. 유명한 깡패 새끼 하나 확실하게 저승길 보내줄 뻔 했어. 좀 아쉽긴 하다만……. 이번 사건은 좀 심하네. 이런 거 계속 보고 살라고 하면 이 짓도 더 이상 못 해 먹을 것 같아."

"여태까지 여자가 피살된 적은 없었잖아? 여자 신분증은 있어?"

"있겠냐?"

"하긴. 있을 리가 없지. 오래 걸리겠네. 여기 건도 추가 정보 있으면 바로 알려줘."

현장 분위기로 봐서는 경찰 고위층에서도 이 사건을 최대한 언론에는 노출시키지 않으려는 듯했다. 하지만 요즘 같은 시대에 과연 가능한 일이기나 할지 모를 일이었다. 어차피 형사나 순경들 중 누군가의 입을 통해 언론에 노출될 것이 거의 뻔했다. SNS도 한몫하고 있다. 언젠가부터 몇몇 경찰은 언론의 끄나풀을 자처하는 행위를 하기도 했다. 이영준의 머릿속엔 주먹보다 작은 크기의 태아가 흉터처럼 자리 잡았다. 오래전에 자리 잡은 것처럼 깊이 박혀버렸다. 아직 완전한 아기의 모습이 되기 전의 태아였다.

15

 칠흑같이 어두운 밤이다. 하늘엔 달도 별도 보이지 않는다. 먹구름이 낀 듯 했지만 멀건 안개가 자욱하게 피어올라 있는 것을 알 수 있다. 이영준은 백여 미터 앞 쪽의 자그만 불빛 하나만을 목표로 걷고 있다. 길이 있는 것도 아니다. 쥐 한 마리의 두 눈동자가 그와 마주쳤다. 눈동자는 두 개에서 네 개, 여섯 개, 여덟 개. 점점 그 수가 많아지더니 갑자기 환해졌다. 그리고는 다시 어둠으로 돌아왔다. 잡초들이 춤을 춘다. 어서 오라는 듯 춤을 추기도 하고 더 이상 다가오지 말라는 듯 춤을 추기도 한다. 발아래 질퍽거리던 흙탕물은 어느새 무릎까지 깊어진다. 그대로 서 있으면 물에 완전히 잠길 것만 같다. 앞으로 한 발, 두 발 옮기니 다시 수심이 얕아진다. 뒤를 돌아보면 우주보다 더한 어둠이 뒤를 막아선다. 오로지 앞으로 갈 수밖에 없다. 랜턴도 없이 단지 그 불빛이 등대인 양 바닥을 더듬어 가며 접근한다. 더듬더듬 한 발씩 전진한다. 한참을 걸어서야 그 불빛은 문틈 사이로 새어 나온 빛이라는 것을 알 수 있다. 삐걱거리는 소리가 들릴세라 아주 천천히 문을 연다. 불빛에 반짝이는 메스가 위아래로 움직이는 게 보인다. 메스가 움직일 때마다 빛에 반사된 핏물이 튄다. 빛은 붉게 물든다. 그리고 잠시 후 다시 원래의 빛으로 돌아간다. 그는 문을 박차고 건물 안쪽으로 뛰어 들어간다. 그의 습격에 놀라 뒤돌아선 사내의 손에는 수술용 메스와 피에 젖은 태아의 사체가 들려 있다. 태아의 짧은 팔다리에는 쥐새끼들이 잔뜩 매달려 있다. 사내의 얼굴은 눈 아래쪽만 보일 뿐, 그 이상은 볼 수도 없다. 일부러 자세를 낮춰보아도 사내는 고개를 숙여 얼굴을 보여주려 하지 않는다. 태아의 미소 띤 얼굴이 보인다. 핏덩어리처럼 보이는 태아의 미소는 매우 이질적이다. 이영준의 눈에 태아의 모습이 매우 **빠르게** 클로즈업 되어 보인다. 귀여운 아기다. 핏물을 뒤집어 쓴 것만 아니라면. 이제 그의 눈에 태아의 모습 외에는 아무것도 보이지 않는다. 태아는 짧은 팔다리를 휘저으며 소리 지른다.

"아빠가 엄마를 죽였어요. 그리고 나를 죽이려고 해요. 도와주세요. 아저씨. 무서워요! 칼로 엄마와 저를 갈라놓으려 해요. 무서워요. 도와주세요."

이영준은 아기의 괴기스러운 말에 털이 곤두서는 공포를 느끼고 움츠린다. 태아의 미소 띤 얼굴이 점점 크게 다가온다.

늦은 시간, 집에 들어온 이영준은 소파에 누운 채 잠들었었다. 장남권과의 술자리 내내 그 사건 현장에 대한 이야기가 끊어지지 않았었다. 그런 탓인지 꿈속에서마저 악몽을 꾼 것이었다. 해도 뜨지 않은 이른 새벽이고 숙취가 남아 있음에도 그는 더 이상 잠을 이룰 수 없었다. 쥐에게 살이 뜯겨 나간 태아가 그에게 했던 말들이 머릿속에서 떠나지 않았다. 얼마나 생생했던지 꿈이 아닌 것만 같을 정도였다. '아이의 말 대로 아이의 아빠가 범인인 걸까?' 이영준은 아이의 말을 곱씹어 보았다.

16

우려했던 대로 저녁 뉴스에서는 송추 사건이 메인 토픽으로 다뤄졌다. 매스컴에서는 최대한 수위를 낮춰 보도했지만 그 정도만으로도 국민들을 놀라게 하기에는 충분했다. 시대의 엽기적인 사건들은 언제나 극대치를 달렸지만 이런 사건은 앞으로 또 있을 수 없을 것만 같았다. 도끼로 아들을 찍어 죽인 사건도 있었고, 시어머니를 산채로 땅에 매장한 며느리도 있었고, 친동생을 회칼로 난도질한 사건도 있었고, 시녀를 뿌려 화형이나 마찬가지로 살인을 하는 등 엽기적인 사건은 언제나 있었다. 하지만 태아를 꺼내는 행각은 그 중에서도 특별했다. 여하튼 이 사건이 매스컴 탓에 시끄러워져 범인이 꼬리를 감출 우려가 있기는 했지만, 이영준의 능력만으로는 풀어갈 수 없는 부분을 해결할 수 있다는 이점도 있다. 엽기적인 사건은 아마 일주일 정도 전국의 술안주거리로 회자될 것임은 확실했다. 그리고 조금씩 잊혀지거나 더 큰 사건에 의해 묻혀버릴 것이다. 다만 임병규와 그의 수하가 살해된 사건이 알려지는 것만은 막아야 한다. 만일 세간에 그 사실이 알려지게 된다면 장남권도 무사하지 못할 수도 있다. 결국 이영준 스스로는 수사 속도를 높여 살인자를 최대한 빨리 검거하는 것만이 답이다. 장남권은 아직 임병규 사무실에서 벌어진 인용의 사건에 대해서는 알지 못하는 상황이다. 그는 그 때문에 임병규의 사건에 대해 그다지 대수롭지 않게 생각하고 있다. 그것이 변수라고 할 수 있었다. 이영준은 밤사이 꾸었던 악몽이 머릿속에서 사라지지 않고 하루 종일 뱅뱅 맴돌았다.

『아빠가 엄마를 죽였어요. 그리고 나를 죽이려 해요. 도와주세요. 아저씨. 무서워요. 칼로 엄마와 저를 갈라놓으려 해요. 무서워요. 도와주세요.』

분명히 꿈이었음에도 핏덩이 태아의 말 한마디, 한마디가 잊혀지지 않았다. 정말 살인자 범인과 피해자가 부부 혹은 내연의 관계가 아니었을까, 하는 의심을 할 필요도 있다. 그는 왠지 꿈이 뭔가 계시한 것이 아닐까 하는 생각이 들었다. 말도 안 되는 뚱딴지같은 생각이라면서도 마음은 그렇지 않았다. 장남권에게서 여인의 신분이 밝혀진다면 그쪽 방향으로 수사 초점을 맞춰보는 것을 고려하는 중이다. 지난 세 번의 살인은 이미 미궁으로 빠져 영구 미제 사건으로 떨어질 것이라 생각했던 것이었다. 그런데 수년이 지나서야 다시 비슷한 사건이 연이어 발생하고 그 발생 간격도 길지 않다. 게다가 살인의 형태는 조금씩 변형이 되고 있었다. 새로운 범인이 범죄를 복제하고 있는 것일지도 모른다는 생각으로 좁혀져 갔다. 이영준이 알고 있는 증거물이야 경찰이 가지고 있는 수술용 메스와 낚싯패 그리고 자신이 가지고 있는 낚싯대가 전부였다. 『세진낚시』, 『황금물고기』라는 상호의 낚시용품 판매점. 사실 그것만 가지고는 증거가 될 만한 것을 알아낸다는 것은 하늘의 별 따기 마냥 어려운 것이다. 낚시용품점 위치 정도는 파악을 해 두는 것이 좋을 것 같았다. 게다가 낚싯패가 두 개나 나온 것으로 봐서는 범인의 주도면밀한 혼동작전이 아닐까 하는 의심도 들었다. 시간을 벌거나 다른 쪽으로 시선을 유도하려는 것이 아닐까 하는 생각을 했다. 그러면서도 한편으로는 범인을 너무 영리한 쪽으로 몰고 가는 것이 아닐까 하는 생각마저 들었다. 조사 결과, 『세진낚시』는 전국에 수를 셀 수도 없을 정도로 많다. 수사에 별 도움이 되지 않을 것이고 의미도 없다. 다행히도 전국을 통틀어 『황금물고기』는 겨우 네 개였다. 서울에 하나 당진, 마산, 울산에 하나. 사건들 전부 서울과 경기권에서 이뤄진 것이기 때문에 일단은 서울과 당진의 매장이 유력하다. 어쨌거나 범인의 꼬리를 잡기 위해서는 직접 방문해 보는 것 밖에 방법이 없다. 경찰 역시도 움직일 가능성이 높다. 미리 움직여 괜한 의심을 살 필요는 없다. 게다가 그곳에서 뭔가 단서가 될 만한 것을 찾을 가능성은 거의 희박하다. 고민 끝에 그는 용인으로 향했다. 딱히 기대를 하지 않았지만 용인에서는 결국 아무런 수확 없이 돌아와야만 했다. 문제의 차량은 누군가 번호판만 떼어갔다는 정보만으로 만족해야 했다. 그것도 벌써 한 달은 되었다. 차주는 오래전에 경찰에 신고했지만 이제는 그다지 기대조차 하지 않았다. 오히려 자신에게 귀찮은 일이 생길 것을 걱정하는 눈치였다. 용인에서 별다른 수확이 없자, 이영준은 올라오는 길에 당진의 『황금물고기』를 방문했는데 뜻밖의 단서가 그곳에서 잡혔다. 현장에서 찾은 낚싯패는 악성 재고라서 정확히 기억하는 물건인데다 일 년 동안 기껏 열 개도 팔리지 않은 제품이라는 것이다. 그것도 최근 판매된 것은 거의 한 달 전이다. 시기적으로도 얼추 맞아떨어질 것 같았다. 하지만 아쉽게도 현금으로 판매되었고 매장 CCTV에는 기록조차 되지 않았다. CCTV는 카운터를 제외하고는 모두 가짜였고 그 마저도 오래되어 남은 기록도 없었다. 상점 주인이 기억하는 것은 그가 사십 대 중반 정도였으며 낚시하고는 거리가 먼 사람이라는 것이었다. 수십 년간 낚시 경력을 가진 그는 고객과 몇 마디만 나눠 보면 상대방이 낚시를 하는지 아닌지 정도는 정확하게 알 수 있다는 것이다. 지금까지 이영준이 알아낸 범인의 윤곽은 눈 밑까지 드러난 CCTV 영상, 사십 대 중반의 남자, 흰 피부, 180센티의 키(혹은 그보다 작을 수 있음), 호리호리한 몸매 그게 전부였다. 서울로 돌아온 이영준은 장남권에게서 몽타주 전문가를 소개받았다. 그는 CCTV 영상을 두고 나머지 부분은 임병규에게 맡겨 보기로 작정했다.

17

 경찰에서 살해된 여인의 신분을 파악하는 데는 무려 4일이나 걸렸다. 장남권은 가장 먼저 이영준에게 소식을 전했다.
 "얼마 전 실종 신고된 김미정이라는 여자야. 나이는 이십육 세. 주소는 광주 도척면 두일리. 재작년에 이혼했어. 전 남편은 양병걸. 사십삼 세. 지금은 아산에서 살고 있고 아산시청 공무원이야. 자세한 건 나오는 대로 다시 알려 줄게. 송추 건 터지는 바람에 다들 난리 났다. 너도 조심해라. 팀장한테 말해 놓긴 했는데 다른 서에서도 움직이게 돼서, 만약 팀에서 네가 관여된 사실을 알게 되면 너나 나나 피곤해진다. 알아서 해. 알다시피 지금 사건은 우리

소관 사건이 아니야. 단지, 지난 사건 때문에 발만 담그고 있는 거야."

"설마 전라도 광주는 아니겠지?"

"농담해? 경기도 광주야. 그렇다 해도 송추와는 거리가 있긴 해."

"내 느낌에 이 사건은 원한 관계로 인한 복수극이 확실하다는 생각이 드는데 말이야. 너도 느끼겠지만 낚싯줄은 살인 사건의 공통점이면서도 직접적인 살인 방법은 아니야. 우리가 여태 봤던 살인 사건 중에 기껏 해봐야 토막 살인 정도나 되어야 잔인한 수준이라고 할 수 있는데 이건 너무 엽기적이야. 그냥 사이코 같은 게 아니야!"

"그건 나도, 아니 우리도 마찬가지긴 한데 말이야. 뭐! 증거라고 나온 것도 낚싯줄이 전부고 증인도, CCTV 영상도 하나 건진 게 없어. 분명히 이 새끼는 천재야. 전과는 없는 게 분명해. 손가락 지문 하나를 찾긴 했는데 그건 이미 4년 전에 사망한 사람 거야. 어제 그 지문 하나 때문에 난리가 났었어. 드디어 사건의 중요한 실마리가 잡혔다고 말이야. 물론 허무한 이벤트였지만."

"혹시, 다른 비슷한 사건은 없을까?"

이영준은 임병규의 경우처럼 범인이 계획했던 범죄에 성공하지 못한 사건이 있지 않을까 하는 생각을 한 것이다.

"그런 게 있을 리가 있겠어? 완전범죄도 이런 완전범죄가 없어. 화성 연쇄 살인 사건도 여기에 비하자면 애들 장난이야. 그 당시야

CCTV 같은 것도 없었고, 과학수사라고 해봐야 지금하고 비교하자면 하늘과 땅 차이의 수준이었으니까 그렇다 쳐도. 아무튼 요즘 같은 시대에 이런 일을 저지르는 이 새끼가 누군지 대체 정체를 알 수가 없으니, 참! 모르기는 해도 아마 우리가 파악하지 못한 사건도 제법 있을 것 같아."

"그나저나 김미정이란 여자가 2년 전에 이혼하고 만나던 남자는 누구야?"

"아! 그거? 영철이 기억나지? 영철이가 조사 중이야. 일단, 아산 시청 들어갔다가 김미정 주소지에 들려서 오기로 했어. 들어오는 대로 알려 줄게. 임병규 쪽에서는 더 나온 거 없어?"

"그렇지 않아도 몽타주 때문에 저녁에 만나보고 들어가려던 참이야."

임병규의 병실을 찾은 그는 아쉬움만 가지고 돌아왔다. 너무 기대했던 탓이었다. 임병규는 생각했던 것보다 범인에 대해 희미한 기억만 가지고 있었다. 결국 이영준이 원하는 몽타주를 만들 수는 없었다. 눈 아래 모습을 모두 확보했음에도 더 이상 진전이 없자 답답하기만 했다. 그의 말에 의하면 당시 현장에는 가로등도 없었고 경황이 없었던 지라 그의 얼굴을 자세히 볼 수가 없었다고 했다. 변명이었다. 어쨌거나 몽타주가 만들어지긴 했다. 하지만 그것으로 범인을 찾아낸다는 것은 불가능하다. 이영준은 다시 한 번 CCTV 속 범인의 인상에 대해 꼼꼼히 짚어가며 눈에 익혔다.

"여기만 보면 제법 잘 생긴 놈 같은데. 몸도 호리호리한 게 나름 비율도 괜찮은 것 같고."

범인의 오뚝한 콧날과 적당한 크기의 입술은 요즘 인기 있는 아이돌처럼 잘생긴 편에 속했다. 갸름한 턱선에 흰 피부는 특히 젊은 여자들이 좋아할 만한 인상이었다. 만약 그자가 옆에 있다면 알아볼 수 있을 가능성이 없지는 않을 것 같았다.

18

 몇 시간 동안 고민에 빠져 있던 이영준은 다시 장남권에게 전화를 걸었다. 장남권은 언제든 이영준의 전화를 반가워했다. 어쨌거나 현재 경찰보다 이영준이 가지고 있는 정보가 더 많다고 생각하는 모양이었다.
 "남권아. 김미정이라는 여자가 이혼 후에 인천으로 가서 살게 된 이유는 뭘까?"
 "글쎄다! 돈 벌러 가지 않았겠어?"
 "부모는?"
 "이미 결혼 전에 사망했어. 거의 고아나 다름없는 여자야."

"인천에는 연고가 있나?"

"그건 우리도 체크해 봤는데 피해자가 인천에 연고가 있을 가능성이 높아. 물론 친구 중 누군가가 인천에 살고 있었다면 이야기가 다르겠지."

"결혼 전 직업은?"

"주점에서 일을 했었다고 하던데. 아마 룸싸롱이지 않을까 싶어. 계좌 파악 중이야. 아마 맞을 거야."

"그럼 술집에서 일하던 여자가 이혼 후에 다시 일을 해야 했다면. 그것도 무연고지에서 일을 해야 했다면, 어떤 일을 했을까?"

"아마도 다시 그 일을 할 가능성이 높겠지."

"그거야. 계산동에 사는 여자가 어디에서 일할까? 직장과 먼 곳에서 살지는 않지 않겠어?"

"그렇겠네. 유흥업소 쪽으로 탐문해야겠다. 오케이, 고맙다."

장남권은 이영준과의 통화로 새로운 방향을 짚어냈다. 그는 곧장 인천 계산동의 유흥업소를 대상으로 탐문을 시작했다. 하지만 그들이 기대했던 결과는 없었다. 다시 미궁이었다.

며칠 후 이영준에게 임병규의 전화가 걸려왔다. 임병규의 급박하고 절박한 목소리가 이영준의 전화를 타고 들려왔다. 그의 목소리는 심하게 떨리고 있었다. 이영준은 그의 목소리만으로도 지난번 같은 중대한 사고가 터졌음을 직감했다.

"이 사장님."

그는 쉽게 말을 잇지 못했다.

"무슨 일이신지……?"

"당장 병원으로 와 주셔야겠습니다. 아우 하나가 그 미친 살인마 새끼한테 잡혔다가 나처럼 도망쳐 나왔는데 이 새끼 상태가 좀 심각합니다. 아마 우리 조직이 타겟이 된 것 같습니다. 지금, 같은 병원에 입원시켰는데 일단 이 사장님이 와서 봐야 할 것 같습니다. 아직 경찰에는 알려야 할 지 답을 못 내리고 있습니다. 동대문 애들은 절대로 아니라고 하지만 제가 보기엔 그 놈들이 지금 우리 조직을 노리고 있는 게 확실합니다. 이 사장님 도움이 필요합니다. 우리 애들이 요즘 완전 겁을 먹고 난리가 아닙니다. 돈이라면 얼마든지 더 드릴 테니 빨리 해결 좀 부탁합니다. 이 사장님! 바로 좀 와 주십시오."

"제가 어떻게 해결을……."

이영준이 뭐라고 말을 하기도 전에 임병규의 전화는 끊겨 있었다. 클라이언트의 절박함을 모른 척 하고 넘어갈 수는 없었다. 이영준은 우선 임병규 수하의 상태를 확인하고 경찰과 공조를 할 것인지 결정을 해야 했다. 하지만 그렇게 되면 이영준은 물론 장남권 역시 여러 가지 문제를 피해 갈 수 없을 것이 분명했다. 일단, 그는 부리나케 병원을 향했다.

"어디 있습니까?"

이영준은 임병규의 얼굴을 보자마자 다짜고짜 임병규 수하의 상황부터 물었다.

"방금 수술 끝나서 회복실에 들어갔습니다. 문제가 점점 커지는 것 같습니다. 애당초 저 하나만을 노린 건 아닌 것 같습니다. 이건 분명히 우리 조직을 노리고 있는 게 분명합니다. 어떤 새낀지 알 수도 없고…… 이 사장님. 저는 이 사장님만 믿습니다. 경찰에서 알게 되면 나는 완전히 망합니다. 이 사건 때문에 절대로 빠져 나갈 수 없을 겁니다."

임병규는 수시로 이 사장님이라는 호칭을 붙여 가며 부탁을 강조했다. 그는 이미 사색이 되어 있었다. 공포에 떨고 있는 것이 한눈에 보였다. 폭력조직의 수장인 그가 살인마의 보이지 않는 협박을 두려워하는 것이다. 깡패 역시 하잘것없는 인간일 뿐이라는 생각이 들었다.

"임 사장님! 정신 차리시고…… 아우는 상태가 어떻습니까?"

"이…… 이 새끼가 손발 껍데기를 홀라당 벗겨 버렸습니다. 역시 저처럼 낚싯줄에 꿴 상태에서 말입니다. 혹시, 얼마전 방송에 나온 그 새끼 맞는 거죠? 개새끼가 왜 우리한테 지랄이야. 개새끼. 씹새끼!"

비록 욕설을 내뱉고 있었지만 임병규는 입술을 바르르 떨고 있었다. 살인마가 그에게 가져다 준 공포는 당사자 외에 누구도 이해하지 못할 것 같았다.

19

쇼크 상태에 빠졌던 임병규의 수하는 이영준과 일면식이 있었던 사람이었다. 뿔테안경을 쓰고 있던 임병규가 아끼는 수하 조직원이었다. 병실 입구 명판에는 전형조라는 이름이 쓰여 있었다.

전형조의 의식이 돌아오기까지 꼬박 이틀이 걸렸다. 둘 다 생존해 왔지만 상태는 천지 차이였다. 다행히도 임병규의 조직원들이 병원에 어떻게 손을 쓴 것인지 그의 사고 소식은 외부로 돌지 않았다. 의사들 역시 의심은 하고 있었겠지만 외부로는 아무런 소문도 나지 않은 상태에서 진행되었던 것 같았다.

"이 사장님. 이제 오셨습니까?"

전형조는 핏빛 없는 누런 얼굴을 하고 어두운 표정으로 이영준을 맞았다. 죽음의 문턱에서 살아 돌아온 그의 목소리에서 어둠이 묻어났다. 죽음의 문턱. 이영준은 그 단어를 입 안에 곱씹었다. 여태 살면서 단 한 번도 그 곳까지는 가보지 못했다. 물론 가보고 싶지도 않았다.

"형조씨. 살아오셔서 다행입니다. 어떻게 되신 겁니까?"

이제서야 정신을 차린 그에게는 미안하다고 생각했지만, 이영준은 사건이 어떻게 된 것인지 다짜고짜 묻기 시작했다.

"그 새끼는 인간이 아닙니다. 악마예요. 악마! 제가 살아서 나온 것은 기적입니다. 누군지는 모르겠지만 갑자기 나타났습니다. 저는 그 덕에 이렇게 살아나올 수 있었습니다."

전형조는 두서없이 설명했다. 다행히 장기에는 문제없는 상황이어서 말을 하는 데는 크게 부담이 없어 보였다.

"형조씨. 천천히, 차분차분 이야기해도 됩니다. 언제, 어디에서 납치당한 건지 기억나세요?"

"우리 형님처럼, 저 역시도 기억이 없습니다. 잠든 이후부터 아무런 기억이 없습니다."

둘 다 비슷한 패턴이었다. 사건을 분석하는 데 있어 비슷한 양상을 보인다는 것은 매우 유리한 사항이다. 이영준은 조금씩 힘이 돋기 시작했다.

"잡혀 있던 곳은 어딥니까?"

"인천에 병방동이라고 아십니까? 거기는 저희가 작업장으로 사용하는 곳입니다. 지금, 저희 애들이 그 새끼 잡겠다고 지키고 있습니다."

전형조의 목소리에서 살의가 묻어나왔다. 이영준은 임병규를 처음 만났던 날 그에게서 느꼈던 것처럼 전형조에게서 자신을 살해하려 했던 자에게 복수를 하겠다고 벼르는 듯했다. 그 역시 시간이 지나면 임병규와 같은 모습을 할 것 같았다. 조금씩 무뎌지는……

"형조씨. 괴롭겠지만 당시 현장에서 어떻게 빠져 나왔는지 설명을 좀 해 줄 수 있나요?"

이영준은 조심스럽게 전형조의 분위기를 살폈다.

"아! 씨발! 아…… 미안합니다. 이 사장님. 진통제 좀 달라고 해야겠네요. 제가 사실 성격이 좋아서 그렇지. 다른 놈들 같으면 저처럼 이렇게 말을 할 수도 없을 겁니다. 칼 맞고 기름 부어 화상도 입고 해 봤지만 이런 건 생전 처음입니다. 그 새끼는 절대 인간이 아닙니다."

전형조는 자신의 팔을 가리키며 말했다. 두 손발 모두 붕대로 칭칭 감겨 있다시피 했다. 이영준은 굳이 그의 상처를 보고 싶지는 않았다. 그저 상상만으로 족했다. 전형조는 다시 광분하는 듯 씩씩거렸다. 완벽한 다혈질이었다.

"자자, 진정하시고…… 혹시 범인 얼굴은 보셨습니까?"

이영준은 그에게서 아주 획기적인 단서나 정보가 나오기를 기대했다. 그의 두 눈동자는 전형조의 입에 집중했다.

"아뇨. 밝은 공간이었는데 눈이 가려져 있었습니다."

전형조가 설명을 하려던 차에 호출했던 담당 의사가 들어왔다. 의사는 그의 상태를 살피더니 링겔병에 진통제만 투여하고 돌아갔다. 전형조는 한참이 지나서야 통증이 가시는지 붉으락푸르락했던 표정이 조금씩 나아졌다. 그렇다고 해서 사고 전의 모습은 아니었다. 그의 상태는 병원에서 마주쳤을 때 이미 정신병자 수준이었다. 고통스러웠던 모습이 고쳐지자 다시 설명을 시작했다.

"눈을 떴는데 아무것도 보이지 않았습니다. 앞에서 누군가 서성이는 것이 보였습니다. 보였다라기보다는 윤곽만 보았다고 해야 하겠지요. 그 새끼는 제가 눈을 뜨기를 기다리는 것 같았습니다. 그때까지 저는 어찌된 영문인지 전혀 몰랐습니다. 몸을 움직여 보려 했는데 온몸을 불에 지지는 듯한 통증이 느껴졌습니다. 그 놈이라는 걸 직감적으로 알 수 있었습니다. 형님한테 들었던 그대로였습니다. 순간, 저도 모르게 공포를 먼저 느꼈습니다. 순식간에 온 몸이 굳어지는 것을 알 수 있었습니다. 쪽팔리지만 정말 겁이 났습니다. 그 미친 개 씹팔 호로새끼는 제 발에 칼을 댄 것 같았습니다. 안 그래도 온 몸이 아파서 우라지게 아파 뒤지겠는데 칼이 발목에 닿는 게 느껴졌습니다. 아마도 제가 깨어나기를 기다렸던 것 같았습니다. 나머지 통증은 표현을 못하겠습니다. 찢어지는 고통이란 게 어떤 건지 처음 알았으니까. 그 누구도 그런 고통을 느껴 본 적이 없을 겁니다. 우리 큰형님도 제가 당한 정도까지는 겪어보지 못했으니까 말입니다. 인용이 생각이 났습니다. 그 자식 피부가 벗겨질 때 어떤 생각을 했을지 별의별 생각을 다 했습니다. 제가 지금까지 칼을 두 번이나 맞아봤는데 그거랑은 완전히 다릅니다. 아마…… 하지만 뭐가 뭔지 몰랐습니다. 두 발이 다 그렇게 되도록. 그런데 제 비명 소리가 제게 들리지 않는 걸 늦게서야 알았습니다. 고통 때문에 감각이 무디어진 것인가 했습니다. 그런데 알고 보니 소리를 못 내는 거였습니다. 그 미친 살인마 새끼는 조용한 가운데 칼질을 즐기고 있었던 겁니다. 저는 그저 소리 없는 비명만 질러대고 있었던 겁니다. 아마 그렇게 비명을 지르다가 기절을 한 모양입니다. 얼마가 지났는지 제가 다시 정신을 차렸는데, 잠시 후 손목에서 미칠 것 같은 통증이 이어졌어요. 왼팔이었습니다. 그리고는 그 자식이 눈에 씌웠던 안대를 살짝 벗겨 줬습니다. 눈이 부셔서 아무 것도 보이지 않았습니다. 그러고 나서 한참이 지나서야 눈이 시력을 찾기 시작했습니다. 눈 앞에 그 새끼가 보였습니다. 모자를 푹 눌러 쓰고 있었습니다. 게다가 그 새끼는 마스크를 하고 있어서 얼굴도 알아볼 수 없었습니다. 그 미친 새끼가 제 안대를 벗긴 이유를 그때 알았습니다. 제 손의 껍질이 홀라당 벗겨져 있었습니다. 피부가 너덜너덜해져서 간신히 손목에 걸려 있었습니다. 생선포를 뜬 것 같았습니다. 피부 아래 흰 지방질 위에 피가 흐르고 있었습니다.

지방 위로 핏방울이 스멀스멀 새어 나오는 것 같았습니다. 잠시 후 그 새끼가 제 눈앞에 서더니 간신히 걸려 있던 제 손가죽을 마저 벗겨내고는 살랑살랑 흔들고 있었습니다. 그런 느낌은 모르실 거예요. 내 손이 장갑처럼…… 그 새낀 악마예요. 그게 전부가 아니었습니다. 제 오른손에 수술용 칼을 들이대고는 제 눈을 빤히 쳐다보면서 얇게 그었습니다. 분명히 웃고 있었습니다. 칼이 그어진 자국이 슬쩍 벌어지면서 피가 흘러나오기 시작한 겁니다. 그리고 나서 그 자식이 제 손목의 피부 사이로 손가락을 집어넣었습니다. 그 이상한 기분은 상상도 못하실 겁니다. 그때 갑자기 그 새끼 뒤쪽에서 뭔가 깨지는 소리가 들렸습니다. 그 새끼는 갑자기 미친 듯이 뛰어 나갔습니다. 그리곤 다시 돌아오지 않았습니다. 저는 안대가 벗겨진 덕에 그곳이 우리 작업실이라는 것을 알 수 있었습니다. 벽시계는 새벽 5시였고, 서너 시간 후면 우리 애들이 들이닥칠 거니까 그때까지 미친 사이코 새끼만 돌아오지 않기를 바랬습니다. 그러면 저는 죽지 않고 살 수 있을 것만 같았습니다. 태어나서 그렇게 느린 시계는 처음 본 것 같습니다."

　전형조는 죽을 뻔한 상황을 겪고도 최대한 태연한 척 이영준에게 설명했다. 임병규와는 사뭇 다른 진지함이 그에게는 있었다. 그 때문인지 임병규 때와는 다른 측은함이 느껴졌다. 이영준은 그의 눈에서 누구에게도 본 적 없는 공포를 목격했다. 아마 지금의 그 눈빛도 그가 맛보았던 그날 새벽의 공포보다는 매우 안정된 것이리라는 생각이 들었다.

"그자 얼굴은 전혀 볼 수 없었습니까? 사무실에 CCTV는요?"

이영준은 이미 그의 대답이 필요 없음을 알고 있었지만 혹시나 하는 마음에 다시 물어본 것이었다. 그에게서 돌아오는 대답은 예상했던 대로였다. 병실에서 나오는 이영준의 등 뒤로 전형조의 한 마디가 들려왔다.

"제발, 그 새끼 찾아주세요. 죽여 버릴 거니까. 온몸을 홀라당 벗겨 버릴 겁니다."

영준은 그의 분노를 어느 정도 이해할 수 있을 것 같았다. 그는 전형조가 누군가를 의자에 묶어 두고 껍질을 벗기는 상상을 했다. 일부러 상상하기는 싫었지만 저도 모르게 그려지고 있었다. 의자에 앉은 자는 한손에는 메스를 들고 다른 손에는 핏덩이 태아를 들고 있었던 그자였다. 이영준은 그자의 얼굴을 마주했다. 그는 눈 아래 부분만 있고 그 위로는 그저 공백이었다. 투명했다. 유리창처럼 뒤가 비치는 투명이 아니었다. 투명한데 투명하지 않은, 뭔가 다른 것이었다.

20

　전형조가 알려준 인천의 병방동은 김미정의 주거지인 계산동과 그리 멀리 않았다. 그들의 작업장이라는 곳은 병방동에서도 매우 외딴 장소였다. 범죄가 일어나기에 충분히 적합한 장소였다. 뭔지는 알 수 없지만 그들이 말하는 작업장이 어떤 작업을 하는 장소이든 간에 불법적인 것만은 분명했다. 주변은 건물 하나 없는 너른 밭이었다. 그들의 작업장은 누군가가 농사를 짓기 위해 지었을 것 같은 창고용 혹은 임시 주택일 것 같은 허름한 곳이었다. 건물 주위로는 전형조 일당들의 차량으로 보이는 검은색 세단 세 대가 보였다. 그 주위로는 스포츠형 머리를 한 채 검은색 패딩을 걸쳐 입은 남자들이 잔뜩 경계하는 모습으로 서 있었다. 그들은 추운 날씨에 발을 동동거리고 있었다. 전형조의 표현으로는 그 새끼를 잡겠다,고 했지만 누가 봐도 제 발로 잡히러 와줄 것 같지는 않아 보였다. 그들이 말하는 그 새끼를 잡는다,는 것은 아무래도 무리였다. 다만 그들은 조직이 외부의 공격을 받고 있다는 것에 은근히 부담을 느끼고 있을 것이 당연했다. 그것도 정체를 알 수 없는 살인자에게 세 명이나 습격을 받았고 한 명은 벌써 세상을 하직한 상황이었다. 그들은 귀신에 쫓기는 것 마냥 두려움이 극에 달해 있을 것이었다. 조직을 이탈하는 자도 생길 것 같았다. 임병규는 그런 이유 때문에 이차적 두려움을 느끼고 있을 지도 모를 일이었다. 이영준은 건물 앞에 비스듬하게 차를 대놓고 내렸다. 날씨가 싸늘했다. 아침에 나올 때만 해도 그다지 춥다고 느껴지지 않아서 두껍지 않은 옷을 입고 나왔는데 사고 현장은 기온이 다른 듯했다. 사방이 개활지나 마찬가지여서 바람이 더 싸늘한 것 같았다. 게다가 사건 현장의 분위기가 사방을 더욱 싸늘하게 만들고 있었다.

"이 사장님 오셨습니까?"

예의 민머리였다. 연락을 받고 이영준을 기다리고 있었던 듯했다.

"날도 추운데 왜 밖에 나와서 기다리고 그러십니까?"

이영준은 추워서 벌벌 떨고 있는 그가 불쌍하게 느껴졌다. 그저 예의상으로 한 표현은 아니었다. 동료들을 하나둘 잃어가는 그의 입장을 이해하니 측은했다. 아닌 게 아니라 그의 표정은 매우 심란해 보였다.

"형님이 현장에 손 하나 까딱하지 말라고 하셔서 말입니다. 그리고 살인마 새끼가 어디 처박혀서 도망갈 준비만 하고 있는지 알 수가 없으니 차 안에서 지켜보기도……."

이영준은 그의 말을 듣고 있자니 한심하다는 생각이 들었다. 여태 경찰조차도 단서 하나 찾아낼 수 없는 범행을 저지르는 자가 기껏 이런 감시 속에 모습을 드러낼 것이라고 생각하는 것이 우스웠다. 그저 그들의 형님이라는 임병규의 명령이니 이해 못할 바는 아니었다. 건물 안에는 방이 두 개 연결된 거실과 부엌이 있는 주거용 공간이었다.

"여기에는 누가 살고 있거나 하지는 않나 보네요?"

이영준은 누군가 주거를 해도 충분한 공간에서 본래 집의 목적인 주거의 목적 외에 그들이 어떤 작업을 하는 것인지 궁금했다.

"말씀 드려도 되나 모르겠습니다. 일단 형님께 허락 받은 후에 설명 드리겠습니다."

주머니를 뒤적여 휴대폰을 꺼내 든 민머리는 임병규와 짧은 통화 후에 다시 입을 열었다.

"이 사장님께는 말씀드려도 된다고 하십니다. 사실…… 여기는 저희가 애들 작업하는 곳입니다. 그러니까. 음……."

이영준은 그가 무슨 말을 하려는 지 대충 알 것 같았다. 수도권에도 그런 곳이 있으리라고는 생각지 못했을 뿐이다. 여자들을 납치해서 강제로 성폭력을 행하고 술집 등에 팔아버리는 일종의 인신매매를 목적으로 한 곳이다. 그는 잠시 어지럼증을 느꼈다. 죽어 마땅한 놈들이 제대로 당하고 있다는 생각이 들었다. 자신이 굳이 이런 자들을 위해 일을 할 필요가 있을까 싶었다. 물론 그에 따른 비용을 받고 하는 일이고 이미 선수금을 받은 상황이긴 했다. 이영준은 받은 돈이라도 돌려주어야 할지 잠시 고민했다. 하지만 이미 생활비로 모두 써버린 터였다. 게다가 고정적인 수입이 없기 때문에 앞일을 예측할 수도 없는 상황이긴 했다.

민머리가 임병규에게 허락을 받았음에도 한참을 머뭇거렸다.
"빙빙 돌리지 말고 말씀하시죠. 그래야 수사에 도움이 됩니다."
이영준은 모른 척 그의 설명을 듣기로 했다. 민머리는 그의 눈을 잠시 쳐다보더니 다시 말을 이어갔다.
"어차피 저희들 사는 꼬라지는 다 알고 계시니까. 쪽 팔리지만 말씀 드리겠습니다."

민머리는 폭력조직에 발을 담그고 있는 것에 회의를 느끼고 있었다. 가능만 하다면 언제라도 손을 씻겠다는 다짐을 하던 그는 최근 벌어지는 살인사건이 자신들을 향한 복수라고 생각하고 있었다.
"여기는…… 저희가 말입니다. 음, 여자애들 납치해서 가둬 두고 비디오 찍고, 돌림빵 하고, 교육시키고, 겁먹게 만든 다음 오피에서 근무하게 만드는 곳입니다. 말하자면 교육장입니다."

민머리는 말을 하면서 수시로 시선을 다른 곳으로 옮겼다.

전형조가 죽음의 문턱까지 다녀오게 만들었던 사건 현장은 이제껏 보았던 모든 현장 중 가장 보존이 잘 된 곳이었다. 그럴 수밖에 없었지만. 이영준은 스마트폰으로 현장 곳곳을 촬영했다. 구석구석 증거가 될 만한 것은 모두 스마트폰 속으로 빨려 들어갔다. 심지어는 돋보기를 꺼내 털 오라기 하나까지 증거물로 수집했다. 민머리의 눈에는 소설 속에서나 보던 명탐정 홈즈의 모습처럼 보였다. 수술용 장갑이 끼워진 이영준의 손에 전형조의 왼손 피부 가죽이 들려졌다. 장갑과 피부가죽은 묘한 느낌을 자아냈다. 여태까지의 사건 현장들은 모두 아무 일도 없었던 것처럼 완벽하게 정리되어 있었다. 시체만 없으면 원래 그대로였다고 해도 될 정도였다. 그런데 이 곳은 모든 것들이 멈춰 있었다. 한창 고문과 살인이 진행되다가 멈춘 것이다. 마치 공포영화를 보다 너무 잔인해서 포우즈 버튼을 누른 것만 같았다. 피비린내가 진동하는 현장은 도축장이 아닐까 싶을 정도다. 사방은 핏방울로 젖어 있고 조명에 반짝이는 수술용 기구들이 너무 강렬한 느낌을 주고 있었다. 이영준의 머릿속에는 범인이 전형조의 살을 낚싯줄로 꿰고 가죽을 벗기는 장면이 생생하게 그려지고 있었다. 수술용 메스, 가위, 파란색의 수술용 라텍스 장갑, 이십 센티가 넘는-바늘이라고 하기엔 이상한-스테인리스 침, 쓰다 남은 낚싯줄, 상호가 적혀 있지 않은 낚싯패, 전형조를 묶었을 것으로 보이는 피로 물든 끈, 입을 막는 데 썼을 청테이프(여기에도 피가 잔뜩 묻어 있다.), 어딘가를 닦아낸 흔적이 있는 수건 몇 장, 범인의 유전자를 확인할 수 있는 마스크(입 주변의 각질은 물론 호흡과 함께 나왔을 무언가가 잔뜩 묻어 있을 것이다.), 전형조에게 씌웠을 검은색 수면안대 그리고 수술용으로 보이는 처음 보는 이상한 몇 가지 기구가 어지럽게 놓여 있었다. 바닥에는 범인이 챙겨왔을 것으로 보이는 조그맣고 파란 나이키 스포츠 가방이 널브러져 있었다. 꽤 오래전에 구입했을 것 같았다. 범인이 그동안 모든 범행에 이 도구들을 사용했을 것이다. 이 도구들에 의해 많은 피해자들의 생명 불이 꺼졌을 것이다. 이영준은 피해자들의 고통이 그대로 전해지는 듯했다. 소름 끼치는 신음, 바늘이 피부를 파고 들며 내는 가는 소리, 그때마다 흘러나오는 핏방울이 바닥으로 툭 하며 떨어지는 소리가 들리고, 살인자의 비릿한 미소가 보이는 것만 같았다. 하지만 범인은 눈 아래까지만 보여주었다. 그놈은 결코 얼굴 전체를 보여주려 하지 않았다. 이영준은 머리를 흔들어 머릿속에 그려지던 영상들을 지워버렸다.

다시 현장 곳곳에 시선을 옮겼다. 그 외에 딱히 이색적이거나 결정적인 단서가 될 만한 것은 보이지 않았다. 지퍼를 끝까지 열어 가방을 완전히 열어 보았다. 가방 안에는 아무것도 들어있지 않았다. 가방에는 보조 주머니도 없었다. 이영준은 전형조가 앉아 있던 의자 앞에 섰다. 그리고는 전형조가 들었다던 뭔가 깨지는 소리가 났을 방향으로 고개를 돌려보았다. 대형 창문이 있는 벽면이었다. 불과 몇 년 전에 새로 설치한 것으로 보이는 시스템 창호다. 방음이 잘 될 만한 것인데 건물 밖에서 무언가 깨지는 소리가 들렸다는 것은 꽤 큰 물건이라고 예상할 수 있었다. 그는 건물 밖으로 나갔다. 창가 밑으로 빈 화분이 깨져 있었다. 아마도 누군가의 발에 걸려 넘어지며 깨지는 소리였을 것이었다. 파편 조각의 방향으로 볼 때 누군가가 우측으로 이동하던 중이었다는 것을 알 수 있었다. 파편은 멀리까지 튀지 않았다. 빠른 속도가 아니란 것을 증명하는 것이다. 누군가 범인의 추적을 피해 달아났을 것이 분명했다. 범인은 전형조의 현장을 마무리하지 못하고 바로 도주했다. 화분을 깬 누군가를 찾아내지는 못했을 가능성이 짙다. 그는 현장을 목격했을까? 이영준은 여러 가지 생각에 잠겼다. 끝도 보이지 않을 것만 같았던 연쇄살인에 처음으로 목격자가 생긴 것일 수도 있다. 그는 소리의 주인이 이 사건을 목격했기를 기도했다. 하지만 지금까지 신고된 것도 없다. 만약 경찰에 신고했다면 지금 그가 서 있는 현장은 발칵 뒤집어져 있어야 했다. 그는 범인에게 살해되었을 가능성이 높다. 어쨌든 운이 좋아 살아만 있다면 그는 연쇄살인사건 최초 목격자다. 이영준은 두 가지 경우를 예상해 보았다. 첫 번째는 목격자가 실제 이 건물 안에서 어떤 일이 일어났는지 모른다는 것이다. 두 번째는 도주 중에 범인에게 잡혀 살해됐다. 두 가지 상황이 어쨌든 범인은 현장으로 돌아올 타이밍을 놓쳐 버렸다. 목격자는 어떤 사람일까? 그는 생각에 빠졌다. 민머리는 시선을 잃은 채

멍한 표정으로 서 있는 이영준을 묵묵히 쳐다보고만 있다. 목격자. 그래 목격자라고 생각하자, 고 이영준은 생각을 잡았다. 희망이 이루어지길 기도했다. 목격자는 도둑일 수도 있다. 그도 아니라면 작업장에서 도주한 여자일 수도 있다. 결정적인 단서가 될 목격자에 온 신경이 쓰였다. 그가 이 사건을 풀어내는 데 핵심이다.
"그래! 맞아!"
 멍청한 표정으로 생각에 빠져 있던 그는 건물 밖으로 뛰쳐나갔다. 그의 갑작스런 반응에 놀란 민머리는 덩달아 따라 나섰다. 영문도 모른 채. 이영준은 건물 주변의 도로를 살폈다. 여태 임병규와 그의 수하들 사건의 경우 모두 CCTV와 인연이 없었다. 이번 현장은 2차선 도로를 끼고 있었다. 현장은 도로에서 이백여 미터 떨어져 있다. 그 도로까지 진입을 할 수 있는 길은 두 개밖에 되지 않았다. 게다가 왕복 2차선 도로와 4차선 도로였다. 분명히 도로에는 CCTV가 설치되어 있을 것이다. 이제 영상만 확인이 되면 범인이나 목격자가 들어오고 나간 흔적을 찾을 수 있을 것이다. 이영준은 주변의 CCTV 위치와 카메라 방향을 확인했다. 민머리는 그저 묵묵히 이영준 뒤를 따랐다. 그의 모습에 적잖이 놀라고 있었다. 무언가 단서를 찾은 듯 빠르고 섬세하게 움직이는 그의 모습에서 살인자를 잡을 수 있다는 희망을 발견했다. 이영준은 빠르게 판단했다. 진입로와는 삼십 미터 이상 거리가 있긴 했지만, CCTV는 현장을 오가는 장면을 정확하게 포착했을 것이라고 확신했다.

이영준은 장남권에게 전화를 걸어 CCTV 영상을 요청했다. 물론 다른 사건을 핑계로 했다.

"새벽 6시 전부터 12시간 정도면 될 것 같아. 용량이 좀 되니까 외장하드에다 담아줘."

"뭔데 그래? 요즘 너무 열심히 일하는 거 아니야? 힘들다더니 거짓말 같은데? 요즘 돈 많이 버는 것 같아…"

"나중에 설명해 줄게. 새로 맡은 사건이야."

이영준은 간곡하게 부탁을 하고서야 전화를 끊었다. 장남권에게서 영상 백업본을 받기까지 최소 몇 시간은 기다려야 한다. 그는 민머리의 수하들을 시켜 인근을 샅샅이 뒤지기 시작했다. 주변에 목격자의 시신이 유기되었을 가능성을 두고 있었다. 부디 그렇지 않기를 빌었다. 한 시간이 넘는 수색이 벌어졌다. 맨홀 뚜껑도 일일이 열어보았다. 작대기로 수풀을 헤치고 수북히 쌓인 벽돌 무더기도 전부 옮겼다. 도로 건너편까지 범위를 확장하고 몇 시간을 더 수색했지만 시체는 발견되지 않았다. 목격자는 살아있다. 이영준은 안도의 한숨을 쉬었다. 그런데 목격자는 왜 현장을 신고하지 않은 것일까? 목격자일 것이라고 희망하는 그 사람은 실제로는 범행 현장을 목격한 바가 없는 것일까? 설마 보복이 두려워서 신고를 하지 못한 것은 아닐까? 이런 잔인한 현장을 보았다면 보복 자체가 두려울 수도 있다. 치를 떨게 만드는 두려움은 모든 것을 가두어 둘 수 있을 것이다, 라고 그는 생각했다.

어차피 목격자를 찾는 것은 CCTV 영상을 받은 후에 하면 된다. 그는 살인자가 그들 조직에 어떤 원인으로 복수를 하고 있다고도 생각했다. 만약 복수라면 어떤 원인인지 파악해야 한다. 어떤 여자를 대신해 복수를 하고 있는지도 모를 일이었다.

수색 작업을 마친 후 이영준은 민머리 옆으로 다가가 물었다.

"여기서 작업한다던……, 아무튼 그 여자들은 여기서 어디로 가는 겁니까?"

이영준은 그들의 불법적이고 비도덕적인 행각을 파헤쳐 보고 싶은 충동이 일어났다. 여차하면 장남권에게 넘겨 버릴 수도 있다. 의뢰인이라고는 하지만 알고도 하지 않으면 양심이 허락하지 않을 것 같았다.

"이사장님. 그건 좀……."

역시 민머리는 이영준에게 말하기를 꺼려했다.

"괜찮습니다. 수사에 필요한 정도만 알면 됩니다."

이영준은 점점 더 그들의 범죄만큼은 용납할 수 없음을 느끼고 있었다. 아무리 퇴직한 상태이긴 했지만 그에게는 아직 형사의 피가 흐르고 있는 것 같았다.

"어차피 형님도 이 사업을 접을 계획입니다. 여자로 돈 버는 게 뒤도 구리고 단속도 심합니다. 게다가 요즘엔 오피도 장사하기 힘듭니다. 요기 바로 앞 계산동에 저희 애들도 좀 있는데 관리도 힘들고 말입니다. 툭하면 도망가는데 이제는 그년들도 머리가 좋아져서 다시 잡아 오지도 못합니다. 어디에들 숨어버리는지 찾을 수가 없거든요. 그리고 형님이 지난번 사고도 그렇고 얼마 전 인용이 건도 그렇고 해서, 이제 여자장사는 접자고 하십니다. 이 사장님. 여기도 이제 폐쇄할 계획인 거니까 너무 나쁘게 보지는 마시기 바랍니다. 저희 같은 놈들이야 돈만 된다면 뭐든 안 하겠습니까? 이번 건 모른 척 해주시면 좋겠습니다. 오죽하면 저희 형님도 이 사장님께 저희 작업장까지 까서 전부 보여 드렸겠습니까? 사실 저도 이제는 이 바닥에서 손 씻고 싶고 말입니다."

민머리는 처음으로 길게 말을 하고 있었다. 민머리가 말을 하면서도 시선을 마주하지 못하는 것을 보고 이영준은 그의 의도를 알아차렸다.

"혹시, 방금 계산동 말하던 거 말입니다. 거기 오피에서 여자들이 자주 도망간다고 했죠?"

"네. 요즘에는 어디 가서 숨는지 찾을 수도 없습니다. 그리고 예전에는 납치돼서 온 애들이 많이 있었지만 얼마 전부터는 양상이 많이 달라졌습니다. 이게 돈이 된다는 걸 어떻게 알고 찾아오는지, 일 시켜 달라고 오는 얼빠진 년들도 가끔 있습니다. 말세입니다. 말세."

이영준은 여자장사를 하는 건달이 말세 타령을 하는 것에 어이가 없었다. 민머리는 다시 말을 이었다.

"그리고 지발로 찾아온 년들이 도망은 왜 가는지. 저는 그게 정말 이해가 안 갑니다. 아니지! 딱 한 년이 그랬습니다. 지발로 찾아와서 도망간 년은 말입니다. 그냥, 그만 둔다고 했으면 정산하고 보내줄 건데 말입니다. 하여튼 요즘엔 일하는 년들 무서워서 이 장사도 못 해먹습니다. 경찰에 신고하면 저희 애들만 잡혀갑니다. 돈은 돈대로 깨지고 한 놈이라도 걸려 들어가면 옥바라지 다 해 줘야 하고. 아무튼 그런 일 한 번 터지면 그 동안 번 거 한 번에 다 까먹습니다. 그러니 다들 쌍심지 켜고 죽일 듯하는 겁니다. 도망간 년들 찾으러 다니고……."

민머리의 말에 이영준은 뭔가 머리를 스치고 지나가는 것이 있었다. 그는 김미정이란 여자가 그들이 말하는 오피 같은 곳에서 일했던 것은 아닐까 하는 생각을 하는 것이다. 결혼 전 룸살롱에서 근무했던 경력을 가진 여자다. 억측일 수는 있지만, 그녀가 사창가나 마찬가지인 오피에서 일하지 말라는 법은 없으니까.

이영준은 차로 돌아가 서류가방을 뒤적였다. 클리어파일 사이에서 클립에 끼워 둔 몇 장의 사진 중 한 장을 빼냈다. 민머리에게 돌아온 그는 김미정의 사진을 꺼내 보여주었다.

"잠시만요! 혹시 이 여자 압니까?"

민머리는 머리칼도 없는 머리를 긁적였다. 긁어 댄 부분이 금세 빨갛게 핏기가 돌았다.

"저는 여자 관리를 잘……"

알 수 없는 표정을 하던 민머리는 말을 흐리더니 수하들을 불러 모았다. 그의 한 마디에 흩어져서 담배를 꼬나물고 있던 수하들이 순식간에 몰려왔다. 그들 체계는 군대보다 못할 것도 없어 보였다.

"니들! 이 여자 아냐? 우리 애들 중에 혹시 이런 년 있었어?"

민머리는 수하들에게 사진을 보여주며 말했다. 수하들은 모두 반갑다는 표정을 하더니 서로 마주보며 키득거렸다. 이영준은 속닥대는 그들의 말을 듣지 않을 수가 없었다. 속닥댔을 뿐 전부 들렸으니까.

"이년 맛있었는데."

킥킥거리는 웃음과 함께였다.

"형님! 얘, 클라라 같지 말입니다. 한 달 전에 도망갔지 않습니까?"

"그래?"

민머리는 이영준의 표정을 의식하며 사진을 돌려주었다. 그의 표정엔 왠지 모를 미소가 돌았다. 생각지도 못했던 단서가 하나 튀어나왔기 때문이다. 사건이 조금씩 진전을 보이고 있다. 뭔가 풀릴 것만 같았다. 민머리는 수하들과 귓속말로 뭔가를 속닥였다. 그리고는 이영준에게 다가와 물었다.

"그런데, 이 사장님이 왜 우리 애들 사진을 가지고 있는 겁니까? 혹시?"

"얼마 전 이 여자를 찾아 달라는 의뢰가 들어왔는데 계산동에서 일한다는 정보밖에 없었습니다. 계산동에서 오피걸을 한다고 해서 혹시나 했었는데…… 역시 그랬군요."

이영준은 조심스럽게 민머리의 눈빛을 살폈다. 다행히 뭔가를 아는 것 같지는 않았다.

"그년은 도망가서. 아마 못 찾으실 겁니다. 저희 애들이 그래도 여자 찾는 데는 선수들인데도 찾지 못했으니까 말입니다. 우리 애들의 인적 사항에 대해서는 몽땅 알고 있는데도 못 찾은 걸요. 아마 경찰에서도 쉽지 않을 겁니다. 그런 부분에 있어서는 말입니다."

민머리는 이영준에게 포기하는 게 낫다는 듯이 말했다.

"그 여자가 쓰던 전화번호가 어떻게 됩니까?"

클라라가 업무용으로 사용하던 전화가 따로 있을 것이란 생각에서였다. 통화 내역을 조회해 본다면 무엇이라도 새로운 단서가 나오지 않을까 하는 생각도 들었다. 물론 민머리 쪽에서도 벌써 그 정도쯤은 시도해 봤을 테지만.

"개인 폰은 가져갔고 회사 폰은 두고 갔습니다. 불법적으로 처리하기는 했지만 저희가 클라라 개인 폰의 위치를 추적해 봤는데 결국에는 찾는 것을 포기했습니다. 이사장님도 힘들 겁니다. 물론 저희들보다 좋은 방법이 있으시겠지만. 그런데 그건 알아서 뭐하시려고 하는 겁니까?"

"좀. 수사에 필요할 것 같습니다."

그는 이 사건들과 클라라-김미정의 사건이 같은 연장선상에 있다는 것을 민머리나 수하들이 눈치채지 못하게 해야 했다. 절대 그들이 눈치를 채서는 안될 일이었다, 아직까지는. 간곡한 부탁에 민머리는 머리털 하나 보이지 않는 머리를 긁적였다. 잠시 고민을 하는 듯싶던 민머리는 수하들을 시켜 김미정이 쓰던 전화번호를 메모해 이영준에게 건넸다. 뜻밖의 수확이었다. 두 가지 큰 단서였다. 게다가 결정적일 수 있다. 특히 임병규의 사고는 결코 우발적인 사고라고 할 수 없다. 살인마는 그들 조직을 타겟으로 두고 있다. 다음 차례는 어느 누가 될 지 살인마 외에 누구도 알 수 없다. 지금까지 벌어진 사건들을 볼 때 이들은 모두 살인마의 손바닥 안에 있다. 이영준은 사건을 풀어갈 자신감이 생겼다. 불과 몇 시간 전까지만 해도 없던 자신감이다. 범인의 범행 동기만 파악하면 생각보다 쉽게 사건을 풀어갈 수 있을 지도 모를 일이다.

21

 오후 늦게, 이영준은 임병규의 병실을 찾았다. 임병규는 창밖에 시선을 두고 있었다. 이유야 어찌 됐건 한 조직의 수장으로서 맞은 위기 아래 많은 고심을 하고 있음을 알 수 있었다. 처음 만났을 때보다 얼굴은 수척했다. 그의 외상은 상당히 호전되었겠지만 그의 내상은 더욱 깊어진 것 같았다. 최근 수하들에게 이어지는 사건들과 뉴스에서 발표되는 살인사건이 그의 목을 조이고 있었으니 그건 무리도 아니었다. 이제 그는 자신의 목숨은 말할 것도 없고 조직의 와해까지 걱정해야 하는 상황이다.
 이영준 역시 한 조직을 이끌고 있는 임병규의 수심을 이해 못할 바는 아니었다. 그는 병원으로 오는 길에 살인마를 수면 위로 띄우기 위한 방법을 연구했다. 이제는 적어도 임병규의 조직은 살인마의 타겟이라는 것이 확실해 졌다. 그의 느낌으로는 분명한 복수였다. 무엇에 대한 복수일지 그것만 정확히 파악하면 되는 것이다. 임병규는 이영준의 표정을 읽을 수 있다. 조직을 이끌면서 눈치 역시 예사 수준은 아니었다. 상대방이 어떤 생각을 하는지는 물론이고 피아 식별을 하는 능력이 극에 달할 정도로 단련이 된 그였다. 물론 살인마에게서는 아무것도 느끼지 못했었다.

"작업장을 공개하면 어떨까요?"

이영준은 은은한 향이 묻어나오는 코스타리카 원두커피를 홀짝거리다 말고 다짜고짜 물었다.

"무슨?"

임병규는 그가 무슨 말을 하는지 정확하게 이해했다. 하지만 재차 물었다. 그건 말도 안 되는 소리였다. 작업장이 공개된다면 그의 조직은 매스컴에 의해 완벽하게 노출이 될 것이고 조직 구석구석까지 경찰력이 미칠 것이 분명했다. 그렇게 되면 더 이상의 조직은 없게 된다. 이영준은 자신에게 조직의 해체 수순에 대해 이야기하고 있는 것이나 마찬가지였다.

"지금이라도 경찰에 공개해서 사건을 조사하는 게 제일 빠른 해결 방법입니다."

임병규는 검은색 머그잔을 창틀 아래 턱에 아슬아슬하게 내려놓았다.

"절대로 그럴 수는 없습니다. 그럼 결국 우리 조직은 끝장납니다."

이영준의 말에 임병규는 얼굴을 붉히며 반대했다. 이영준 역시 그가 쉽게 결정할 것이라고는 생각하지 않았다. 하지만 그에게 다른 방법은 없다. 이제 포기할 때가 된 것이다. 이영준은 그에게 시간을 주리라 마음을 먹었다.

"그 방법만이 앞으로 있을 사건에 미리 대응할 수 있는 길입니다. 지금 저 혼자 힘으로 더 이상은 무리입니다. 게다가 경찰이 꼬리를 잡는 건 시간문제입니다. 만약 경찰이 우리보다 앞서 간다면 임 사장님은 손도 써보지 못하고 그대로 두들겨 맞게 됩니다. 그렇게 되는 걸 바라는 겁니까?"

"사람이 필요하면 저희 애들 붙여 드리겠습니다. 그건 절대 안 됩니다. 이 사장님. 혹시라도 그런 일이 있어서는 안 됩니다. 약속해 주십시오. 절대 안 됩니다."

임병규는 강하게 반대 의지를 보였다. 표정에도 그렇게 쓰여 있었다. 쉽게 내려놓기 힘든 자리여서는 아닐 것이다. 수하들의 앞길도 걱정이 되긴 할 것이다. 이영준은 병원을 나오기 전 전형조의 병실에 들렀다. 그 역시 임병규 이상 수척했다. 두려움이 그를 감싸고 있었다. 그도 임병규와 비슷한 고민을 하고 있을 것이다. 이영준은 다시 그들 조직의 앞날에 대해 생각했다. 이제는 정리할 때가 왔다. 더 이상의 미련은 자신들에게 더 큰 위협을 가져올 뿐이다. 이제 확실한 단서가 될 몇 가지 정보만 추려내면 사건을 해결할 희망이 보일 것이다. 그는 전형조에게 그의 병실에 방문했거나 방문하는 모든 사람의 인적 사항을 매일 체크해서 알려달라고 전한 뒤 병실을 빠져나왔다. 이영준은 업체에 클라라의 휴대폰 통화내역을 의뢰해 두었다. 세 달 간의 기록. 그것을 통해 사건들이 연결될 것이라고 기대하고 있었다. 이제 조금만 기다리면 이영준이 그토록 찾아 헤맸던 중요한 단서 두 개가 떠오를 것이다.

이영준은 느지막이 흑석동 사무실로 출근했다. 며칠 동안 외부로 쏘다닌 탓인지 오랜만에 출근하는 기분이 들 지경이었다. 그는 열여섯 평짜리 투룸 오피스텔에 여직원 한 명을 두고 탐정사무실을 운영하고 있었다. 남향 받이 사무실의 흰색 블라인드는 햇살을 받아 은은한 빛을 발하고 있었다. 현관을 들어서자 익숙한 목소리가 그를 반겼다.
"사장님 오셨어요?"
벌써 삼 년째 근무하고 있는 미영이 친근하게 인사를 건넸다. 목소리에 애교가 묻어 있다. 전화 통화만으로도 상대방이 금세 매력을 느낄 정도다. 통통하니 나름 복스럽게 생긴 몸매를 가졌다. 아무리 봐도 처녀로 보이지 않는다. 수더분하게 생긴 얼굴은 복스럽게 생긴 몸매보다 더 유부녀 같다. 스트레스라고는 받아본 적

없는 편안한 얼굴이다. 선이 얇은 눈썹과 자그만 입술은 동양적이며 미인이라고 하기에는 많이 부족한 외모다. 몸매에 비해 풍만한 편인 가슴은 특히 유부녀처럼 보이게 만드는 요소다.

"장 형사님이 방금 오토바이 택배로 하드디스크 보냈다고 연락 왔어요."

"고마워요."

이영준은 건성으로 대답하고는 미끄러지듯 방으로 들어갔다. 투룸 오피스텔은 임대할 때 그대로다. 인테리어 비용이라고는 십 원도 쓰지 않았다. 그가 형사질을 그만 두고 잠시 쉰 후 곧장 탐정 사무실을 시작하면서 처음으로 생긴 그만의 장소다. 업무를 위한 장소지만 때론 낮잠도 자고 때론 얼굴도 모르는 새로운 여자를 상상하던 장소다. 아내와 다투고 집을 나왔을 때는 안식처가 되어 주었다. 여러 모로 쓸모가 많은 곳이지만 그에게 충분한 돈을 벌어주는 사무실은 아니다. 하지만 없으면 안 될, 그에게는 그나마의 생명줄을 끊어지지 않게 붙잡아주는 곳이었다. 책상은 사무실을 오픈하며 중고 재활용 센터에서 오만 원에 구입한 것이다. 의자는 집에서 쓰다 창고 구석에 처박아 두었던 것을 가져왔다. 삐그덕거리는 소음을 내는 의자에 털썩 앉았다. 익숙한 소음이다. 힘이 들어서 그런 것은 아닌데 그 의자에 앉을 땐 언제나 온 몸의 체중을 던지듯 앉게 된다. 유일하게 그의 엉덩이만을 허락하는 의자다. 형사 시절부터 사용해 왔던 구형 노트북의 전원 버튼을 눌렀다. 노트북

쿨링팬 소리가 여전히 불편하게 윙윙거렸다. 가끔씩은 다그닥거리기도 한다. 한참이 걸려서야 윈도우 로고를 보여준 노트북은 이윽고 바탕화면을 완성했다. 바탕화면만 구성되면 노트북은 제대로 작동했다. 컴퓨터를 사용할 일이 그다지 없는 그에게 그 정도 성능이면 충분했다. 노트북이 아니라도 상관없다. 외부로 가지고 나간 적이 없는 노트북은 삼 년간 책상 위에 깔아 둔 유리판에서 일 밀리도 움직인 적이 없다. 여직원 역시 노트북을 옮기려 하지 않는다. 이미 노트북 고무가 녹아 유리판에 단단히 고정되었기 때문이다. 인터넷 익스플로러를 실행하고 독수리 타법으로 로그인했다. 그리고 포털사이트에서 제공하는 이메일 서비스를 확인했다. 김미정의 통화기록은 벌써 도착해 있을 것이다.

이영준은 사건에 자신도 모르게 푹 빠져 있다. 그가 지금까지 형사 생활을 하고 있었다면 이 사건에 이렇게까지 빠져들 리는 없었을 것이다. 형사 시절에는 돈이 되는 사건이 아니면 그렇게 관심을 두지 않았다. 자신이 비리 형사라는 낙인이 찍히기 전까지만 해도 그는 자신이 무슨 짓을 하고 있는지조차 모르고 있었던 것이나 다름없었다. 반장의 비호 아래 그는 언제나 떳떳하게 돈 되는 일에만 관심을 두었다. 비리형사라는 딱지가 붙은 후에야 정신을 차렸다. 형사 옷을 벗고 다시 돈 되는 일만 했다. 그는 이제서야 초심의 형사가 된 것만 같았다. 형사 초임 시절에는 이런 돈 안 되는 일만 했었다. 정의 구현? 그런 게 아니었다. 오로지 형사가 할 일이라고 생각했기 때문이다. 그는 지금은 돈 되는 일을 초심 형사의 자세로 임하고 있다.

CCTV 영상과 김미정의 통화 기록은 아드레날린이 솟구치는 기대심을 가져다주었다. 김미정의 통화기록은 A4 용지로 백 페이지가 넘었다. 그중에서 의심이 가는 번호를 찾아낸다는 것은 사실 쉬운 일이 아니다. 김미정이 도망을 쳤다면 어떤 이유가 있었을 것이 분명하다. 최근 들어서 오피스텔에서 행해지는 불법 성매매 업소들은 더욱 대담해졌다. 인터넷상에서는 성인사이트에 대놓고 광고를 하고 있다. 이영준은 정상적인 경로를 피해 접속할 수 있는 아이피 우회 프로그램과 구글 크롬 브라우저를 설치했다. 컴퓨터 활용 능력은 저급한 편에 속하는 그였지만 형사 시절에 배워 둔 솜씨였다. 물론 필요에 의해서였다. 이영준은 기억을 더듬어 해외 어딘가에 서버를 둔 우렁넷에 접속했다.

"변태 새끼들!"

첫 페이지부터 최절정의 음란물이 펼쳐졌다. 설마 하는 것들이 우렁넷에서는 아무렇지도 않게 도배되어 있었다. 그 중 오피가 메인 광고를 차지했다. 각 페이지, 페이지마다 오피는 빠지지 않는 단골 광고주나 다름없었다. 우렁넷은 수년 전 마지막으로 보았을 때보다 많은 음란 컨텐츠로 가득했다. 그 역시 남자인지라 자동적으로 살색 분포가 높은 곳으로 눈이 가는 것은 어쩔 수 없었다. 그러다 그의 눈은 한동안 같은 위치를 응시했다.『변태성교』

이영준의 눈동자는 우렁넷 사이트의 음란한 이미지에 머무르고 있는 것이 아니었다. 그는 그 단어에서 무엇인가를 연상하고 있는 것이었다. '혹시 변태 성욕자는 아닐까?' 그는 김미정의 살해 현장을 떠올렸다. 표현할 수 없을 정도로 엽기적인 살인마가 분명하다. 변태일 가능성도 짙다.

"이 새끼는 사이코패스야. 정상이 아니야. 젠장!"

이영준은 김미정의 살해 현장을 떠올리곤 저도 모르게 몸서리 쳤다.

"사장님. 퀵서비스 왔어요."

거실에서 미영의 목소리가 들렸다. CCTV 영상이 도착한 것이다. 이영준의 손에는 벌써부터 땀이 송글송글 맺혔다. 미영은 박스 하나를 책상 위에 올려 두고 그의 표정을 살폈다. 언제나 마찬가지였지만 미영은 그의 업무에 그다지 관심이 없었다. 퀵서비스까지 이용할 정도로 바쁜 적이 없었던 그의 모습이 의외라는 표정이다. 뭐라도 도울 것이 있냐는 투였다. 지금은 뭐가 다르게 돌아가고 있다는 것을 직감적으로 느낀 것이다. 그는 미영에게 전화 목록을 정리해 달라며 부탁했다. 미영은 웬일로 일을 다 해보냐는 느낌의 미소를 보였다. 서로가 어색했다. 그는 여태 미영에게 딱히 업무를 지시하거나 했던 적이 없었다. 미영의 업무는 여태 그저 사무실을 지키는 수준이었다. 그는 한 시간 간격을 두고 사건 당일 일곱 시부터 거꾸로 검색하기 시작했다. 영상은 전날 오후 여섯 시부터 사건당일 아침 일곱 시까지 약 열세 시간 분량이었다. 시간은 더디고도 빠르게 흐르기 시작했다. 동영상의 시간과 현실의 시간은 서로 엇각으로 진행됐다. 여섯 시부터 일곱 시 구간을 살피는 데 거의 한 시간 가까이 소요됐다. 지나치는 차량 소통과 조깅하는 몇몇을 빼고는 별다른 움직임은 없었다. 사건은 다섯 시 이전에 벌어진 것이다. 범인이 다시 현장으로 돌아오려는 시도를 했을 수도 있다. 목격자가 어딘가에 숨어 있다가 범인이 현장을 떠난 후 몸을 드러냈을 수도 있다. 작업장이라고 불리던 그곳은 새벽에 범행을 저지르기에 최적의 장소였다. 다섯 시부터 여섯 시 구간의 검색을 시작할 때, 그는 심장이 요동치는 듯 뻐근함을 느꼈다. 전형조의 말에 의하면 다섯 시 전에 범인이 뛰쳐나갔다고 했다. 범인과 목격자가 뛰쳐나갔다면 그 시간대에 누군가는 이차선 도로가 만나는 지점에 나타나야 한다. 예상했던 대로 차량의 출입은 보이지 않았다. 사람의 출입 역시도 없었다. 길을 건너 온 남자 한 명이 택시를 타고 사라진 것이 전부였다. 아쉽게도 이영준이 기대했던 영상은 없었다. 마지막 구간일 수도 있는 분량이 그의 가슴을 조이기 시작했다. 그는 네 시부터 다섯 시경 영상을 재생했다. 네 시 사십칠 분경. 한 사람이 현장 쪽에서 뛰어나와 이차선 도로를 건너 사라졌다. 어둠속 실루엣은 여자라고 말하고 있었다. 사십구 분경 또 한 사람이 뛰어나왔다. 그 역시 길을 건넜다. 그는 다섯 시에서 여섯 시 구간에 택시를 타고 사라진 사건 현장이었다. 이영준은 다섯 시에서 여섯 시 구간의 영상을 재생했다. 다섯 시 오십칠 분이었다. 확신할 수는 없지만 범인은 한 시간 가까이 목격자를 찾아 다녔고 결국엔 포기하고 현장을 이탈한 것으로 보였다. 목격자를 살해하고 시체를 어딘가에 감춰둔 채 사라졌을 가능성도 배제할 수는 없다. 이영준은 다시 몇 초 앞으로 영상을 돌려 택시의 회사명과 차량번호를 메모했다. 그는 장남권에게 관련정보를 전송하고 남자의 신상조사를 부탁했다. 이제 범인과 목격자가 현장으로 들어간 시간을 확인하면 된다. 이영준은 다시 영상을 재생했다. 자전거 한 대가 지나간 후, 십 분쯤 지나 목격자가 현장으로 들어갔다. 시간은 세 시 사십일 분. 목격자는 범행 대부분을 지켜봤을 수도 있다,라고 그는 생각했다. 목격자는 여자다. 그렇지 않을 가능성 역시 배제할 수 없다. 목격자는 생사 확인이 되지 않고 정체 또한 알 수 없다. 범인은 새벽 한 시 오 분에 조그만 손가방을 들고 현장 쪽으로 들어갔다. 어떤 교통편을 이용했는지는 알 수가 없다. CCTV 카메라를 등진 채 걸어서 진입한 것을 보면 범인은 CCTV의 존재를 의식하고 있었던 것이 분명하다. 범인은 현장을 답사했을 가능성이 높다. 그 시기가 언제인지는 알 수 없다. 그는 민머리에게 전화를 걸었다. 벨이 몇 번 울리지도 않았는데 민머리의 목소리가 들려왔다. 아마 전화기를 손에 붙들고 있었던 듯했다.

"이 사장님. 뭔가 좋은 소식이라도 있습니까?"

민머리는 이영준의 전화를 기다렸다는 듯이 물었다.

"아~ 그런 건 아직 없습니다. 아까 물어봤던 것 때문인데. 혹시 오피에서 일한다는 여자들이 작업장의 위치에 대해 알고 있나요?"

전화기 너머로 민머리의 한숨이 들렸다. 기대했던 내용이 아니어서 실망한 듯했다.

"왜 그게 궁금하십니까? 우리 사건하고 직접적으로 관련된 겁니까?"

민머리의 목소리에서 짜증이 묻어났다.

"관련이 있을 수도 있는 문제입니다."

그가 움직여 줄지가 걱정이었다. 민머리는 눈치채지 못하겠지만 그는 목격자가 오피에서 일하는 여자들 중 한 명일 가능성을 확인해 보려는 심산이었다.

"어쨌든 알겠습니다. 그리고 말입니다. 절대 그럴 수는 없을 겁니다. 거기는 저희 애들 중에서도 몇 명밖에 모릅니다. 아무렴 수시로 작업하는 곳인데 그년들이 알고 신고하면 어쩌려구요."

이영준은 혹시나 해서 물어본 것이었지만 역시 멍청한 질문이었다고 생각했다.

"그럼 하나만 더 물어보겠습니다. 손님 중에 변태 짓을 요구하는 남자들이 있지 않습니까?"

"그건 왜 그러시죠?"

"음…… 범인이 변태 성향이 있을 가능성도 고려해 보고 그 쪽에서 일하는 여자들에게 좀 물어봐 달라고 부탁 좀 해 보려고 합니다."

이번에는 전화기 너머로 욕설이 들려왔다. 신경질적이고 비협조적인 상황으로 돌변할 것만 같았다. 그 욕설은 이영준을 향한 것이었다. 하지만 다행히 민머리는 순순히 그의 질문에 답을 주었다.

"생각보다 변태들이 많습니다. 살인마 새끼도 변태가 맞을 겁니다. 아니라면 어떻게 그런 미친 짓을 할 수가 있겠습니까? 나이가 많든 적든 변태 짓은 차이가 없습니다. 아마 그 새끼들은 태어나면서부터 변태였을 겁니다. 변태 때문에 이 짓 못 해먹겠느니 손님 못 받겠다면서 징징 짜는 년들도 있습니다."

이영준은 민머리의 말에 머릿속에 뭔가 잡힐 듯 말 듯한 것이 흐릿하게 가닥을 잡아가는 것을 알 수 있었다. 전과는 다른 전혀 공손하지 않은 투의 목소리에 억지스런 인사말과 함께 전화가 툭 끊겼다. 이영준 역시 기분이 상했지만 그가 원하는 대답은 다 들은 후라 신경 쓰지 않기로 했다.

미영은 엑셀로 정리된 파일을 이영준의 이메일로 발송했다고 보고했다. 미영의 눈망울은 더 많은 일을 원했다. 그녀는 이제서야 진짜 탐정사무소에서 일한다는 뭔가 사명감 같은 것을 느끼는 듯했다.

미영을 퇴근 시키고 영상을 확인하다 보니 어느새 하루가 다 지나버렸다. 이영준은 머릿속의 잡힐 듯 말 듯한 그것을 끄집어 내려 집중해 보았다. 하지만 당최 그것은 튀어나올 생각을 하지 않았다. 정리가 된 통화기록을 들여다 볼 정신적인 여유도 없었다. 집중이

될 것 같지도 않았다. 그는 하는 수 없이 일과를 접고 그냥 퇴근했다. 이런 골치 아픈 날엔 소주 한잔 하면 딱 좋을 상황이다,라고 그는 스스로를 세뇌시키기 시작했다. 소주 파트너를 누구로 정할지 고민하던 그의 머리에 한 사람이 떠올랐다. 형사 생활 중 친하게 지내던 현직 검시관 김영태였다.

"어이, 이 친구 오랜만이네? 이제 형사질 그만두고 탐정질 한다던데 그건 형사보다 할 만하던가?"

이십 대 청년 같은 맑은 목소리다. 근 일 년 만의 통화임에도 불구하고 이영준의 전화를 반갑게 받아주었다.

"잘 계십니까? 요즘도 피 냄새 못 맡으면 잠이 안 오고 그러십니까?"

이영준은 농담처럼 말했다. 김영태는 언젠가 그에게 말했었다. 피 냄새라는 게 중독증이 있어서 메스를 잡지 않으면 미쳐버릴 것 같다고. 그래서 자신은 검시관 일을 손에서 놓을 수 없다,라고 했다. 만약 검시관이 되지 않았더라면 종합병원 응급실을 전담했거나 연쇄 살인마가 되었을 거라는 농담까지 했던 그였다.

"형님. 혹시 퇴근하셨습니까?"

"어! 이제 짐 싸는 중이야. 왜? 한잔하자고?"

그는 귀신같이 이영준의 목적을 읽은 듯했다. 아니면 그 역시 소주 한잔 생각나던 참이었을 수도 있다.

"어떻게 아셨습니까?"

"니 목소리에 이슬에 젖고 싶어요, 라는 느낌이 담겨 있다. 이

자식아!"

 그는 이미 이영준에게 시간을 내 준 것이었다. 이영준은 이미 김영태의 사무실 방향으로 차를 몰고 있었다. 김영태는 이영준보다 십여 분 먼저 도착해서 해물찜을 주문하고 기다리고 있었다.

 "형님! 성격은 여전히 급하십니다. 좀 기다리시지 벌써 주문해 두셨습니까?"

 "이거 내가 먹고 싶어서 주문 한 거니까, 너는 이 차나 사라."

 "그러죠 뭐!"

 "그런데 뭐야? 탐정질은 어때? 형사질보다 낫던?"

 김영태는 이영준을 놀리듯 하는 표정으로 말했다. 그는 이영준이 뇌물 수수로 옷을 벗은 것을 잘 알고 있었다. 하지만 형사질 하다 보면 피해갈 수 없는 것들이 있다는 것도 그는 알고 있었다. 형사 초임 시절의 이영준을 봐왔던 그는 그의 기질이 순수하다고는 할 수 없지만 악한 놈은 아니다,라고 마음에 못을 박아 둔 터였다. 게다가 이영준의 상관이었던 팀장이 어떤 유형의 인간인지 그는 너무도 잘 알고 있었기 때문에 듣지 않고서도 대충 어떤 식으로 일이 흘렀는지 알고 있었다. 나중에 장남권에게서 전해들은 이야기 때문이기도 했다. 어쨌건 이영준은 대외적으로는 비리 형사로 낙인 찍힌 것은 기정사실이었다.

 "그게 말입니다. 두 가지 일이 장단점이 있더군요. 돈 버는 건 분명히 탐정질이 나은 것 같고 일하는 건 형사질이 좀 쉽다고나 할까요?"

 허탈한 웃음의 이영준과 호기심 어린 표정의 김영태가 묘한 조화를 이뤘다.

 "왜 그러는데?"

 "그걸 몰라서 물어 보십니까? 이놈의 탐정질은 누군가에게 부탁 하나만 하려 해도 쉽지가 않아요. 원치 않게 불법적인 일을 해야 하는 경우도 있고, 술값도 많이 들고 말입니다."

 "그렇겠네. 이 자식! 뇌물 형사 출신이 그런 소릴 다 하고 말이야. 오늘 일 차 이 차 너가 다 사야겠다. 니가 뭔가 불법적인 부탁을 할 게 있어서 온 거구만! 하지만 나도 너처럼 옷 벗기는 싫으니까 불법적인 것만 빼고 다 들어주마. 난 피 냄새 못 맡고는 살 수 없을 것 같거든."

 김영태는 실실 웃으며 말했다. 이영준은 그에게서 듣는 뇌물 형사, 비리 형사라는 호칭은 기분 나쁘지 않았다. 그가 자신을 어떻게 생각하고 있는지 모르지 않았다. 그리고 자신 역시 스스로 떳떳하다고 생각해 본 적이 없었다. 사실은 사실이니까.

 "형님! 사실 오늘은 부탁보다는 상의드리러 온 겁니다."

 "그러니까 내가 사라? 알았어. 짜식이~ 요즘 돈벌이가 시원치 않은가 보구만."

 김영태는 소주 한 잔을 권하며 말했다.

 "하하하~ 아닙니다. 제가 살게요."

이영준은 웃으며 말했다. 김영태는 배가 고팠는지 김이 모락모락 나는 해물찜이 상 위에 올라오기가 무섭게 젓가락을 날렸다. 그는 살이 통통 오른 콩나물을 연거푸 퍼 가며 순식간에 소주 세 잔을 비워버렸다. 하지만 이영준은 그다지 입맛이 없었다. 빈속에 소주만 털어 넣고 있었다.

"왜 그래? 너답지 않게. 정말 무슨 일이 있긴 한가 보구만? 형이 상담 잘해줄 테니까 일단 잘 먹어 둬. 빈 속에 술만 마시지 말고."

김영태가 젓가락으로 새우 하나를 집어 건넸다. 이영준은 김영태의 얼굴을 빤히 바라보았다. 김영태는 그런 이영준의 모습이 생소했다. 이렇게까지 진지하게 나온 적이 없었던 그였다. 이영준은 취기가 좀 올라가자 마음이 편해졌다. 연쇄 살인 사건에 대해 상당한 스트레스를 받고 있었던 이영준은 하루 종일 손에 남의 피를 묻히고 사는 김영태를 만나고서야 스트레스의 본질을 깨우쳤다.

"형님! 제가, 비공식적이라고 해야 할까요? 사건을 하나 의뢰 받았는데 이게 깡패 놈들 일이라 참…… 여기저기 까발리기도 뭣해서 어디다 상의도 못합니다. 형님한테나 말씀드리는 거니까, 일단은 제가 말씀드릴 때까지는 비밀입니다."

이영준은 임금님 귀는 당나귀 귀를 소리치던 이발사의 마음을 십분 이해했다.

"그래. 그래. 말해봐. 형이 다 받아줄 테니까!"

"형님. 얼마 전 송추에서 그 살인사건 아시죠?"

"그럼. 알다마다. 최 박사가 검시했어. 너도 예전에 만나 봤을 걸. 나도 최박사 때문에 시신을 보긴 했어. 내가 보기에는 그냥 이유 없는 연쇄 살인은 아니야. 치정이 관련된 살인이지. 내가 보기에도 그랬고 최 박사도 의견서에 그렇게 올렸지. 자네가 그걸 왜? 혹시 그 사건 맡고 있냐?"

"네. 자꾸 그 현장이 머릿속에서 떠나질 않습니다. 얼마 전에는 악몽까지 다 꿨어요. 아이가 꿈에 나왔는데 저에게 그러더군요. 아빠가 엄마를 죽였고 자기도 죽이려 한다고. 무섭다고. 도와 달라고……."

이영준의 온 몸에 소름이 돋았다. 그 꿈은 강력했다. 뇌리에 각인이 되었을 정도로. 머리 어딘 가에 조각을 해버린 것만 같았다.

"그랬군. 자네가 그 사건에 푹 빠져버린 게 그 꿈 때문만은 아니겠지만. 너 하는 거 보니까 꿈 때문에 사건을 포기하기는 쉽지 않겠어."

"아마도……."

이영준은 말끝을 흐리고 콧등을 찡그렸다. 콧구멍이 간질거렸다. 그날의 피 냄새가 느껴지는 것만 같았다.

"혹시 너, 태아가 몇 주 되었는지는 알고 있나?"

김영태는 설마, 하는 표정으로 물었다. 눈이 가늘어져 있었다. 그리고는 소주 한 잔을 들이켜고 매운 국물 한 숟가락을 떠서 입에 털어 넣었다. 뭔지 모르게 한심하다는 투의 느낌이 강력하게 전해져

왔다.

"아뇨! 저는 그것까지는 생각지 못했습니다."

정작 모르겠다고 대답을 한 그는 순간 그 잡힐 듯 말 듯했던 그 무언가가 무엇인지 알 수 있었다. 이영준의 표정이 급히 밝아지는 것을 확인한 김영태는 다시 한마디 더 던졌다.

"엄마는 O형이고, 아이는 AB형이었어. 아이는 이십이 주 째였지 아마? 그러니까 아이 아빠와의 관계는 육 개월 전후라고 보면 되는 거야. 왠지 내가 벌써 네 고민을 해결해 준 것 같은데. 어때? 이 차 살래?"

김영태는 이미 이영준의 고민을 해결해 주었다는 것을 눈치 챘다. 눈치 빠르고 수사능력이 꽤 뛰어났던 이영준에게 그 정도 힌트면 충분하다고 본 것이다.

"형님~ 이 차뿐이겠습니까? 평생 형님으로 모시겠습니다."

"어차피 형님인데. 짜식이!"

김영태는 국물을 뜨다 만 숟가락으로 이영준의 머리를 가볍게 내리쳤다. 이영준은 맞을세라 젓가락을 든 손으로 숟가락 공격에 신속하게 대응했지만 이어진 김영태의 공격을 피할 수는 없었다. 그는 묵은 체증이 내려간다는 말이 이런 것을 표현한 말이었구나 싶은 생각이 들었다. 김영태의 몇 마디 덕분에 수사 범위가 매우 좁혀졌다. 이제 김미정과 육 개월 전후로 연락했던 남자 중에 AB형을 찾아내는 것이 그에게 남은 일이라고 할 수 있었다.

"그런데, 형님! 제가 그런 정보를 필요로 한다는 걸 어떻게 아셨습니까? 물어본 것도 아닌데."

"알긴 뭘 알아? 그냥, 니가 아이 이야기를 하는데 혹시 니가 그걸 아는지 궁금해서 물어본 것뿐이지. 그걸 니가 알아서 챙긴 거구."

이영준은 생각했다. 태아의 영혼이 김영태와의 술자리를 만들게 했다고. 아이의 간절한 바램이 이런 결과를 이끌어낸 것이 아닌가 하고. 그는 무슨 일이 있어도 태아의 소원을 들어주겠노라고 다짐했다.

그 다짐을 지키기 위해 이영준은 이른 아침에 출근했다. 그보다 십여 분 늦게 출근한 미영은 매우 놀라는 눈치였다. 한 번도 그런 일은 없었기 때문이다.

"사장님! 무슨 일 있어요? 이 시간에…… 이번에 맡은 사건이 꽤 급한 일인가 봐요?"

미영은 그가 진행하는 사건에 대해 전혀 아는 바가 없었다. 그에게 있어 미영은 그저 그의 사무실 지킴이 혹은 전화를 대신 받아주는 정도의 역할만 수행해 주면 만족했었다.

"그러게 말이야. 요즘 잠도 잘 안 오고 악몽도 꾸게 되네. 미영 씨! 시집도 안 간 여자한테 이런 걸 물어보면 실례인지 모르겠는데 말이야."

이영준은 미영의 눈치를 보려 말에 뜸을 들였다. 미영은 드디어 기회가 왔다는 눈치였다. 눈동자에 빛을 발하는 것이다.

"사장님. 괜찮아요. 뭔지는 모르겠지만 말씀하세요. 제게 물어볼 것이 있다니 오히려 제가 더 영광인 걸요."

미영은 얼굴 전체로 미소 지어보였다. 억지 미소가 아니었다. 무엇이든 물어보라는 의미를 가지고 있었다. 기대에 가득차 있었다.

"어! 그래. 미영 씨가 만약에 말이야. 성매매 업소에서 일하는데…… 이건 가정이니까. 이해해줘. 이건 정말 업무적인 질문이야."

"괜찮아요! 여자의 입장을 물어 보시는 거라는 말씀이시군요."

"그래…… 하여튼, 그런 데서 일하는 여자가 손님의 아이를 임신을 했다면 어떨 것 같아? 만약 그게 아니라고 하더라도 성매매 업소에서 일하는 여자 입장에서 자신이 임신한 사실을 알게 된다면 어떨까?"

"만약 저라면…… 두 가지 경우를 두고 고민을 할 것 같은 데요. 일단 아이를 낳는다면 일을 그만둘 거구요. 아이를 낳지 않겠다면 계속 일을 하지 않을까요? 그런데 임신을 한 상태에서 낙태는 심각하게 고민을 하게 될 것 같아요. 첫 임신이라면 특히 더 많은 고민을 하겠죠. 여자로서 아이를 낳는다는 것은 일생일대의 큰 결정이에요. 첫 아이일 때는 특히요. 아이의 아빠가 누군지 알고 같이 키우기로 한다면 낳을 수도 있겠지만, 사실 현실적으로는 쉽지 않은 일일 거예요. 아이 아빠가 성매매 업소에서 일하는 여자가 낳은 자신의 아이를 함께 키우려 할지도 궁금하고요. 그건 사장님이 더 잘 아실 것 같네요. 아이의 축복을 바라는 게 엄마의 마음인데 굳이 아이를 낳아서 불행하게 자라게 하고 싶지는 않을 거예요. 그렇게 하지 않을 가능성은⋯⋯ 제가 봤을 땐 희박하다고 봐요."

"만약에 그 여자가 아이를 낳겠다고 작정을 하고 업소를 그만두었다면 어떤 마음일까? 혼자 키울 생각은 할까?"

"제가 봤을 땐요. 여자 혼자 아이를 키우겠다는 각오를 했다면 외로워서일 것 같아요. 그런 데서 일하는 여자의 입장에서는 어떤 생각일지 알 수 없겠죠. 누군가 상대방의 입장을 이해한다고 말을 해도 실제 그 사람의 입장을 백 퍼센트 이해한다는 건 불가능한 거잖아요. 하물며 일반적인 상황에도 그런데 성매매 업소에서 일해 본 적이 없는 저 같은 여자가 어떻게 그 심경을 이해하겠어요? 게다가 같은 상황에 놓인 여자라고 하더라도 당사자의 입장을 공감할 수는 있겠지만 절대 백 퍼센트 이해할 수는 없다고 봐요. 여자 입장에서는 혼자 아이를 키우겠다고 마음을 먹었다면 나중을 위해 준비할 것이 너무 많아요. 모아 둔 돈이 많아야 할 것이고 그게 아니더라도 돈을 벌 수 있는 자신감이 있어야 할 텐데. 제 생각에 그 여자는 아마도 그건 아닐 것 같은 데요. 아마 남자가 있을 수도 있다고 봐요. 여자는 남자에게 기대를 할 수도 있어요. 독립성이 강한 여자라면 그렇지 않을 수도 있겠지만 어떤 남자의 아이냐에 따라 마음이 변하지 않을까요? 물론 많은 고민을 하긴 하겠죠. 그래도 쉽지는 않다고 봐요. 여자들이 낭만적인 것 같지만 실제로는 대부분 상당히 현실적인 편이에요. 일부러 지옥불로 뛰어들지는 않아요. 물론 사랑이 있다면 이야기가 다르지요. 왜 여자들이 집안의 반대에도 불구하고 집을 나오면서까지 사랑하는 사람을 따라가는지 아세요?"

"글쎄. 나 같은 아저씨가 알 수는 없지……."

"사장님. 여자는 현실적예요. 문제는 아이가 생기기 전과 후가 다를 거예요. 제 친구 중에 고등학교 다닐 때 임신한 친구가 있었는데요. 학생 신분인데 아이를 낳을 생각을 하는 것을 봤거든요. 그게 임신의 힘이라고 생각해요. 여자는 임신을 하면 어느 부분에 있어서는 비현실적으로 변하기도 해요. 지금 궁금해 하시는 그 여자의 입장도 그럴지도 모르지요."

"그렇다면 임신한 채로 업소에서 도망을 쳤다면 남자와 모종의 약속을 했거나 사랑하는 사이였다라고 생각하는 것이……."

이영준은 말을 흐렸다. 그리곤 미영이 설명해 준 것을 기준으로 김미정의 입장을 생각해 보았다.

"제 생각에는 아마도 그럴 것 같네요. 물론 제 생각일 뿐이죠. 어떻게 보면, 꿈도 희망도 모두 버린 상황의 여자라면 새로운 사랑의 결실을 그냥 버릴 수는 없을 거예요. 그 아이가 뭔지 모를 희망을 가져다주었을지 몰라요. 파랑새처럼 말이죠. 부끄러웠던 지난 인생을 파묻어 버리고 평범한 삶을 기대하기에는 아이가 아주 중요한 매개체가 될 거예요."

이영준은 미영과의 긴 토론 후 다시 방으로 들어갔다. 왠지 방 안의 공기가 탁하게 느껴졌다. 크지는 않지만 단 한 번도 작다고 느낀 적이 없었던 자신의 사무실 공간이 답답했다. 햇빛을 가리려 달아 둔 누렇게 변색된 블라인드를 끝까지 개방했다. 블라인드에 두텁게 쌓였던 먼지가 나풀거렸다. 길게 쏟아져 내린 햇살에 먼지들이 목공소의 톱밥처럼 날아다녔다. 먼지는 아직 그에게 닿지도 않았지만 코끝이 간지럽고 목이 칼칼한 것같이 느껴졌다. 창문까지 열어 환기를 시키고서야 답답했던 공간에 어느 정도 개방된 느낌이 들었다. 책상으로 돌아와 대기 상태로 들어간 노트북을 깨우고 미영이 정리해 준 김미정의 통화 내역을 살피기 시작했다. 그가 사건 분석하기에 일목요연하게 정리되어 있었다. 그는 미영의 업무 능력이 자신이 생각한 그 이상이라는 것을 이제서야 알게 됐다. 지금까지 그는 누군가에게 부탁하는 것을 최대한 피하고 살아왔었다. 장남권만 제외하고. 그런데 정작 자신이 급여를 주고 있는 미영에게조차 제대로 된 업무를 맡긴 적이 없었다. 그는 미영이 그저 갈 곳 없어 자신의 사무실에 붙박이로 일하는 아가씨 정도로 알고 있었던 것이다. 그는 자신이 언제부터 누군가를 믿지 못하며 살게 되었는지 더듬어 보았다. 아마도 그건 형처럼 믿었던 팀장 때문이지 싶었다. 처음엔 그저 믿었었다. 그가 시키는 일이라면 무언가 다른 이유가 있을 것이라는 순박한 신뢰였다. 그가 가고 있는 길이 잘못된 길이라는 것을 알아차렸을 땐 이미 너무 깊이

와 있었다. 내사과에서 조사를 나오고, 꼬리가 밟히고, 추궁을 하고, 따로 불려 다니고, 너 하나만 다치면 된다는 팀장의 제안에 수긍했다. 그리고 옷을 벗었다.

그는 지난 생각을 접고 다시 사건에 집중했다. 지난 것은 그저 지난 것일 뿐이다. 돌아오지 못하는 것에 연연하고 싶지 않았다. 과거보다 지금이 그에게는 더 중요했다. 돈이 됐건 무엇이 됐건 간에. 이영준은 모니터에 깨알 같이 펼쳐진 숫자를 읽기 시작했다. 모니터에 묻은 지문 몇 개가 신경을 거슬리게 했다. CCTV 영상을 보다 만졌던 자국이다. 지문을 지우는 게 더 귀찮았다. 팔월부터 구월까지의 내역 중에 원하는 단서가 있을 것이다. 두 달간의 통화는 거의 오천여 통에 달했지만 1~5회 정도의 통화 내역, 짧은 통화 내역을 제외했다. 이제 전화번호는 불과 팔십여 개 정도로 정리되었다. 가장 잦은 통화가 오간 전화번호는 열일곱 개였다. 그 중 김미정의 살인 사건과 관계있는 자의 번호가 있을 것이라고 자신했다. 그는 민머리에게서 전화번호를 추리면 빠르겠다고 생각했다. 지나친 질문은 오히려 그의 의심을 살 가능성이 있다. 뭔가 다른 핑계가 필요하다. 하지만 딱히 다른 핑계거리가 떠오르지 않았다. 한참 고민 끝에 어느 정도까지는 그들에게 정보를 흘려야 한다는 결론을 내렸다. 그렇지 않으면 그들의 적극적인 협조는 없을 것이라는 판단에서였다. 그는 어쩔 수 없이 임병규에게 전화를 걸어 클라라, 김미정과 살인자가 어떤 커넥션이 있을 수 있으며 그것을 조사하기 위해 도움이 필요하다고 말했다. 예상했던 대로 임병규는 그가 생각했던 것 이상으로 협조적이었다. 임병규는 수하들에게 최대한 협조하라고 통보해 두겠다고 했고 불과 십여 분도 채 되지 않아 민머리에게 전화가 걸려왔다. 무엇이든 시켜 달라는 주문이었다. 이영준은 인천의 부평에서 민머리를 만나기로 약속하고 곧장 출발했다. 이영준은 민머리가 그들의 사업장이라고 말했던 그곳 역시 오피 영업을 하는 곳이리라 생각했다. 그의 손은 핸들을 잡고 있었고 운전을 하기는 했지만 도착할 때까지 아무런 의식이 없었다. 그저 본능에 의한 운전이었다. 한 시간여 만에 도착한 그는 출력해 온 몇 페이지 안 되는 출력물을 테이블 위에 펼쳤다. 민머리는 불과 몇 분 만에 여덟 개의 번호를 솎아내 주었다. 민머리는 생각 외로 대부분의 전화번호를 숙지하고 있었다. 그의 말로는 스마트폰을 잘 쓸 줄 몰라서 전화번호를 외운다는 것이었다. 이영준은 오히려 민머리가 자신보다 더 대단하다고 생각했다. 언젠가부터는 지인들 전화번호를 외우는 일 따위는 안중에도 없었기 때문이다. 민머리가 솎아내 준 번호는 같이 일하는 여자들이 쓰는 회사 폰과 여자들을 관리하는 직원들의 번호를 제외한 것이었다. 이제 여덟 개의 전화번호를 확인하는 일만 남았다. 민머리의 부가적인 설명 덕에 그는 같이 일하는 여자들 중 김미정과 가깝게 지내던 아가씨 한 명이 있다는 것을 알게 됐다. 이영준은 곧장 전화를 걸어 김미정에 대한 정보를 캐기 시작했다. 민머리의 말에 의하면 까칠한 년이라고 했지만 목소리는 의외로 온화했다. 단지 방어본능이 자연 발달되어 있었다. 그저 특정한 대상이 없는 무조건적인 적대감 같은 것이 있었다. 이영준은 아주 조심스럽게 그녀를 대했다. 꼭 그래야만 할 것 같았다. 이영준은 민머리와 함께 여자의 숙소로 향했다.

"갑자기 찾아와서 미안합니다. 저는 형사도 아닙니다. 그저 다른 일 때문에 김미정 씨 사건을 조사하고 있는 사립탐정입니다. 혹시 알고 있을지는 모르겠는데 김미정 씨가 사망한 것은 알고 있지요? 어찌 보면 다행인 것일 수도 있지만 적어도 매스컴을 통해서는 김미정 씨가 여기서 일했다는 것이 전혀 알려지지 않았습니다. 그러 니까 불편해하지 마시고 답해 주시면 좋겠습니다."

그녀는 어렴풋이 알고 있었던 듯 김미정이 사망했다는 말에 그다지 놀라는 느낌이 없었다. 어쩌면 김미정에 대해 생각지도 못할 정보를 얻을 수도 있겠다는 가능성이 느껴졌다. 그녀는 그의 말에 그러하겠다는 느낌으로 고개를 살짝 끄덕였다. 표정엔 온갖 수심이 가득했다. 게다가 그에 대한 의심이 가득했다. 당연한 것이다. 민머리에 대한 그녀의 생각이 그리 탐탁지 않을 것이라고 생각했다. 게다가 김미정의 사망 후에 알 수 없는 두려움을 느끼고 있었을 수도 있다. 이영준은 자신도 모르게 훈련된 형사로서의 직감과 눈치로 그녀를 살폈다. 하지만 그녀의 겉모습만으로는 그 어떤 것도 알아 챌 수가 없었다. 그녀는 내면으로 모든 것을 쏟아 부어 감춰버린 듯했다. 아무것도 표출되지 않았다. 표정도, 숨소리도, 몸짓도, 그 어떤 것도 그녀는 외부로 표출하지 않았다. 그는 이해할 수 없었다. 어찌 보면 삶을 달관한 것만 같은 그녀의 표정에 오히려 놀라움을 금치 못했다. 그녀는 되려 이영준의 표정에 당황하고 있을 지도 모를 일이었다. 잠시 혼란을 겪던 이영준은 용기를 내어 물었다. 단도직입적인 질문이었다.

"혹시 김미정 씨가 임신했다는 사실을 알고 있었습니까?"

이영준의 말에 그녀는 깜짝 놀라는 듯했다. 강하고도 세상을 달관한 듯한 느낌을 주었던 여자는 김미정의 임신 소식에 놀라는 것이었다. 이영준은 그녀가 어떤 것에 놀라는 것인지 알 수 없었다. 그저 두 가지 중 하나는 분명하다고 생각했다. 김미정이 임신을 한 사실을 알게 된 것 아니면, 김미정이 임신한 사실을 그녀가 알고 있었다는 것을 알고 질문한 것. 그녀에게서 대답이 없자, 그는 거듭 물었다.

"알고 계셨나 보군요?"

"아뇨! 그건 아니고 아이를 갖고 싶다고는 했었어요."

그의 예상은 보기 좋게 빗나갔다.

"그랬군요. 혹시 김미정 씨를 자주 찾아오거나 영업적인 관계 말고 개인적으로 가깝게 지내던 남자가 있었는지 알고 있습니까?"

그러고 싶지 않았지만 그의 목소리는 건조했다. 게다가 말투마저 사무적이었다. 자신도 왜 그러는지 알 수 없었다.

"글쎄요. 우린 뭐 다들 오빠라고 하니까. 가까운지는 모르겠고. 자주 찾는 남자가 있다고는 했었어요."

여자는 그를 빤히 쳐다보며 말했다. 그의 눈길을 피할 생각이 전혀 없어 보였다. 당돌했다. 대다수의 여자들은 보통 그와 눈을 길게 마주치지 못했다. 오랜 기간 다듬어진 형사로서 가진 눈초리가 자신도 모르게 타인을 쏘아보기 일쑤였다. 그 자신은 인지하지 못하고 있었을 뿐이다. 물론 언제나 그런 눈초리를 하는 것은 아니었다.

"혹시 얼굴을 아십니까?"

이영준은 당돌한 여자에게 물었다. 그가 만난 대부분의 사람들은 자신과 마주해서 이 여자처럼 떳떳하지 않았다. 대체로 대부분의 사람들은 뭔가 구린 구석이 있기 때문에 그에게 떳떳하지 못했다. 눈도 피했다. 이 여자는 뭔가 달랐다. 그가 겪어보지 못한 새로운 세계관, 인생관을 가진 여자였다.

"아뇨. 그럴 순 없었어요. 저희는 그런 것까지 공유하지는 않았어요. 여기서 만나는 남자가 다 그렇고 그런 놈들이지. 무슨 사랑 타령이에요?"

그는 단 한 마디로 그녀의 다른 인생관을 조금은 알 수 있을 것 같았다. 한때 자신도 비슷한 것을 느낀 적이 있었다. 이제는 잊어 버렸다고 생각했지만 여자를 통해 다시 그것을 떠올렸다. 믿을 놈 하나 없다,라고 했던 그처럼 이 여자는 남자는 다 똑같다, 사랑은 없다,라고 말하고 있었다. 전혀 다른 단어지만 같은 의미였다. 잠시 말할 타이밍을 잃고 흐릿한 상태로 있던 그를 여자는 그저 쳐다만 보았다. 아주 잠시였지만 여자는 이영준에게 알 수 없는 뭔가를 느꼈다. 예컨대 이질적이지만 동질감 같은 것이었다. 그저 그가 다시 입을 열기를 기다렸다.

"혹시 그 남자 이름은 들어본 적 있습니까?"

"명우오빠라고 하던데요. 생긴 건 몰라요. 그냥 잘 생겼다고 했어요."

"혹시 언제부터 만난 지는 아십니까?"

"글쎄요. 그건 저도…… 하나 기억나는 건요. 광복절에도 찾아왔대요. 그리고 참. 좀 이상하다고 생각했는데, 그 남자는 항상 모자를 쓰고 왔대요. 그 외에는 별로 생각나는 게 없네요."

"고맙습니다. 그럼~"

그는 여자에게 어떤 느낌인지 알 수 없는 야릇한 미소로 고마움을 답했다. 여자 역시 마찬가지였다. 이영준은 전화번호를 좁혀갈 수 있다는 확신이 들었다. 본명인지는 알 수 없지만 그자의 이름이 명우라는 것만큼은 알아냈으니 큰 성과라고 할 수 있었다.

그는 거칠게 차를 몰았다. 최대한 빨리 사무실로 돌아가서 엑셀 파일로 정리해 볼 필요가 있었다. 이제서야 사건의 추리가 가능해졌다. 이상하게도 마음이 편해졌다. 확신할 수는 없지만 그는 범인이 복수를 하고 있다고 생각했다. 그쪽으로 생각이 좁혀져

갔다. 범인은 임병규와 그의 조직에 김미정의 복수를 하고 있다고 생각했다. 하지만 김미정이 낚싯줄 연쇄살인 형태로 살해당한 건 이해할 수 없는 일이다.

미영의 인사를 받는 둥 마는 둥 손인사를 하고 곧장 방으로 다이빙하다시피 뛰어 들어간 그는 노트북 전원버튼부터 열었다. 여태 느리다고 생각했던 적이 없던 노트북이 너무도 더디게 느껴졌다. 빨리 보고 싶었다. 전화번호들 중에 그가 찾는 번호가 있을 것이라는 확신 때문이었다. 거북이가 웃고 갈 정도로 느려 터진 고물 노트북이 엑셀 파일을 열었다. 문서에서 목적한 것을 찾는 건 거북이보다 수백 배는 빨랐다. 여덟 개의 전화번호 중 8월 15일에 통화한 번호는 두 개밖에 없었다. 이제 남은 일은 전화번호 두 개의 주인을 확인하는 것이다. 이영준은 당장 장남권에게 전화를 걸었다. 이번에도 불편한 부탁을 해야 한다. 최근 들어 부쩍 부탁이 많아져서 귀찮게 생각할 지도 모를 일이다. 하지만 그가 이런 부탁을 할 다른 마땅한 사람이 있는 것도 아니다. 긴 신호 끝에 장남권이 전화를 받았다. 이영준은 요즘 자주 전화하는 것 같네, 라는 그의 첫 인사에도 들은 척 만 척 부탁부터 했다.

"남권아. 급한 부탁이다. 그 새끼 거의 찾은 것 같다. 문자로 전화번호 두 개 알려줄 테니까 명의 먼저 따 줘. 가능한 건 아니겠지만 위치 추적도 할 수 있으면 좋겠다만, 일단 증거 확인하고 영장 받자!"

통화를 하기 전까지만 해도 다른 사건으로 둘러댈 생각이었지만 아무래도 이제는 혼자서 해결할 수 있는 사건이 아니라고 판단했다. 이제는 공권력을 동원해서 수사망을 좁혀 나가야만 연쇄 살인마를 잡을 수 있을 것이라고 생각했다.

"뭐야? 그건 또 어떻게 찾은 거야? 귀신같네."

"그건 나중에 알려 줄게. 그 자식 본명인지는 알 수 없지만 이름이 명우라고 하더라. 만약 두 번호 중 하나라도 맞으면 거의 잡은 거나 마찬가지야. 파이팅하자!"

장남권은 최대한 빨리 결과를 알려 주겠다는 약속을 하고 통화를 끊었다. 이영준은 이제 상당히 많은 단서를 확보했다고 자신했다. AB형, 명우라는 이름, 전화번호, 180 정도의 키, 잘생긴 편, 흰 피부, 눈 아래쪽 인상착의. 그러나 AB형이 아닐 가능성은 있다. 김미정의 아이가 꼭 명우라는 남자의 아이라고 아직 확신할 수는 없다. 게다가 명우라는 남자가 살인자일 가능성 역시 가정일 뿐 정확한 증거는 없었다. AB형, 명우, 전화번호 이 세 가지는 검증 과정을 거쳐야만 한다. 그는 일이 꼬이는 것이 아닐까 하는 걱정이 앞섰다.

한 시간도 채 되지 않아 장남권에게서 연락이 왔다. 하지만 그가 기대했던 두 번호 다 명우라는 사람의 전화는 아니었다.

장남권의 조서에 의하면 범인이 택시에서 하차한 곳은 공항철도 계양역이라고 했다. 그 주위에는 주택지가 거의 없다시피 했다. 결과적으로 볼 때 범인은 그곳에서 차량으로 이동했을 가능성이 높을 것이다. 택시를 통한 정보는 거의 무용지물이나 마찬가지였다. 휴대폰 번호의 명의자는 둘 다 남자였다. 경기도 군포시와 인천시 계양구였다. 이제 그들을 파악하는 일만 남았다. 이영준은 둘 중 한 명이 김미정의 연인이었다는 명우이기를 기도했다. 범인이 꼭 명우여야 할 이유는 없었지만, 그는 이미 명우가 범인이라고 결론짓고 있었다. 만약 그렇게만 된다면 그를 미행하여 현장에서 덮치면 그만이다,라고 그는 생각했다.

22

 이영준이 범인을 수면으로 띄우는 방법에 대해 고민한 지 이틀이나 되었다. 장남권은 수시로 그에게 전화를 걸어 범인을 찾았는지 명우라는 남자가 범인인지, 그렇다면 앞으로 어떻게 할 것인지, 경찰에는 어떻게 던질 것인지 등에 대해 물었다. 약속한 대로 장남권은 비밀을 유지하고 있었다. 장남권의 인내가 언제까지 갈지는 알 수 없다. 게다가 경찰이 섣불리 움직이면 범인은 꼭꼭 숨어버릴 것이라고 생각했다. 치밀하게 작전을 짜서 그의 얼굴을 정확하게 파악해야만 한다. 고민 끝에 이영준은 다시 임병규를 찾아갔다. 그와의 공조만이 명우를 수면 위로 끌어낼 수 있다고 생각했던 것이다.

"임 사장님. 아무래도 우리, 언론을 좀 활용해야 할 것 같습니다. 다른 방법이 없어요. 더 이상 시간을 끈다면 사장님 수하들만 계속 당할 겁니다. 아무래도 범인은 사장님 조직에 복수를 하고 있는 것 같습니다. 제 생각에는 여자 문제 같습니다. 오피 아가씨. 지난 번 매스컴 탄 살인사건 피해자가 바로 사장님 오피에서 생활하다가 도망친 김미정이라는 여자예요. 그 여자가 당한 이유는 아직 파악하지 못했습니다. 그 부분이 미스터리입니다. 게다가 지금은 경찰도 수사를 좁혀가고 있습니다. 만약 경찰이 먼저 터뜨리면 임사장님 입장만 더 힘들어질 겁니다. 경찰이 어느 정도까지 파악했을지는 알 수 없지만 그들이 움직이면 전형조 씨 건도 치밀하게 수사할 겁니다."

이영준은 임병규에게 심리적으로 압박했다. 물론 자신 역시 마찬가지였다.

"이 사장님. 그럼 우리 어떻게 합니까? 저는 이 사장님 뜻에 따르는 게 나을 것 같습니다."

한참을 고민하던 임병규가 입을 열었다. 이영준이 예상했던 것보다는 빠른 결정이었다. 설득할 필요도 없었다. 앞으로 또 누가 죽어 나갈지 그는 막막할 뿐이었다. 그렇지 않아도 설마설마했던 상황에 이영준에게서 조직이 타겟이라는 말을 듣자 그의 불안감은 극에 달했다.

"일단 전형조 씨의 사건을 보도하는 겁니다. 제가 잘 아는 기자가 있습니다. 이슈를 만들어서 국민 누구라도 알 수 있는 뉴스거리가 되도록 하겠습니다. 어쨌든 살아 돌아온 사람이니 다른 법적인 문제는 없을 겁니다. 아무튼 그건 제가 알아서 할 테니 염려 마시고 변두리에 가짜 납치 장소 하나 만들어서 깨끗하게 정리해 두십시오. 저는 그곳을 경찰에 알려서 시선을 돌릴 겁니다. 그래야 조직에 피해가 덜 갈 겁니다. 만약 경찰에서 문제를 삼더라도 처음엔 살인마에게 당한 것인지 몰랐다고 둘러 대시면 됩니다. 그리고 자신이 살아 돌아온 것을 자랑스럽게 말하라고 하십시오. 살인마 범인의 자존심이 상하면 좋습니다. 더 해볼 테면 해 봐라. 하나도 안 무섭다. 복수할 것이다. 그런 식으로 잘 하시는 거 있잖습니까? 우리는 최대한 도발을 해야 합니다. 범인은 이미 임 사장님과 전형조 씨가 그 병원에 입원해 있는지 알고 있을 지도 모릅니다. 그렇다면 범인은 어떤 방법을 써서라도 한 번쯤은 찾아올 겁니다. 최대한 빨리 언론에 노출시킬 계획이니까 미리 전형조 씨에게 알려 주시구요. 믿을 만한 수하 몇 명에게만 알리고 병실을 지키게 하시기 바랍니다."

이영준은 전형조의 병실로 자리를 옮겼다. 전형조는 임병규에게서 연락을 받았는지 표정이 매우 굳어 있었다. 상태는 꽤 호전되어 있었다. 표정만 볼 땐 방금 살아 돌아온 사람 같았다. 이영준은 미리 준비해 간 몰래카메라 두 개를 설치했다. 먼지 쌓인 블라인드

뒤편에 보이지 않게 하나, 수납장 사이 빈 틈에 하나. 이영준은 병실을 찾는 사람들 중에 분명히 범인이 있을 것이라고 확신했다.

"아마, 대부분의 방송국, 신문사 등에서 기자들이 몰려오겠지만 얼굴이 노출될 일은 없을 겁니다. 개인적인 문제이기 때문에 조직에 피해가 가는 일은 없도록 해야겠죠. 기자들이 파고들게 되면 그건 어쩔 수 없지만…… 어쨌든 그건 각오해야 합니다. 전형조 씨가 잊지 말고 꼭 해야 할 일이 있습니다. 방문하는 모든 사람들의 명함을 받아 두세요. 모르는 사람이 오면 연락처를 꼭 받아 두셔야 합니다. 그리고 무조건 그 자리에서 전화를 걸어 확실한 연락처인지 확인해야 합니다. 명함이 없는 사람도 마찬가지입니다. 이름까지 전부 받아 두셔야 합니다. 최소한 며칠은 피곤할 겁니다."

이영준은 몇 번이고 전형조에게 당부했다. 전형조는 자신을 죽이려 했던 살인마가 다시 자신의 병실을 찾아들 수 있다는 이야기를 듣고는 상당히 불안한 기색을 보이기 시작했다. 게다가 자신은 범인의 얼굴도 알지 못하는 상황인데 상대는 자신의 모든 것을 알고 있다는 것이 가장 큰 두려움일 것이었다. 이영준은 다음날 아침, 형사 시절 알고 지냈던 사회부 기자를 만나 살인 사건 추가 피해자를 찾았음을 알렸다. 그는 기자를 전형조의 병실로 데리고 가서 인터뷰를 진행했다. 예상 외로 전형조는 전의를 불태웠다. 무려 두 시간에 가까운 설명이었다. 다음날 아침, 인터뷰가 뉴스에 방송되었다. 방송이 나간 지 불과 한 시간도 되지 않아 기자들과 방송국에서 병원으로 몰려들기 시작했다. 이영준 계획의 첫 단계는 성공했다.

『낚싯줄 살인마에게서 극적인 탈출에 성공, 증언』,『낚싯줄 살인마, 그의 정체를 파헤치다』,『낚싯줄 살인마, 악마의 탈출』 등 인터넷 기사가 제일 먼저 소식을 알리기 시작했다. 텔레비전 방송에서는 토픽감으로 다투어 방송되었다. 전형조의 사건은 불과 하루 만에 전국으로 퍼져 나갔고 대한민국 국민이라면 모를 수가 없을 정도로 이슈가 되었다. 장남권에게는 방송에 정보를 흘리겠다고 미리 알려주었었다. 방송 후 그는 이영준을 닦달했다. 하지만 그는 지금까지 알아낸 정보를 경찰에 흘리게 되면 어렵게 끌고 온 것을 그르칠 것이라 생각했다. 그는 경찰을 백 퍼센트 신뢰하지 못하고 있었다. 물론 범인을 잡는 것은 장남권의 몫이었다. 방송이 나간 후 경찰은 피해자 조사를 시작했다. 전형조는 이영준이 시킨 대로 진술했다. 이영준이 관련된 사실은 물론 그들 조직 내에서 벌어진 사건들에 대해서는 굳게 입을 다물었다. 그는 경찰 진술에는 이미 닳고 닳은 경험이 있었다. 경찰을 쥐고 흔드는 여유를 보여주었음은 확인할 필요도 없었다. 지금쯤 경찰은 임병규에게 준비하라고 시켜 둔 가짜 현장에서 헤매고 있고, 있지도 않은 단서를 찾느라 진땀을 빼고 있을 것이었다. 방송이 나간 첫날에는 방송국과 신문사 기자들을 제외하고는 딱히 특이한 방문자는 없었다. 둘째 날 역시 지역방송과

케이블방송국 잡지사 기자 등이 찾아 들었다. 가끔 정신병자 같은 사람들이 찾아온 것을 제외하고는 특이 케이스가 없었다. 전형조는 이영준이 시킨 대로 모든 방문자의 명함과 연락처를 다 받아 두었다. 오 일째 되는 날 이후로는 형사들 외에 누구도 더 이상 그를 찾지 않았다. 이영준은 전형조가 놓치고 있는 누군가가 있을 것이라고 확신했다. 범인은 절대 그의 상태를 확인하지 않을 리가 없다고 생각했다. 만약 자신이 그를 죽이려 했던 살인자라고 할지라도 그랬을 것이라고 생각했다. 그날 저녁 늦게 전형조를 찾은 이영준은 그를 찾은 모든 사람들의 명함을 뒤져 보았다. 거의 세 차례나 김미정의 통화 내역에 있는 것과 비교해 보았다. 그의 기대는 처참히 무너져 내렸다. 기대가 큰 만큼 실망도 컸다. 전형조는 이영준의 표정을 물끄러미 보았다. 그러다 눈살을 찌푸리며 말했다. 일주일간 쓸데없는 일만 해서 얼굴만 팔린 것이 아니냐는 것이다. 이영준은 전형조를 믿을 수 없었다. 무언가 빠진 것이 있을 것이라는 생각에서였다. 살인자는 분명히 이 곳을 방문했다. 그는 무엇을 걸고서라도 확신했다. 이영준은 자신을 쓸모없는 사람처럼 쳐다보는 전형조의 비릿한 표정을 가까스로 비켜내며 물었다.

"혹시 아는 사람이나 여기에 없는 사람이 있었는지 기억해 보세요. 분명 있을 겁니다. 사소한 거라도 놓치면 안됩니다."

이영준은 전형조의 표정을 조심스럽게 살피며 말했다. 전형조는 이영준이 못마땅했지만 그래도 기억을 더듬었다. 박스 안에 무엇이 들어 있는지도 모르고 더듬는 것처럼 그는 눈알을 위아래로 또는 다른 곳으로 시선을 돌렸다. 그러다 눈을 감았다. 이영준은 그가 뭔가 떠올리기를 기대했다. 전형조는 한참을 고민하는 듯하더니 입을 열었다.

"담당 의사는 상관없죠?"

이영준은 한심하다고 생각했지만 그마저도 고맙게 생각했다. 전형조는 지금 주변의 모든 것을 의심해야 한다고 생각했다.

"네. 그거야……."

이영준은 칭찬에 가까운 표현을 하고 싶었지만 참았다. 어쨌든 그가 뭔가를 고민하는 것을 보고 분명히 놓치고 있는 누군가가 있을 것이라는 느낌이 들었다.

"이 사장님. 있긴 한데요. 고향 친구 녀석 두 명하고 보험회사 직원, 가족들, 징역 동기 정도인데…… 그 사람들도 해당되는가요?"

전형조는 이영준의 눈치를 살피며 말을 이었다.

"별 의심 가는 사람이 없잖습니까?"

그는 당연하다는 눈치였다. 하지만 이영준은 한심하다는 듯 입을 열고야 말았다.

"그래도 연락처를 모두 주셨어야지 않습니까?"

이영준의 말에 전형조는 금세 얼굴이 빨개졌다. 둘 중 하나였다. 화가 났거나 부끄럽거나. 만약 화가 난 것이라면 억지로 참고 있는 것이었다. 그는 잠시 머뭇거리더니 상처를 입지 않은 오른손으로 휴대폰을 만지작거렸다. 그리고는 스마트폰을 뒤적여 전화번호를 검색해 불러주었다. 이영준은 공들여 메모하고 있던 노트를 한 장 넘겨 새로운 페이지에 메모를 시작했다.

"보험회사 직원은요? 연락처 없었습니까?"

"그 사람은 지난번에도 왔던 사람입니다. 게다가 제가 사고 나기 전부터 아는 사이입니다."

"그럼 친구들은 예전부터 아는 사람 아니었습니까?"

이영준은 저도 모르게 목소리 톤이 높아진 것을 알 수 있었다. 전형조는 가까스로 화를 참고 있음을 얼굴로 말하고 있었다. 그의 성격상 현재 상황만 아니라면 주먹이 먼저 반응했을 것이었다. 하지만 상황이 상황인지라 그는 참아냈다.

"글쎄요. 제가 먼저 전화해 본 적이 없어서……."

전형조의 자신감 없는 대답이었다.

"아니? 어떻게 그렇게 알고 지내는 사이에 전화번호 하나 저장을 안 해 둔답니까? 그럼 이번에는 보험회사 직원이 어떻게 알고 찾아온 겁니까?"

이영준은 그를 추궁했다. 목소리에는 한심하다고 말하는 느낌이 강렬했다. 전형조는 방금 전의 불타오르던 충동은 온데간데없이 사라져 버리고 부끄럽다는 듯 보였다. 자신감이 푹 꺼져 버린 것이다. 눈동자의 시선이 이영준에게서 떠나 있었다.

"아~ 그건 실손보험 때문에 회사에서 보낸 것 같았습니다."

"전부터 알던 사이라면. 어떻게 알게 됐지요?"

"저희 애들이 소개해 줘서 알게 됐습니다. 벌써 몇 달은 된 것 같습니다. 저희 애들은 거의 다 그 친구에게 보험을 들었습니다. 우리를 그다지 부담스럽게 느끼지 않아서 그런지 우리도 그 친구가 편해가지고 말입니다. 그러고 보니……."

전형조는 말을 하다 말고 누군가에게 전화를 걸었다. 아주 조그마한 멜로디가 이영준에게 들려왔다. 한참 동안 멜로디가 울렸고 전형조의 난처해하는 표정이 극에 달해 갈 때 즈음 되어서야 상대방의 형님, 하는 소리가 들려왔다.

"이 개새야. 왜 이제 전화를 받아. 빨리빨리 안 받아?"

"죄송합니다. 형님. 일이……."

전형조의 화가 난 목소리에 비해 상대방은 그다지 주눅 들어있지 않았다.

"뽀글아~ 우리 보험 하는 친구 연락처 줘 봐라."

그새 전형조의 목소리는 평상을 찾았다. 그저 보이기용이었다는 것을 이영준은 알고 있었다. 그에게서 당한 수모를 수하에게 대신 전달한 것이리라, 그는 생각했다. 뽀글이라는 수하와의 통화를 끊고 오 분이 채 지나지 않아 문자메시지가 수신됐다. 보험 하는 친구라는 사람의 전화번호일 터였다. 그가 불러준 번호는 『010-×023-2080』이다. 귀에 익숙한 번호 네 자리가 있었다. 이영준은 끝 번호 2080을 듣는 순간 온몸이 찌릿하게 감전되는 듯한 느낌이 들었다. 그가 찾던 명우였다.

"이름이 뭔지는 알고 있습니까?"

이영준은 재차 확인했다. 그의 표정은 귀신을 만난 것처럼 상기됐다. 전형조는 그의 표정에서 정말 뭔가 대단한 것을 찾아냈다는 것을 눈치챘다.

"박명우씨 말입니까? 정말 그가 맞습니까?"

"이 사람입니다. 아마도 일단…… 범인인지 확인은 해야겠지만 적어도 김미정의 아이 아빠일 가능성은 높습니다."

이영준의 말에 전형조는 사색이 되어 입을 열지 못했다. 이영준의 입에서 나온 말을 실감할 수 없었다. 믿기 싫었던 것이 아니었다. 자신을 처참하게 죽이려 했던 살인마를 여태 그렇게 살갑게 대해 왔었다는 것이 가슴을 에는 듯했기 때문이다. 피부를 도려내던 것과는 또 다른 고통이었다. 그것은 믿음과 신뢰에 관한 것이 아니었다. 병신같이 누군가를 믿었고 그 때문에 죽음의 문턱까지 다녀왔다는 자신의 행동에 대한 것이었다.

"이 사장님! 그거 확실한 겁니까?"

전형조는 이영준의 눈을 뚫어져라 쳐다보며 말했다. 그의 목소리는 심하게 흔들리고 있었다.

"아뇨! 아직은 정확하게 알 수 없습니다. 말씀 드렸던 김미정의 휴대폰 통화 내역에서 두 개로 압축했습니다. 그 중 하나가 명우라는 남자입니다. 나머지 하나를 더 확인해야 합니다. 물론 그 둘 다 살인마가 아닐 가능성 역시 많습니다. 아직은 그 누구도 확실하다고 말할 수는 없습니다."

이영준은 흥분한 전형조를 다독였다. 물론 아직 명우라는 사람이 범인이라는 증거는 없다. 그저 정황상, 지금까지 알게 된 사실만 가지고 추론하자면 그가 범인일 가능성이 높다. 당장 확인할 것이 있다. 방에 미리 설치했던 카메라 영상을 확인하는 것이다. 그것이 명우라는 자가 범인인지 알 수 있는 방법일 수 있다. 적어도 명우라는 사람의 눈 아래쪽 부위만 보면 그는 분명하게 알 수 있으리라 생각했다.

그는 동영상이 담긴 메모리를 챙겨 아무도 없는 자신의 사무실로 향했다. 당장에 현장에서 확인하고 싶었지만 도저히 방법이 없었다.

그는 핸들을 잡은 손이 떨리는 것을 주체할 수 없었다.

23

사무실에 도착한 그는 노트북에 주먹이 왔다 갔다 할 정도로 신경이 곤두섰다. 부팅되기까지 기다리는 시간이 끔찍하리만큼 길었다. 노트북이 부팅되고 나서도 모래시계가 바탕화면에서 사라지지 않았다. 화살표 모양의 아이콘이 그렇게도 기다려졌다. 사무실의 온도가 높지 않았지만 목 뒤로는 땀이 흘러내렸다. 화살표가 나타난 후에야 노트북이 제 역할을 하기 시작했다. 병실의 영상에서 박명우를 찾는 데 그리 오랜 시간이 걸리지 않았다. 이영준은 저도 모르게 이를 악물었다. 복근에도 힘이 들어갔다. 머릿속에는 피 흘리던 태아가 스쳐 지나갔다. 귓속에서 익숙한 목소리가 들리는 것만 같았다. 태아의 목소리였다. "아빠가 엄마를 죽였어요. 그리고 나를 죽이려고 해요. 도와주세요. 아저씨. 무서워요! 칼로 엄마와 저를 갈라놓으려 해요. 무서워요. 도와주세요." 이영준은 한동안 눈을 감았다. 아이의 목소리 때문이 아니었다. 놓치고 가는 것이 혹시라도 없나 해서였다. 생각지도 못한 결과에 혹시라도 찾아내지 못한 것이 없을까 하는 것이다. 눈을 뜨고 다시 영상을 살폈다. 이영준은 영상에서 보이는 박명우가 신철원의 편의점 CCTV 화면에서 보았던 범인이 확실하다고 판단했다. 두꺼운 옷차림은 아니었지만 호리호리한 몸매에 비슷한 키. 그리고 눈 아래 부분이 일치했다. 그는 이 사실을 장남권에게 알려야 할 지 고민이 되었다. 어쨌거나 지금까지의 결과는 자신만의 확신일 뿐이었다. 물론 자신은 확신했다. 그렇다고 지금 상황에 섣불리 경찰을 동원할 수는 없다고 생각했다. 만약 박명우가 먼저 냄새를 맡고 도주하거나 증거를 인멸하는 사태가 벌어지게 될 수도 있다. 확실한 증거가 없다면 증인도 의미가 없다. 동영상만으로 경찰을 움직이게 만드는 것 역시 쉬운 일은 아니다. 결국엔 임병규가 당한 사실을 밝혀야 한다. 그렇게 되면 결국 권인용의 사건 역시 오픈해야 할지도 모른다. 지금까지 진행되었던 임병규, 권인용, 전형조 세 사건을 보면 그의 조직은 이미 박명우의 손 안에서 놀아나고 있는 것 같았다. 그렇지 않고서는 조직의 보스부터 행동대장들까지 속수무책으로 납치되고 살해되는 상황이 발생할 수는 없다. 게다가 그들의 사무실과 작업실에서 벌어진 사건만 보더라도 박명우는 이미 그들 조직에 상당기간 파고들었을 것이다. 뭔가 알 수 없는 살인의 이유와 목적이 있을 것이 분명하다. 아직까지 그것이 수면 위로 노출되지 않고 있는 상황이다.

"김미정, 박명우, 임병규. 이 세 사람 사이에 어떤 사연이 있는 걸까?"

이영준은 혼잣말을 되뇌었다. 세 사람 사이에 얽힌 무언가를 풀어내는 것이 이 사건의 핵심이 아닐까. 그것을 풀어내려면 결국 임병규가 감추고 있는 뭔가를 알아내야만 한다. 이영준은 의자 등받이를 눕히고 등을 기댔다. 사무실 천장이 빙글빙글 도는 것 같이 보였다. 어지럼증에 눈을 감자 어둠 속에 박명우의 얼굴이 선명하게 떠올랐다. 이제는 눈 아래 부분만이 아니다. 그의 얼굴이 각인된 것이다.

24

  이영준은 사건의 조각들을 풀어헤쳤다. 이리저리 늘어놓았던 사건들을 서로 다른 방식으로 조립했다. 그리고는 조각들을 마구 섞었다. 설마라고 생각했던 것까지 조각들을 억지로 맞추어 보았다. 조각들이 엇비슷하게 맞아떨어지면서도 결국 억지에서 끝나버리곤 했다. 아귀가 잘 맞아떨어지는 조각들의 어느 모퉁이들은 끝내 다른 조각과의 연결을 거부했다.
  그는 살인마의 모든 정보를 머릿속에 입력했다. CCTV 영상에서 알게 됐던 아주 적은 정보였던 것이 지금은 거의 완벽에 가깝다. 박명우는 180센티 정도의 키에 균형 잡힌 몸매, 또렷한 이목구비,

하얀 피부를 가졌다. 게다가 카메라에 잡힌 그의 외모는 상당히 인텔리 했다. 요즘 젊은 여자들이 좋아하는 스타일로 매우 세련된 편이었다. 김미정 역시 그의 그런 모습에 반한 것이었으리라. 그에게 마음을 주고, 그의 아이를 임신한 채 그녀는 도주한 것이다. 하지만 이해할 수 없다. 민머리의 설명에 의하면 굳이 도망이 아니더라도 제 발로 일을 그만 둘 수 있음에도 굳이 종적을 감출 이유는 없다. 그걸 본인이 모를 리가 없다. 아직까지 파악하지 못한 다른 뭔가가 있을 것이라고 그는 결론을 지었다. 태아의 혈액형은 이미 알고 있다. 박명우의 혈액형만 확인되면 박명우가 아이 아빠라는 가능성은 열어 둘 수 있다. 유전자 검사를 통하면 정확하게 파악할 수 있다. 하지만 그것이 이 사건을 해결하는 데 있어 꼭 필요하거나 결정적인 사항은 아니다.

이제는 정면 승부밖에는 답이 없다, 라는 게 고민의 결론이었다. 임병규와 먼저 상의해야 할 일이지만, 경찰에 나머지 수사를 의뢰하는 것이다. 이제는 자신만의 힘으로 해결하기에는 사건의 규모가 너무 크고 정보력은 물론 수사력도 한계가 있었다. 장남권에게서 도움 받는 것 역시 한계였다. 임병규는 자신들을 엽기적인 방법으로 죽이려 했던 박명우를 순순히 놔주려 할 리가 없다. 어쩌면 박명우에게는 임병규나 경찰의 추적은 우스운 것일지도 모른다. 임병규의 조직은 박명우가 손바닥 들여다보듯 훤하게 꿰뚫고 있었다. 수년 동안 경찰의 수사에도 꼬리를 밟히지 않은 놈이다. 만약 살인마가 먼저 눈치를 챈다면 소리 소문 없이 증발해 버릴지도 모를 일이다. 물론 모든 것은 박명우가 확실하게 범인이라는 가설을 두고서다. 그럴리야 없겠지만 만에 하나, 박명우가 범인이 아닐 경우에는 여태까지의 수사 자체가 모두 물거품이 된다. 이영준은 지금까지 모아온 증거를 기반으로 인적 네트워크 관계도를 그려 보았다. 밤새 구성했던 여러 가지 가설 중 가장 가능성이 높은 것에 인적 네트워크를 대입했다. 임병규 이전의 사건에 있어서는 그다지 밝혀진 것들이 없다. 물론 증거라는 것이 전무하다시피 했다. 임병규, 권인용, 전형조는 같은 조직이다. 임병규의 말대로라면 누군가 그들 조직을 타겟으로 잡았을 수 있다. 모두 다 태아와 연결이 되어있을 가능성을 열었다. 박명우가 아이 아빠가 아니라면, 하는 가설. 불가능한 설정은 아니었다. 그렇다면 박명우가 임병규들을 살해하려 했던 것은 무엇인가에 대한 복수일 수 있다. 김미정 역시 마찬가지다. 그렇다면 무엇을 위한 복수였을까? 그렇게 생각하면서도 이영준은 피에 젖은 태아가 머릿속에서 사라지려 하지 않았다. 그건 그저 악몽이 아니라 아이의 영혼이 자신에게 주는 메시지 같은 것이라는 느낌이 강했다. 팩트에 의한 수사만이 사건 해결의 중심이라고 생각하던 그였지만 자꾸만 그런 쪽으로 생각이 옮겨가는 것을 막을 수가 없었다. 김미정의 사건이 치정사건일 가능성도 열어 두었다.

25

 다음날 아침, 이영준은 임병규에게 전화를 걸었다. 간부급 조직원들의 혈액형을 한 시간 내로 정리해 달라는 요청을 했다. 임병규는 어이없다는 생각을 했지만 지금은 그의 지시를 따르는 것이 최선이라고 생각했다. 거의 십 년간 자신에게 뭔가 지시를 내리는 사람은 없었다. 적응이 쉽지는 않았다.
 이영준은 바로 그의 병실을 향해 출발했다. 임병규의 조직력이 탄탄하다면 자신이 도착할 즈음에는 부탁했던 혈액형 정보는 모두 수집되어 있을 것이라고 생각했다. 그의 병실은 예전에 없던 화사함이 느껴졌다. 흰색 꽃이 만발한 하얀색 화분 하나가 창가에 놓여 있었다. 그 덕분에 차갑고 거친 분위기로 가득 차 있던 곳이 조금이라도 부드러워진 것이었다. 잠시 화분에 시선이 꽂힌 그의 귀에 임병규의 목소리가 들려왔다.

"이 사장님. 갑자기 혈액형은 뭐 한다고 필요하신 겁니까?"

이영준은 임병규의 질문을 예상하긴 했었다. 하지만 그는 아직 확정이 된 일도 아닌 것을 가지고 그에게 설명해 줄 수는 없었다. 지금 당장 선을 그어버리면 사건은 풀어내지 못한 채 무주공산으로 끝나버릴 것이 불 보듯 뻔했다. 임병규의 성격에 대해서는 이제 충분히 알고 있다고 해도 과언이 아니었다. 그는 당장에 수하들을 총 동원할 것이고 박명우를 잡아오라고 시킬 것이다. 당연히 박명우는 증발할 것이다. 그의 조직에게 쉽게 잡혀줄 놈이 아니다. 이영준은 이미 그렇게 답을 내고 있었다.

"의심이라기보다는 모든 증거를 전부 재검토하는 중입니다. 경찰도 찾아내지 못했던 연쇄살인마를 잡아내기 위해서는 주변의 사소한 인물들까지도 모두 놓치면 안됩니다. 임 사장님도 제게 혹시라도, 설마 했던 것이 있다면 언제라도 말씀해 주셔야 합니다. 그나저나 혈액형은 다 정리해 두셨습니까?"

"아. 그건 애들이 메시지로 보내주겠다고 했으니 조금만 기다려 보시지요."

"그러지요! 임 사장님은 언제쯤 퇴원합니까?"

"그렇지 않아도 의사가 이제 통원 치료를 해도 된다던데. 의사가 워낙 미인이라 꼬시는 중입니다. 하하, 농담입니다. 이제 거의 다 된 것 같아서 말이죠. 저 화분이 그 의사가 선물로 준 것입니다. 병실에 병원 냄새보다 노총각 냄새가 더 진하게 난다면서 말이죠. 사실 그것보다는 그 새끼 때문에 불안해서 이 사장님이 뭐라도 해결할 때까지 기다려 보는 상황입니다. 쪽팔리지만 애들까지 저 모양이니…….”

그에게 이러저러한 설명을 듣던 중 임병규의 신형 스마트폰에서 둔탁한 소리가 들려왔다. 문자메시지였다. 임병규는 메시지를 열어 이영준에게 건넸다. 기대에 찬 이영준의 눈동자를 임병규는 읽었다. 이영준이 뭔가를 손에 거머쥐고 자신에게는 알려주려 하지 않는다는 것을 직감적으로 알아낸 것이다. 메시지 목록에는 AB형이 단 한 명도 없었다. 이영준의 기대 가득했던 표정이 아쉬워하는 표정으로 변하는 것을 지켜보던 임병규 역시 실망을 하고 말았다.

"이 사장님. 혹시 우리 조직 안에 있을 거라고 생각한 겁니까? 절대로 그럴 리는 없을 겁니다. 제가 그 당시 아무리 어두운 밤이었다고 하더라도 우리 애들 얼굴도 못 알아봤을 리가 없지 않습니까? 목소리도 그렇고 말입니다. 우리 아이들은 물론이고 시다바리 하는 놈들까지 내가 다 꿰고 있습니다."

"아, 아닙니다. 사실은…… 음…….”

이영준은 아직까지도 임병규에게 사실을 알려주어야 할지 고민했다. 여기까지 어렵게 왔는데 판을 깰 수는 없었다. 임병규를 신뢰하기 어려웠다.

"이 사장님. 저는 이 사장님께 돈을 지불하고 사건을 의뢰한 장본인입니다. 제게 사실을 알려 줄 의무가 있는 것 아닙니까?"

임병규는 이미 뭔가 있다는 것을 눈치챘고 그에게서 직접 듣고 싶었다. 아직 조사 중인 것이라 말을 하지 못하는 것이겠지만 자신은 진행 상황에 대해 보고받을 권리가 있다,라고 생각했다. 이영준은 현재 형사가 아니다. 사립탐정으로서 임병규에게 합당한 비용에 사건을 맡기로 합의했다. 지금 그는 사건을 의뢰받고 조사하는 입장이다. 그에게 모든 사실을 보고할 의무가 있다는 것을 무시할 수 없었다.

"미안합니다. 벌써 알려 드렸어야 했는데. 아직까지는 불안한 부분이 있어서 말씀드려야 하는지 어제 밤새 고민했습니다. 하지만 지금 말씀 드리는 것은 아직까지 그저 가설일 뿐입니다. 제가 우려하는 것은, 임 사장님이 조직원들을 풀어 사건을 해결하겠다고 움직이면 안 된다는 겁니다. 섣불리 행동하면 살인범은 영원히 잠수를 타게 될 지도 모릅니다. 임 사장님 역시 피부로 느끼고 있겠지만, 조직은 이미 범인에게 완전히 노출되어 있습니다. 사장님 외에는 조직원 누구도 이 사실을 알면 안 됩니다. 임사장님 외에는······."

이영준은 두 번, 세 번 재차 확인했다. 그는 흔들리는 임병규의 눈동자를 읽고 있었다. 벌써부터 매우 흥분한 상태를 보이고 있었다.

"일단, 비밀로 하지요. 그런데 제가 참을 수 있을 지는 장담할 수 없습니다."

　목소리마저 떨리고 있다. 이영준은 임병규에게서 그가 처한 것이 어떤 느낌의 흥분인지 알 수 없었다.

　"우리의 목적은 살인마를 잡는 것입니다. 절대 놓치면 안 됩니다. 그럴 리야 없겠지만 절대 움직이면 안 됩니다. 그 놈을 잡기 위해서는 기다려야 합니다. 호랑이를 잡기 위해 숨을 죽이고 기다리는 사냥꾼이 되어야만 합니다."

　이영준은 잠시 말을 끊고 임병규를 물끄러미 바라보았다. 임병규는 이영준의 입이 다시 열리기만 기다렸다. 그의 머릿속 역시 팽팽하게 조율되고 있었다. 단독으로 움직일 것인가, 경찰력을 이용할 것인가? 쉽게 결정할 수 없는 일이었다.

　"어차피 전국에 방송이 나간 상태라 범인은 상당히 몸을 사리고 있을 지도 모릅니다. 범인은 한동안 쉽게 움직이지는 못할 겁니다. 우리는 그걸 이용하는 겁니다. 전형조 씨에게 박명우에 대해 들으셨을 겁니다. 저는 현재 박명우를 범인으로 생각하고 있습니다. 저는 박명우의 존재를 경찰에 알리겠습니다. 경찰은 범인을 잡기 위해 현장 급습보다 물증 확보를 위해 밀착해서 감시할 겁니다. 절대로 경찰의 사정권 내에서 벗어나지 못합니다. 우리는 때를 기다리기만 하면 됩니다. 문제는 박명우가 범인이라는 가설이 틀리지 않는다는 것이 보장되어야 할 겁니다. 저 역시 그것이 불안해서 임 사장님에게 알려드리지 못한 겁니다."

이영준의 제안을 들은 임병규는 병실 창밖을 바라보며 고민했다. 시간이 더디게 흐르는 것 같다. 환기를 위해 열어 둔 창문 너머로 아지랑이가 보인다. 아지랑이를 따라 침묵 속에 무언가 꿈틀거리는 듯하다.

"제가 해야 할 일은 뭡니까?"

한참 후에야 임병규가 입을 열었다. 뒤도 돌아보지 않은 채. 이영준은 그의 얼굴을 보지 않았음에도 표정을 읽어낼 수 있었다. 기로에 선 그가 큰 결정을 내려야만 할 때다.

"비밀이 흘러서는 안 됩니다. 당분간 우리 둘만 알고 있어야 할 겁니다. 경찰이 따라붙고 나면 임 사장님도 당분간은 좀 피곤해질 수 있고, 조직에 큰 피해가 갈 수도 있습니다. 물론, 아무리 아끼는 동생일지라도 전형조 씨 역시 이 사실은 몰라야 합니다. 그렇게 되면 안 될 일이지만 경찰에서 비밀을 유지하는 게 더 어려울 수도 있습니다. 생각보다 워낙 입이 싸고 정보 유출이 심해서……"

이영준의 말에 임병규는 깊은 신음을 흘렸다.

"이런 이야기를 왜 하게 되는지 모르겠습니다만. 이 사장님에게 별 이야기를 다 하게 되는 군요. 어차피 이 일에 회의를 느끼고 있었습니다. 곧 아우들에게 조직을 물려주고 은퇴할 생각도 가지고 있었고……. 딸내미도 이제 알 건 다 아는 나이가 되어가니 앞으로는 저를 불편하게 생각하겠지요. 아빠가 조폭 두목이라니. 아무리 제가 하는 일을 감추려 해도 쉽지는 않겠지요……. 몇몇 형님들은 그러더군요. 발 빼기 힘들어졌다는 것을 알았을 땐 이미 모든 걸 잃은 후가 될 지도 모른다고 말입니다. 그 양반들도 좋은 세월이 다 지나고 나서야 알게 되었다고 합니다. 저는 이번에 이런 일을 당하고 나서 처음엔 공포와 살의 두 가지가 제 속에 공존하는 것을 알았습니다. 한동안 그 공포가 제 자신의 죽음에 대한 것으로만 알고 있었습니다. 그러나 얼마 전 아우들이 사고를 당하는 것을 보면서 제가 가지고 있던 공포는 가족과 동료들을 잃고 홀로 된다는 두려움이라는 것을 알 수 있었습니다. 여태 무엇을 위해 살고 있었는지도 생각하게 되었습니다. 무슨 돼먹지 못한 소리를 하느냐고 생각할지는 모르겠습니다. 깡패 새끼가 웬 철학적인 말을 하는지 하찮게 들리실지는 모르겠습니다만. 거의 십 년 만에 몇 달이고 쉬어 보게 되었는데, 제가 대체 무엇을 위해 그 같은 인생을 살다 무슨 원수를 지게 되어 엽기적인 살인마에게 죽임을 당할 지경에 이르게 된 것인지. 제 인생을 되돌아볼 수 있는 시간을 가지게 된 것 같습니다. 침대 옆 책들 보이시죠? 요즘 제가 책이란 걸 다 읽고 있습니다. 여지껏 신문이라고 펼쳐 본다 해도 헤드라인 뉴스의 제목이나 훑어보고 지나치던 사람이었습니다. 그랬던 제가 저런 책들을 꼼꼼히 읽고 있습니다. 저는 이제 욕심도 미련도 없습니다. 이젠 많이 늦었겠지만 아내와 딸 데리고 그저 평범하게 살고 싶군요. 어느 책에서 보니 평범하게 사는 게 제일 힘든 거라고 하던데. 특히 저 같은 놈에게 있어서는 평범하게 사는 게 남들보다 더 힘들 거라는 생각을 했습니다. 저는 이 사장님 의견에 따르겠습니다. 다만 아우들을 더 다치게 하고 싶지는 않습니다. 그 새끼는 무조건, 어떻게 하든 처리가 되어야지요. 제 손이 아니라 경찰의 손을 거친다면 더할 나위 없이 좋겠죠. 처음엔 제 손으로 죽여 버리고 싶었지만 지금은 아닙니다. 말씀만 하시면 이 사장님 제안에 따르겠습니다."

아마도 그는 이번 사건을 통해 인생을 송두리째 뒤집었을 것이다. 지난 삶을 되짚어 보며 득도하듯 새로운 뭔가를 찾아낸 듯했다.

이영준은 임병규의 뒷모습이 처음 본 사람 같다는 생각을 했다.

26

"남권아! 술사라!"

장남권에게 전화해 다짜고짜로 술을 사라는 이영준은 그에게 중요한 소식이 있음을 알렸다.

"어? 어! 드디어 너 뭔가 나왔구나. 그럼 모든 약속을 깨고서라도 가지. 좋은 소식이면 내가 사고, 맘에 안 들면 니가 사는 거야. 하여튼 돈도 잘 버는 놈이 말이지. 박봉 공무원에게 술이나 얻어먹으려고 들면 쓰냐?"

장남권은 술자리만 생기면 돈타령이었다. 아이 셋을 키운다는 게 얼마나 힘든 일인지 이영준 역시 모르는 바 아니다. 외부에서 말하는 것처럼 박봉의 공무원이라는 건 실제로 그 울타리 안에서 살아보지 않으면 절대로 모르는 일이다.
"대신 올 때 알아와야 할 것이 있다."
이영준은 조건을 걸었다. 언제나 그런 식이었다. 절대로 그냥 술을 사는 법이 없었던 그가 이번에는 장남권에게 술을 사라는 것은 그에게 더 중요한 정보가 있다는 것을 알리는 것이었다. 여태까지는 이영준은 술을 사고 장남권은 정보를 건넸었다. 이번엔 정반대 입장이 된 것이다.
"뭔데 그래? 또 뭘 꿍꿍이야?"
"내가 모르는 경찰 조사 내역."
"그런 게 있을 리가 없잖아?"
사실 이영준은 경찰에서 자신이 모르는 무언가 있다는 것을 알고 있는 것은 아니었다. 그저 오랜 형사 생활 덕분에 만들어진 직감이라는 게 그에게 남아있었다. 뭔가 있다,라고 그는 단정했다. 형사 신분인 장남권이 이영준에게 알릴 수 없는 무언가 있다는 것을 이영준은 본능적으로 알고 있었던 것이다. 아무리 수사력이 떨어지는 형사라고 할지라도 그들만의 광범위한 능력으로 파고들었을 현장 속에는 예기치 못한 증거들이 있었을 것이었다. 이를테면 이영준이 끝내 알아내지 못한 범행에 쓰였을 차량에 관한 정보들. 이영준은 어쩔 수 없이 장남권에게 부탁해서 CCTV, 휴대폰 사용 내역 등을 조사했다. 장남권이 그것을 놓쳤을 리가 없었다. 아마도 그는 이영준이 도출해내지 못한 결과물을 찾아냈을 것이었다.
"가져올 거야? 말 거야?"
장남권은 이영준은 질문에 뜸을 들였다.
"그런데 말이야. 어떻게 알았어?"
장남권은 이미 포기한 듯 물었다.
"남권아. 내가 임마. 형사 생활이 몇 년인데 그만한 눈치가 없었겠냐? 다 가져와라. 빼먹지 말고. 너 하는 거 봐서 나도 얼마를 공유하느냐가 달려 있어!"
두어 시간 후 목동의 단골 실내포장마차에서 그들의 대화는 다시 이어졌다.
"야! 기껏 술 산다더니 여기냐?"
이영준이 소리를 질렀다. 다른 손님들이 따가운 시선을 날렸지만 그는 전혀 개의치 않았다. 이영준이 장남권의 어깨를 툭툭 두드렸다. 농담이라는 뜻이었다.
"짜식아. 공무원 주머니 털어먹는 날강도 같은 사업가 놈아. 내가 돈이 어딨냐? 너한테 정보 받아간다고 해도 나한테는 수당 한 푼 안 나온다."
장남권은 툴툴거렸다. 하지만 앞으로 있을 대화에 긴장하지 않을 수 없었다. 이영준이 제시했던 것처럼 이번만큼은 진급을 두고 거래하는 것이나 마찬가지였다. 그들은 다른 사람들과 대화가 섞이지 않는 구석자리에 자리를 잡았다. 종업원이 세팅해준, 보기만 해도 땀이 날 것 같이 새빨간 닭발이 연탄불에 지글거렸다. 이제는 정보를 교환할 시간이다. 그들은 연거푸 소주 세 잔을 들이켰다.

"니가 아는 것부터 이야기해봐. 그러면 니가 모르는 것들에다가 살을 붙여 줄게."

이영준은 장남권에게 먼저 정보 공개를 요구했다.

"하여튼. 이 자식. 하여간에 니가 돈 버는 건 이유가 있긴 있어."

"뭐냐? 나도 힘들게 산다. 일 없을 땐 손가락 빨고 살아야 해. 넌 놀아도 월급 나오잖냐. 하긴 위에서는 노는 꼬라지를 못 보니 문제긴 하지."

이영준은 노트와 펜을 꺼내 들었다.

"차는 수배했냐?"

장남권은 이영준에 질문에 전혀 놀라지 않았다. 그 정도 눈치는 이미 챘을 거란 생각은 하고 있었다. 그 질문이 언제 터져 나올지가 궁금했을 뿐이다.

"아직. 차량 전 소유주는 이미 사망한 지 오래 된 상태라는 것은 알게 됐지. 이미 오래된 사건인 데다 범인한테 긴장을 줄 필요는 없을 것 같아서 일단은 비밀에 부쳤다. 동네 주민들은 그의 존재에 대해서는 잘 모르는 것 같더라고. 우리도 한동안 뺑뺑 겉돌았지. 범인은 전 소유주의 차량을 현 소유주에게 팔고 다시 훔쳐온 거였어. 그것뿐만이 아니더라고. 전 소유주는 당연히 그 놈이 죽인 거야. 게다가 이상한 게 있었어. 그 사건은 낚싯줄 살인이 아니란 거야. 평범한 살인이었어."

"평범한 살인?"

"참. 말이 웃기는군. 낚싯줄 살인을 예상했던 거라 평범하다고 생각했다. 아무튼 딴지 걸지 말고 들어. 시체는 마당에 매장되어 있었는데 벌써 일 년이 넘은 상태였어. 아마도 낚싯줄 살인은 복수의 성향을 띠고 있어. 일반 살인은 뭔가의 목적 달성을 위해…… 아무튼 서슴지 않아. 살인을 하는 데 있어 망설임도 전혀 없어. 정신병자라고 밖에 할 수 없어. 전 소유주 집 차고 안에서는 어디서 떼다 모은 건지 모를 차량 번호판이 여섯 개나 더 있었지. 그중 다섯 개는 같은 식으로 훔친 차량의 번호판인 듯 했지. 그런데 정말 이상한 것이 있었어. 모두 다른 사람의 명의로 되어 있었고 정상적으로 세금을 납부하고 있었어. 뭔지 모르겠지?"

"음~ 그러니까 명의는 모두 다른 사람이고 정상적으로 세금이 나간다면 번호판만 훔친 거라는 건데 도난 신고가 되어 있지 않다는 거잖아?"

이영준이 정리해서 설명했다.

"그렇지. 더 웃기는 건 말이지. 모두 같은 차종에 같은 색상의 차량이었다는 거야! 만약 그 놈이 그 번호판을 달고 어디선가 범행을 저지르고 CCTV에 촬영이 된다고 하면 재수 없는 경우. 원래 차주가 몽땅 뒤집어 쓸 수도 있다는 거야."

"그럼. 나머지 한 대는 뭐야?"

장애인이더라고. 그런데 행방이 묘연해. 그 사람 앞으로 명의가 되어있는 거라고는 차 한 대뿐이고 의료보험도 이미 오래전에 끝장 났어. 휴대폰도 일반전화도 연결이 안돼. 가족들이 있었는데 이미 오래전에 모두 죽고 동생이 돌봐 주고 있었던 것 같았어. 그래서 동생을 조사해 봤더니 그 역시 이미 사망했어.

"아직 차주를 만나지는 못했는데 아마도 사망하지 않았을까 싶어. 차량에 대한 정보는 그게 다야. 아! 그 번호판으로는 어디서도 조회가 되지 않아. 그러고 보면 이미 우리가 모르는 다른 번호판이 있는 것 같아. 결국 차량으로는 찾아내기 힘들다는 거야."

이영준은 그에게 들은 이야기 중 그다지 건질 것이 없는 차량 정보에 아쉬움이 남았다.

"그럼! 휴대폰은? 아마 넌 눈치채고 알아봤을 것 같은데 어때? 내 말 맞지?"

이미 확신이 있었던 이영준은 혼자 소주잔을 들이키며 물었다. 그리곤 큼직한 닭발 하나를 들어 오독오독 소리를 내며 씹었다. 이영준은 숙련된 기술로 혀끝을 놀려 닭발의 뼈를 골라냈다.

"하여튼. 눈치는 빨라! 다행히 최근 통화 내역이 그다지 많지 않더라고. 김미정 사고 당시를 기점으로 여섯 달 분을 조회해서 신원 조사까지 마쳤어. 누가 나왔는지 맞춰 볼래?"

장남권의 표정에는 상당히 즐거운 듯한 모습이 담겨 있었다. 아마도 이영준 역시 알고 있는 사람들 중에 한 명일 것이었다.

"글쎄! 꼭 맞춰봐야 하는 거야?"

"너도 아는 사람이야. 이미 눈치챘겠지만 말이야. 그럼. 사고 당일 통화했던 사람이 누굴까? 한번 맞춰 볼래?"

"정말 감이 안 오는데. 누구길래 그러는 거야?"

"두 명인데 한 명은 니가 준 전화번호. 클라라라는 이름을 쓴다던 여자. 그 전화번호하고 대포폰을 쓰고 있었지만 주인은 임병규였어. 정말 어처구니가 없었지. 이 사건들은 별개의 사건이 아니라는 결정적인 증거가 나온 거야. 그런데 내가 너한테 궁금한 게 있어. 물론 가명이겠지만 아무튼 클라라 그 여자는 김미정과 잘 아는 사이야. 문제는 클라라의 전화 역시 대포폰이라는 거야. 클라라와 통화했던 내역을 조사했더니 다들 모르는 사람이라고 둘러대더라고. 아마도 불법적인 일을 하는 여자였겠지. 내 생각으로는 윤락업소 아니지 싶어. 통화권은 모두 인천 계양구야. 거기까지가 우리가 알아낸 것들이야. 너한테 도움이 되냐?"

이영준은 장남권이 상당히 많이 알아낸 것이라고 생각했다. 하지만 원래 그와 약속했던 것과는 달리 서로 알아낸 것이 같다고 대충 얼버무리고 말았다. 대신 한두 가지 정보만 넘기기로 작정했다. 그렇게 하면 그들의 수사에도 큰 진전이 있을 것이라고 판단한 것이다.

"남권아! 미안하지만 네가 알고 있는 건 그다지 수사에 도움이 될 게 없네. 없던 걸로 하자."

이영준은 장난스럽게 툭 던지며 다시 소주 한잔을 들이켰다.
"왜 이래? 짜식이 치사하게!"
"농담이야. 임마! 일단 몇 가지만 먼저 알려 줄게. 클라라는 김미정이야. 확정할 수는 없지만 내가 알아낸 바로는 범인일 가능성이 가장 높은 자야. 범인의 이름은 박명우. 전화번호는 010-×023-2080. 혹시 알고 있었냐?"
"영준아. 이 자식아~ 언제 그런 것까지 알아낸 거야?"
장남권은 이영준을 기특하다는 듯 어깨를 두드려 주었다. 그가 알려 준 정보는 수사를 급진전시킬 수 있는 고급 정보였다.
"현장에서 뛰어. 이 자식아. 책상에 붙어 있지만 말고."
"알았어. 니 똥 굵다. 뭐 더 없냐?"
"참내. 성질 급하네. 내가 달랑 그거 가지고 술 사라고 했겠냐? 내가 분명히 이번에 너 진급시켜 준다고 했지? 이제부터 나한테 적극 협조해야 할 거야! 어때? 말 잘 들을 거야?"
"네. 이탐정님. 알아 뫼시겠습니다. 얼릉 불어 보세요. 지금도 충분히 디지게 궁금하게 만들고 계십니다."
"흐흐, 알았어. 너 이번 일만 잘 하면 아주 제대로 특진할 거야. 임병규는 곧 은퇴할 거란다. 기대해라!"
"그건 무슨 소리야? 임병규가 은퇴한다니?"
"그 친구 이번에 조금 정신을 차린 모양이더라고. 어쨌든 이번 사건에 적극 협조하기로 약속했어. 대신 동생들만 다치지 않게 해

달래. 죽을 고비 넘기고 나니까 가족 생각이 많이 나는 모양이야. 내 생각에는 아마도 범인은 임병규에게 다시 달려들 거야. 임병규는 이미 퇴원해야 하지만 그놈을 두려워하고 있어. 앞으로 이 사건을 해결하는 데 있어 임병규가 미끼 역할을 할 거야."

"그러니까 니 말은 이 사건이 보복성 연쇄살인이라는 거지?"

"나도 처음엔 설마설마 했었어. 물론 백 퍼센트 확신을 가지고 있는 건 아니야. 네게도 비밀로 했다가 나중에 알게 된 거지만 전형조 건만 해도 그래."

"무슨 소리야? 방송 나가던 날 알게 된 거 아니었어?"

"임병규 입장에서 자기 조직이 다치는 것을 방관할 수는 없었겠지. 나야 임병규가 의뢰한 사건을 맡은 거니까 너에게조차 발설하기 힘들었고. 이제서야 말해 주게 돼서 미안해."

이영준은 권인용의 피살 건은 그냥 비밀에 부치기로 했다. 권인용 건은 임병규는 물론 자신에게 까지 큰 피해가 올 수밖에 없는 대형 사건이었다.

"아! 그리고 박명우는 지금 보험회사 직원으로 되어 있는 것 같아. 어느 보험회사에 소속되어 있는지는 확인하지 못했어. 사실 본명 인지도 의심스럽긴 해.

"이제 와서 오픈하는 이유가 뭐냐? 내 생각엔 아직 그럴 만한 타이밍은 아닌 것 같은데 말이야."

"솔직히 말해서 이제는 나 혼자만의 능력으로는 박명우를 잡을 수 없다는 생각이 들었어. 경찰로 이 사건을 인계해야겠다 싶더라구. 그래서 임병규를 설득했고 경찰에 협조하기로 했던 거야. 경찰의 밀착 감시가 필요해. 박명우는 우리가 자기 정체를 알게 되었다는 것을 모르고 있을 거야."

"그래? 대체 정체를 어떻게 알게 된 거야? 우리는 아직 그 새끼 이름은커녕 존재조차도 알아내지 못했는데."

"그보다 니가 해야 할 일이 더 있다. 나 또한 박명우에 대해 알아낼 수 있는 정보는 그다지 많지 않아. 나머지는 니가 해결해 줘야 할 부분이야. 나중에 감추지 말고 다 알려주는 걸로. 오케이?"

이영준의 말에 장남권은 두 번 고개를 끄덕였다.

"전형조의 사건을 언론에 알린 이유는, 범인이 찾아올 것이라는 확신이 들었기 때문이야. 당연히 범인은 전형조를 찾아 왔었지. 박명우가 범인이 확실하다는 전제 하에 말하는 거야. 행여라도 내가 잘못 짚은 거라면······. 아무튼 하마터면 놓치고 지나친 뻔했었어. 정말 우연히 알게 됐다고 봐도 돼. 어이없지만 범인은 전형조와 형님, 동생 하는 사이까지 발전한 관계였어. 가짜 신분은 아닐까 하는 생각마저 들었어. 그놈은 조직원들 대부분을 보험에 가입시켰대. 아마도 일반 보험설계사들이 부담스러워 하는 건달들에게는 친근하게 접근하는 그놈이 맘에 들었을 수도 있겠지. 아무튼 그렇게 해서 조직원들의 사적인 정보를 모두 알아낼 수 있었던 것 같아. 그러니 임병규니 전형조 같은 조직의 수뇌부라고 할 수 있는 자들의 신상을 털었겠지. 이미 임병규의 조직원에 대해 일거수일투족을 파악하고 있었을 것이고 말이야. 임병규의 조직은 박명우의 손아귀에서 놀아났던 거지. 그 누구도 박명우를 부담스러워 하거나 외부 인사로 대우하지는 않았을 거야. 보험 문제 등에 있어서 상당히 케어를 잘 해 주었던 듯싶다. 아직은 내 추측이지만 박명우는 AB형일 거야. 넌 이미 김미정 사건에서 알게 된 범인의 정보를 알면서도 내게 알려주지 않았을 수 있는 거지만, 나도 우연치 않게 그걸 알게 됐어. 처음엔 임병규의 조직원들 중에 김미정과의 사이에서 아이를 임신한 것으로 생각했고, 임병규 조직원 중간계열까지 체크해 봤지만 AB형은 없었어. 무슨 이유인지까지는 모르겠지만, 김미정과 관련된 이유로 인해 임병규와 그의 조직을 타겟으로 살인을 했을 것 같아. 한동안 잠자코 있던 살인사건이 다시 고개를 치켜든 건 아마도 그 이유가 아닐까 해.

 아! 김미정은 임병규의 조직에서 운영하는 인천 계산동의 오피에서 클라라라는 이름으로 일했었다는 걸 알게 됐어. 업무용 전화가 따로 있었고. 그걸 통해서 박명우의 전화번호를 확인한 거야. 아마도 박명우는 김미정이 아닌 클라라를 만나기 시작했고, 나중에 김미정을 알게 되었겠지. 김미정을 왜 살해한 것인지 이해할 수 없지만 인간 박명우는 클라라를 사랑했고 사이코패스 박명우는 김미정을 살해한 것이 아닐까?"

27

 장남권은 신속하게 움직였다. 최대한 이영준과의 약속을 지키려 했지만 경찰 조직은 그의 의도대로 움직여 주지는 않았다. 다만 박명우의 신분에 대해서는 철저히 조사되었다. 박명우는 보험회사 직원이었다. 전형조는 물론 조직원들 대부분이 그에게서 보험을 가입했다. 보험회사에 취직한 건 얼마 되지 않았지만 금세 성과를 올려 수입도 꽤 짭짤하다고 했다. 그의 고객 대부분은 전형조의 수하들이었다. 박명우 신분에 대한 조사가 끝난 후 불과 몇 시간 만에 낚싯줄 연쇄 살인 특별팀이 조직되었다. 다행히 언론에는 정보가 흐르지 않았다. 이번만큼은 비밀에 부친 모양이었다. 미결 사건으로 남아버린 엽기적인 연쇄 살인 사건이 다시 고개를 치켜들었고 이전 사건보다 더 참혹해진 사건은 현장을 검시했던 형사들마저 기겁하게 만들었던 사건들이다. 상부에서는 비슷한 사건이 재발되는 것을 무조건 막으라는 지시가 있었다지만 범인은 거의 완벽에 가까운 범죄를 저지르고 다닌 것이다. 전형조의 사건 이후로 국민들은 동요했고 경찰에서는 박차를 가했다. 결과는 암담했다. 물론 이영준의 제보가 있기 전까지는 그랬다. 하지만 방송에서는 더 이상 연쇄살인마에 대한 뉴스나 기사를 접할 수 없었다. 경찰은 언론에 더 이상의 정보를 누출하지 않았다. 출입 기자들 역시 그저 수사 중이라는 정도만 알고 있을 뿐 박명우를 밀착 감시하고 있다는 것은 알지 못했다. 다만 박명우가 그 사실을 눈치채지 못할 것을 기대하고 있을 뿐이었다. 임병규는 퇴원 후 조직의 비호를 받으면서 생활해야만 했다. 그에게 있어 박명우가 활보하고 다닌다는 것은 두려움 그 자체였다. 방어하거나 막을 수 없는 시한폭탄 같은 존재나 마찬가지였다. 언제 어디서 튀어나올지 예상조차 할 수 없었다. 단지 경찰이 박명우의 추가 살인현장을 급습해서 모든 것을 정리해 주기를 기대하는 것뿐.

시간은 그저 흘러만 갔다. 박명우는 지극히 평범한 삶을 살아가고 있었다. 어디서도 연쇄살인마로서의 모습을 발견할 수 없었다. 박명우의 밀착 감시가 두 달쯤 될 무렵 경찰은 느닷없이 박명우를 긴급 체포하고 말았다. 대책 없고 극단적인 결정이었다. 그나마 건져 올린 증거들이 충분하다고 판단했던 것이다. 그들은 얼마 되지 않는 증거로 그를 기소할 수 있을 것이라는 판단을 한 것이다. 박명우의 구속 수사는 일주일 내내 방송과 신문을 장식했다. 끝까지 기다리지 못한 채 박명우를 체포한 경찰의 결정에 따르는 것 외에는 이영준이 할 수 있는 것은 아무 것도 없었다. 이제는 지켜보는 것이 그가 할 일이었다. 그는 경찰이 박명우를 연쇄살인마라는 것을 증명할 수 있는 증거가 충분하지 않다고 생각했다. 제아무리 경찰이 구닥다리 방식으로 끼워 맞추기 기소를 한다 하더라도 그가 살인범이라는 직접적인 증거는 없었다. 판사가 인정해 줄 리가 없었다.

 하지만 결국 검찰은 구속 기소했다. 박명우의 변호사의 신청으로 이뤄진 영장실질심사에서도 구속이 확정되었다. CCTV. 통화내역. 충분치 않은 알리바이 태아와의 유전자 분석 등의 자료로 사건의 정황상 구속이 확정된 것이다. 정확한 증거가 부족한 상화에서 보면 이영준이 예상했던 대로, 경찰과 검찰에서는 그저 시간 끌기 방식의 조사가 이어졌다. 박명우가 자백하지 않는 이상 그는 다시 풀려날 것이 당연했다. 이영준은 사이코패스 박명우가 다시 세상으로 뛰쳐나온 후 벌어질 일이 더 걱정되었다. 물론 박명우의 구속으로 임병규와 전형조는 그나마 마음이 편하다고 했다. 임병규는 박명우가 살인사건으로 징역을 선고 받으면 조직을 떠나겠다고 했지만 그 역시 이영준과 마찬가지로 그가 무혐의로 풀려나는 것을 우려했다.

이제 시간은 세상과 맞물려 돌아갔다. 세상에서 가장 잔혹한 살인자라는 수식어를 달게 된 연쇄살인범 박명우는 세간에서 잊혀졌다. 그저 관계자들만 속을 썩이고 있었다. 더 이상의 조사도 진전이 없었다. 입을 꼭 다물고 있는 박명우에게서는 더 이상 아무 것도 얻을 게 없었다. 그는 자백도 하지 않았지만 그렇다고 사건 진상에 대한 질문에 대답조차 하지 않았다. 오로지 묵비권이었다. 현장에서는 더 이상 나올 것도 없었다. 완벽한 범죄가 성립되는 상황이었다.

박명우가 구속되어 기소된 지 어느새 팔 개월째 접어들었다. 재판은 검찰에 유리하지 않았다. 아니, 결정적 증거가 나오지 않는 이상, 무조 판결을 받을 공산이 컸다.

이영준은 임병규에게 의뢰 받은 사건 이후로 다시 예전으로 돌아갔다. 달라진 것이 있다면 여직원 미영의 태도였다. 그녀는 어느새 사무실을 지키는 여직원에서 탐정사무소 보조원으로 변해 있었다. 오히려 이영준보다 적극적이었고 공부도 열심이었다. 이영준은 면접 때 그녀가 원래 추리소설 매니아라고 했었던 기억이 났다. 미영의 책상 위에는 추리소설이 한 권 두 권 늘어갔다. 그녀의 공부라고 하는 것이 바로 추리소설 연구였다. 사무실로 접수되는 업무는 언제나 변함없이 저급한 것들이었지만 미영은 모든 일에 충실했다. 그만큼 사무실은 활기에 찼다.
  그러던 어느 날 이영준은 임병규의 갑작스런 요청을 받고 서초동으로 향했다. 저녁식사에 초대된 것이다. 임병규의 전화번호가 찍히자 그는 가슴에 묻어 두었던 박명우의 사건이 떠올라 섬찟한 기분이 들었다. 그에게서 업무 수수료는 모두 받았지만 아직 완전히 해결되지 않은 사건이기 때문이다. 임병규는 식당에 들어선 이영준을 반갑게 맞았다. 처음 병원에서 만났던 처참했던 몰골은 온데간데없었다. 젠틀한 사업가로서의 모습이었다. 하지만 얼굴 한편에는 짙은 어둠이 자리 잡고 있었다. 다크서클도 깊게 내려앉아 있었다. 그래도 예전 모습보다는 한결 나아 보였다. 임병규은 환한 얼굴로 웃고 있었지만 썩어 문드러진 속은 잔뜩 찌푸리고 있을 것이 분명했다.
  "이 사장님. 갑자기 오시라고 해서 미안합니다. 한동안 뵙지도 못하고 해서 이렇게 어렵게 자리를 만들었습니다. 제겐 은인 같은 분이시고 해서 좋은 곳을 찾는다고 했는데 맘에 드실는지 모르겠습니다."
  임병규의 목소리에는 진심이 담겨 있었다. 얼마 되지는 않았지만 반가움을 표하는 그에겐 조직폭력배 보스나 깡패 같은 느낌은 사라지고 없었다. 개과천선을 한 것만 같았다.
  "은인이라니 무슨 말씀을 하십니까? 저야 임 사장님께 의뢰 받은 일을 한 거지요. 저도 먹고 산다고 정신없었는데 임사장님은 요즘 어떻게 지내셨습니까?"

이영준 역시 반가운 마음이 일었다. 게다가 가끔씩 생각나는 그의 근황이 궁금하긴 했다. 그래서 이참에 만나게 된 것도 잘된 일이라고 생각했다.

"오늘 제가 뵙자고 한 건 말입니다. 사실 벌써 팔 개월이 다 되어가는 군요. 제가 아는 분들 통해서 들으니까 재판을 질질 끌고는 있지만 박명우 그 새끼 유죄를 입증할 증거자료가 없어서 난감해 하고 있다고 합니다. 결정적인 증거가 없다고 말입니다. 이런 식이라면 내년 삼월에 무혐의로 다시 밖으로 나오게 될 텐데, 저도 그렇고 형조도 불안해하고 있습니다. 그 새끼 출소하면 애들 시켜서 그어버릴까 하는 생각도 하고 있습니다. 제 입장에서는 그게 더 마음 편하게 사는 방법이기도 합니다. 아시다시피 우리 같은 사람들에게 그런 정도 일은 뭐 대수롭지 않습니다만, 우선 이 사장님과 의논을 하는 것이 우선일 거라는 생각이 들어서 이렇게 모셨습니다. 제가 극단적인 판단을 하게 된 이유를 충분히 이해하시리라 생각합니다."

이영준은 자신이 뭐라고 하든 임병규는 행동에 옮길 마음을 굳힌 것 같다는 생각이 들었다. 자신이 막아선다 해도 그는 결코 자신의 뜻을 굽히지 않을 것이었다.

"임 사장님 뜻이 그러하시다면 제가 구태여 막을 필요는 없겠죠.

하지만 제 생각에는…… 사장님은 그것 말고도 저한테 뭔가 하고 싶은 말이 있다는 생각이 드는데. 제 생각이 맞는지요?"

이영준은 팔짱을 낀 채 잠시 임병규와 눈빛을 교환했다. 임병규는 자세를 고쳐 잡고 대답했다. 깍지 낀 손으로 턱을 받친 그의 굵은 손가락이 험난했던 과거를 말하고 있었다. 노동판에서 평생을 일해온 노인들의 손가락처럼 굵고 상처 많은 손이 그것을 말하고 있었다. 단추를 풀어놓은 셔츠 소매 안쪽으로는 이미 아물기는 했지만 낚싯줄이 꿰어졌던 자국이 선명하게 드러났다. 사건의 자초지종을 알고 있는 이영준과 몇몇 정도 되는 사람들이나 그 자국의 사연을 알고 있을 터였다.

"사실 제가 사장님께는 박명우를 그어버리겠다고 했지만 실제로는 마음이 가지를 않습니다. 지난번 말씀드린 대로 이제는 손을 씻고 싶습니다. 그렇다고 아우들에게 이 일을 시키고 싶지도 않습니다. 사실은 오늘 이 사장님께 한 번 더 사건을 의뢰하려고 이 자리에 모신 겁니다. 박명우가 연쇄살인마라는 증거를 찾아 주십시오. 저는 대한민국 경찰을 신뢰하지 못하겠습니다. 사실, 박명우를 찾아낸 것도 이 사장님이고 말입니다. 여태까지 경찰이 한 일이 대체 뭐가 있습니까? 이제 네 달 정도 남았는데 한다고 하는 게 저 모양이니 어찌 제가 경찰을 신뢰하겠습니까? 제 사건 의뢰를 다시 받아 주시겠습니까? 보수는 원하시는 대로 드리겠습니다."

임병규는 굵은 손으로 이영준의 손을 잡았다. 나름 거칠게 살아왔다고 생각했던 그는 자신의 손을 잡은 임병규의 손을 보자 자신의 손이 여자의 손 같다는 기분이 들었다. 임병규의 굵은 손가락에 끼어 있는 얇은 백금 반지가 돋보였다. 그의 손과 전혀 어울리지 않았다.

"아, 이거 말입니까? 딸내미가 생일 선물로…… 이걸 받고 얼마나 울었는지 모릅니다. 쪽 팔리게. 그때 알았습니다. 제가 얼마나 잘못 살았는지."

이영준은 그의 심경을 헤아릴 수 없지만 죽음 앞에 서고, 가족 앞에 섰을 때 어떤 생각을 하게 되었을 지 정도는 이해할 수 있을 것 같았다. 사람은 변할 수 있구나. 그는 새삼스레 생각했다. 게다가 그는 임병규의 부탁을 거절할 이유가 없었다. 마음만큼은 돈 문제가 아니더라도 마무리짓고 싶은 사건이었다. 하지만 그는 돈도 적당히 필요한 상황이었다. 생업을 제쳐 두고 할 수 있는 일은 결코 아니었다. 게다가 돈이 되는 일은 아니었지만 맡고 있는 일도 있어서 당장은 쉽게 움직일 여유가 없기도 했다. 어차피 난다 긴다 하는 형사들이 배치되어 수사 중이었고 그 사이에 낄 수도 없었다.

"보수를 받지 않고는 일하기 어려운 것은 사실이라, 주신다는 보수는 주시는 대로 받겠습니다. 다만, 성공 여부는 저도 장담하기 어려울 것 같습니다. 이제는 저도 형사들에게 얼마나 소스를 받아 낼 수 있는지 확신하기도 어렵고 말입니다."

"그렇다면 부담 없이 일하셔도 됩니다. 말씀 드렸다시피 저도 복안은 있습니다. 저는 그것을 차선책으로 생각하고 네 달 동안 이 사장님께서 힘써 주시기를 바라는 마음뿐입니다. 계좌번호 다시 주시면 지금 바로 송금하겠습니다."

그의 표정은 절실했다. 그리고 무언가로 충만했다. 가족에 대한 것이라고 이영준은 생각했다. 이영준에게서 계좌를 적은 메모를 건네받은 임병규는 그 자리에서 바로 삼천만 원을 이체했다.

"나머지는 성공하시면 드리겠습니다. 필요하신 경비는 영수 처리해 주시면 됩니다. 생각했던 것보다 비용이 많이 들어가는 것이 생긴다면 나중에라도 알려주십시오. 그런 부분까지 신경 쓰면서 고민하실 필요는 없습니다. 이번은 제가 어떤 식으로든 처리해야 저도 마음 편히 먹고 은퇴할 것 같습니다. 도와주시기 바랍니다."

임병규는 진정으로 은퇴를 고민하고 있었던 것이다. 이영준은 왠지 그를 돕고 싶었다. 그저 한 사람의 인간으로서.

28

 현장에서 만나자는 장남권의 말에 득달같이 달려온 곳은 골목 어귀의 군고구마 행상이었다.
 "물어본 거나 말해. 추운데 여기까지 끌고 나왔으면 답을 줘야 할 거 아냐?"
 이영준은 방금 꺼낸 군고구마 하나를 신문지에 싸 들고 차가운 손을 녹였다. 어릴 적 밭두렁에 건초와 썩은 나무를 태워 군고구마와 개구리를 구워 먹던 기억이 났다. 그 역시도 어른들은 옛날이야기를 하며 너희들은 그런 거 모를 거야라고 했었는데 요즘 아이들 역시 자신의 그런 옛이야기를 알 턱이 없을 것이란 생각이 들었다. 새까맣게 타버린 군고구마의 굵은 껍질을 벗겨 내니 개나리만큼 노란 고구마 속살의 섬유질이 드러났다. 겉은 시커멓게 타서 보기 흉한 녀석이었지만 속은 노랗고 예쁜 게 탐스러웠다. 겉과 속. 외모와 마음씨. 첫인상과 진면목. 수면 위와 물속. 모두 상반된 환경이지만 하나를 사이에 두고 있다. 그 사이를 뛰어 넘는 순간 모든 게 변한다. 그는 뇌물 형사에서 속 빈 강정 같은 사립탐정이 된 자신의 모습이나 조직폭력배에서 민간인으로 가려는 임병규의 모습이나 다를 것이 하나 없어 보였다. 하지만 그것을 뛰어 넘었다고 해서 변한 것은 없었다. 이영준은 전직 뇌물 경찰. 임병규는 전직 깡패 두목. 둘 다 스스로 자괴감이 들지 않을 수 있을까?

"뭐해? 듣고 있냐? 그다지 눈에 띄는 정보나 그런 건 없다니까."

장남권은 군고구마를 까다 말고 멍청하게 그것을 들여다보던 이영준을 흔들어 깨웠다. 이영준은 바로 전 기억을 더듬어 하던 대화를 정리했다.

"그래도 내가 알려줬던 내용에서 뭐라도 업데이트된 것이 있을 것 아냐?"

"음~ 그렇게 생각하면 아예 없다고 할 수는 없지."

장남권의 말에 이영준은 상체를 장남권 쪽으로 당겨 세웠다. 장남권은 설명을 이어갔다.

"대단한 건 아니지만 박명우는 본명이었어. 어처구니가 없더군. 그런 엽기적인 범행을 저지르던 놈이 뻔뻔하게 본인 명의의 것들을 사용해 왔다는 것이 이해되지 않더라고. 더 어처구니 없는 게 주민등록증에는 사망신고 되어 있어. 지난 번에 말한 적 있는데 들어보면 놀랄거야. 그리고 아주 오래된 사건까지 거슬러 가서야 알게 된 건데, 어릴 적에 부모를 포함한 가족들이 미친놈에게 살해당했어. 박명우 형제들 중 첫째는 뇌사상태로 살다가 얼마 전에 죽었고, 둘째와 셋째 형제는 현장에서 즉사했대. 박명우는 막내였는데 혼자만 살아남았다고 하더구만. 그 새끼…… 싸이코가 되기에는 충분한 사건이었어. 불쌍하다는 생각마저 들더라구. 당시 여섯 살이었다고 하니까 알 건 다 아는 나이였어. 그런데 문제는 그게 아니야. 미제 사건 중에 김명균 사건 기억나지?"

"음. 그게 두 번째 낚싯줄 살인이었지?"

이영준은 기억 속에서 사건 기록들을 뒤집어 깠다. 현장이 그대로 보존된 채 발견된 것은 김미정 사건만큼 잔인하기는 했었다. 그리고 범인은 모두에게 대 놓고 사실을 알리고자 한 것처럼 현장을 방치했었다. 최근 벌어진 사건들과는 조금 다른 양상을 보였다고 할 수 있었다.

"그 김명균이 누군지 알아? 정말 어이없더라. 박명우의 아버지 박세광의 고향 친구였어. 그런데 문제는 말이야. 오래 된 사건이었는데, 김명균이 박명우 가족의 살인범으로 몰렸다가 진범이 나타나면서 무죄로 풀려난 거야."

"대체, 뭐가 문제라는 거지?"

"어릴 적 박명우는 당시 현장을 직접 목격했던가 보더라고. 김명균을 범인으로 지목했던 사람이 박명우였으니까. 아마도 성인이 되어서도 그 충격은 진범이 김명균이라고 각인되었을 거라는 거지. 그리고 박명우는 처절하게 복수를 한 거야. 그래도 박명우는 김명균의 가족에게만큼은 손을 대지 않았어."

장남권이 알아낸 사건의 연결고리들은 박명우의 살인 중 하나가 그의 행각이 복수극임을 말하고 있었다.

"그럼, 첫 번째 살인사건도 복수극인 건가?"

이영준은 낚싯줄 살인사건의 첫 번째 사건인 전극성 사건도 복수극일 가능성이 높을 것이라는 생각이 들었다.

"그런데, 이상하게 전극성의 경우 박명우와 전혀 인연이 없었어. 어떤 것으로도 연결이 안 돼. 결국 복수극이라기보다는 우발적인 사건이라고 할 수도 있는데. 사건이 어째 분위기가 많이 달라. 둘 다 잔인하기는 마찬가지지만 첫 번째 사건은 표현하기도 힘들 정도로 심각하잖아. 너도 기억날 거야. 야! 상상하기도 겁난다."

첫 번째 발생한 낚싯줄 살인사건은 그들이 죽을 때까지 형사 생활을 한다고 하더라도 그 이상의 엽기적인 현장은 두 번 다시 볼 수 없을 것이었다. 그 사건은 전국을 들썩이게 했을 만큼 모두에게 충격으로 술렁거렸었다. 어쨌든 낚싯줄 살인사건은 모두 복수극일 가능성이 높아졌다. 적어도 김명균, 김미정, 임병규, 권인용, 전형조 사건은 그랬다. 첫 번째 사건은 동기조차 불명인 사건이고 권인용 사건은 장남권이 모르는 사건이다. 알아서도 안되는 사건이다.

사무실로 돌아온 이영준은 지난 사건 일지를 다시 훑어보았다. 사건이 한결 정리되는 기분이 들었다.

12월이 다 되어가고 있는 상황. 임병규에게 새로이 사건 착수금을 받은 지도 벌써 한 달이라는 시간이 흘러갔다. 하지만 생각했던 것보다 수사의 진전은 없었다. 이영준의 마음 역시 겨울 날씨처럼 무겁기만 했다.

크리스마스 트리가 서울 시내 구석구석을 장식하고 어디서나 신나는 캐롤이 흘렀다. 이영준은 가족과 함께 명동 거리를 걸으며 쇼핑을 즐기고 있다. 언제부터 였는지 한국인보다 일본인이나 중국인 관광객이 더 많은 명동거리는 해외여행을 온 것 마냥 이색적인 풍취를 자아내고 있다. 이영준은 한동안 사건에 매달려 사느라 가족에 소홀했었다. 그는 크리스마스 당일에라도 가족과 함께 거리에 나오니 가슴속까지 따스한 온기가 스미는 것 같았다. 북적거리는 명동 거리에서 정신을 차리지 못하고 두리번거리는 아이들은 꼭 시골에서 서울 구경 온 녀석들 마냥 신이 난 듯 깡충거렸다.

"여보! 우리, 명동에 왔으니까 명동교자 어때?"

"좋아요! 안 그래도 추우니까 따듯한 국물이 생각나던 참이에요."

"그럼, 점심은 간단하게 해결하고 저녁은 제가 아주 기가 막힌 걸로 대접하겠습니다요. 마님!"

이영준은 칼국수보다 명동교자의 맵다 못해 혀가 아린, 마늘이 듬뿍 들어있는 특유의 김치가 더 그리웠다. 예상했던 대로 순번표를 들고 긴 줄을 서서 대기해야 했지만, 평소에도 그 정도는 각오해야 했다. 대기줄에서도 대부분 일본, 중국인 관광객이 대부분이었다. 다행히 테이블 회전이 빨라서 대기시간은 기껏해야 십 분이 채 걸리지 않았다. 칼국수 네 그릇과 만두 두 개를 시켜 선불로 지불하고 주변 테이블을 둘러보았다. 외국인들은 부담 없이 칼국수를 음미하고 있었다.

"여보! 우리도 이제 장사나 할까?"

"갑자기 왜요?"

이영준의 아내는 갑작스런 그의 말에 의아한 듯 물었다.

"나도 이제 좀 평범한 일을 하고 싶다는 생각이 들어. 당신도 좋지?"

이영준은 미소를 띠우며 말했다. 눈치 빠른 아내가 자신의 심경 속에 퐁당 뛰어 들어와 몇 차례 휘젓고 나면 생각을 모두 읽혀 버릴 것이라고 생각했다. 읽힐 것이 두려운 게 아니라 오히려 읽어 갔으면 하는 바람이었다.

"말해 뭣해요? 당신이 그렇게만 한다면 저야 쌍수를 들고 환영해요. 무슨 계획이라도 있는 거예요?"

"글쎄. 생각했던 만큼 돈을 모으지는 못했지만 대출 좀 끼고 하면 번화가는 아니더라도 괜찮은 목에 카페라도 하나 오픈할 수 있지 않을까 해서 말이야."

그때였다. 테이블 위에 올려 둔 이영준의 전화기가 거칠게 울어 댔다.

29

 길은 사방이 꽉 막혀 있다. 다른 길은 없다. 게다가 크리스마스 당일이기에 도심 한복판을 관통해서 구리 토평까지 가야만 한다. 네비게이션 김양은 한 시간이면 도착한다고 예상했지만 무려 두 시간이 걸려서 간신히, 그리 늦지 않게 도착할 수 있었다. 모처럼의 가족나들이였지만 장남권의 전화 한 통에 모든 계획이 망가져 버렸다. 형사 시절에야 허구한 날 그런 식으로 살아 왔다지만 자영업을 하고서도 비슷한 꼴을 당하니 화가 치밀기도 했다. 어지간한 일이라면 무시하겠지만 그의 가슴 깊이 박혀버린 낚싯줄 사건을 무시하기는 힘들었다. 결국 다음 기회를 약속하고 뜨거운 칼국수를 마셔 버리다시피 해치웠다.

  네비게이션을 따라간 곳은 재건축하는 지역으로 보인다. 지나는 길 주변에는 돈이 될 만한 것은 고물업자들이 몽땅 뜯어간 것 같은 건물이 몇 채 있다. 그 중 그나마 건물 같은 모양을 하고 있던 삼 층짜리 건물이 하나 보인다. 그 앞에는 경광등을 번쩍이는 순찰차 세 대와 형사들이 타고 온 듯한 승용차들이 서 있다. 지나는 사람들의 시선을 끌기에 그보다 더 좋은 방법은 없어 보인다. 이차선 도로에는 차량 소통이 꽤 많다. 차량들은 저속으로 지나며 구경거리나 되는 양 차창을 내리고 고개를 내민다. 그 역시 그들의 꼬리를 물고 따라간다. 지역축제에나 온 것 마냥 교통체증이 심각하다. 마음을 비워야 했다. 다른 차량들과 함께 구경꾼이 되어 경광등 불빛에 호기심을 가진 채로 앞 차량 꽁무니를 뒤따른다. 경광등 불빛을 발견하고도 한참이 되어서야 주차 공간을 찾아 주차했다. 백여 미터를 걸어가자 노란색 폴리스라인이 주변을 넓게 설정을 해 둔 것이 보인다. 폴리스라인 곳곳에는 추운 겨울바람에 맞서 젊은 순경들이 서 있다. 방한 복장을 하고도 다리를 동동 구르는 것이 안타까워 보인다. 철제 외관이 있었을 듯한 건물 외벽은 이미 콘크리트만 남아 우중충한 짙은 회색빛을 하고 있다. 콘크리트 벽면에는 락커 스프레이로 뿌려진 알 수 없는 메시지로 가득하다. 건물로 들어서는 입구부터는 여름철, 가을철에 무성히 자랐을 잡풀들이 누렇게 변해 어지럽게 눌려 있다. 군데군데 얼어

붙은 구정물들은 갑작스런 방문자들의 구둣발에 깨져 있다. 예전에는 현관이었을 시멘트 바닥에는 깨진 타일과 유리 파편들이 여기저기 상당히 널려 있다. 이영준은 사건 현장 주변을 두리번거리며 살폈다. 장남권의 모습이 보이지 않았다. 그는 전화기를 꺼내 들었다. 하지만 어이없게도 전화의 안테나가 통화불능지역임을 알리고 있다.

"뭐야? 대한민국에 아직도 이런 데가 있었어?"

이영준은 투덜거리며 폴리스라인을 지키고 서 있는 젊은 순경에게 장남권 형사를 찾아 달라고 부탁했다. 잠시 후에 건물에서 장남권이 보였다. 지하에서 올라온 듯 보였다.

"미안해! 오래 기다렸냐? 일단 가자!"

이영준은 대답 없이 고개를 끄덕이고는 장남권의 뒤를 따라 건물로 들어갔다. 전깃줄도 끊어진 어두운 복도계단을 따라 내려가니 삼십 평 남짓한 실내 지하공간이 있었다. 그곳에, 이영준에게는 이젠 제법 익숙해져 버린 살인 현장이 떡하니 기다리고 있었다. 깨끗한 현장이다. 다만 뭔가 알 수 없는 메시지를 던지는 것 같다는 기분이 들었다.

"팀장님이 네 이야기를 다 알고 있어. 이 사건의 주요 인물이라고 말이야. 그래서 당장에 너를 부르게 되었는데 크리스마스에 미안하게 됐다."

"아니야. 어차피 이게 내 일인 걸. 너도 제수씨가 섭섭했겠다."

"우리 생이 다 그렇지 뭐. 나도 정말 이럴 땐 당장이라도 때려치우고 싶다."

장남권은 화를 낸다는 표현이 더 어울릴 정도로 투덜댔다. 현장에는 과학수사대 한 팀이 몰려와 있었다. 이영준이 손을 댈 곳이 없어 보였다. 너무 늦은 것 아닌가 싶었다. 하지만 이런 현장은 자신이 손을 댈 수도 없었다. 장남권의 설명에 의하면 이번에는 사십 대 후반 정도로 보이는 남자다. 그는 과학수사대의 조사 과정을 관찰하며 그의 설명을 들었다. 이번 사건 역시 처참했지만 김미정 건에 비하면 그런대로 봐줄 만했다는 설명이었다.

"어떻게 된 일이지? 박명우는 잡혀 있잖아!"

이영준이 의아해 하며 말했다. 하지만 사실 그것이야 말로 장남권이 해야 할 말일지도 모를 것이었다. 박명우를 잡아서 구속시킨 데 가장 큰 역할을 한 장본인이 바로 이영준이기 때문이었다. 그가 박명우를 살인자로 지목한 것이나 다름없었다.

"그러니까 말이야. 반장이 니 말을 듣고 하는 게 아니었다면서 날뛰더라. 간신히 진정시켰어. 머리가 돌이 된 건지 생각을 하려고 들지를 않아. 잘 봐라. 여기 현장은 아무리 봐도 복제된 살인 현장 같다는 기분이 들어. 현장이 깨끗하기는 해. 그런데 일부러 증거를 많이 남겨 둔 게 아닌 이상에야…… 보다시피 여태까지는 거의 없다시피 했던 증거가 너무 많이 나온 것이 너무 이상해. 과학수사대만 바빠지겠지만."

장남권은 한쪽 구석의 바닥에 깔아 둔 비닐 위에 올려진 여러 물건들을 가리켰다.
"그렇네?"
과학수사대에 방해되지 않게 발걸음을 옮긴 이영준은 우선 시신의 상태부터 확인했다. 남자의 사타구니는 뿌리째 뽑혀 나갔다. 바늘이 뚫고 나간 부위는 물론 성기에서 흘린 피가 많을 것 같지만 지혈제로 응급 처치를 해 둔 상태였다. 길게 뽑힌 그의 성기는 입 속에 꽂혀 있었다. 성기의 뿌리 부분 뼈는 근육만 아주 정교하게 잘려져 있었다. 정형외과 의사도 그렇게 예리하게 뽑아낼 수 없을 것 같다는 생각이 들 정도였다. 이영준은 문득 남자들이 가끔 심한 욕을 할 때『확! 거시기를 뽑아버리겠어!』라고 하는 말이 연상되었다. 함부로 쓸 말이 아니라는 생각이 들 정도였다. 권인용 사건은 이영준 자신만 알고 있다. 그땐 이렇게까지 심하지는 않았었다. 그때는 성기가 예리한 뭔가로 잘려진 것이었지만 이번에는 그야말로 뿌리째로 뽑힌 상태였다. 보나마나 한 것이었지만 온몸은 역시 낚싯줄이 꿰어진 채 의자에 묶여 있었다. 수십 번 이상 칼에 그어진 것인지 온몸에는 칼자국과 혈흔이 묻어 그 상태로 얼어붙어 있었다. 빨간 페인트를 뒤집어쓴 남자 마네킹 같았다. 성기가 달려 있지 않은. 얼마나 고통이 심했는지 온몸을 요동친 흔적이 남아있었다. 낚싯줄에 꿰어진 살들은 최소 일 센티 이상씩은 찢어져 버린 상태였다. 아마도 고통을 참지 못해 몸부림 쳤을 것이다. 낚싯줄에 꿰어진 살과 근육들이 찢어지는 고통보다 더한 고통이 어떤 것이 었을지 이영준으로서는 감히 상상조차 할 수 없었다.

"야! 이거 상당히 심한데? 크리스마스 날 보기에는…… 젠장, 더는 못 보겠다."

가족과 함께 좋은 시간을 보내다 온 이영준은 메스꺼울 정도로 기분이 더러웠다. 크리스마스의 빨간 색이 시체에서 흘러내린 빨간 피와 겹쳐 보였다.

"젠장!"

이영준은 독백처럼 욕설을 뱉었다. 장남권의 말대로 이번에는 유난히 많은 증거 물품들이 있었다. 그중에서도 그에게 유독 눈에 띄는 것이 있었다. 커터 칼이었다. 그의 칼자국은 모두 커터 칼로 쓸린 것 같았다. 그것을 본 순간 이영준의 뇌리에는 언젠가 종이를 자르다 왼손 검지 손가락을 커터 칼에 깊게 베였던 기억이 스쳐 지나갔다. 온몸에 소름이 끼쳤다. 순식간에 머리끝부터 발끝까지 소름이 끼친 것이다. 살해당한 남자가 눈을 뜬 채 보고 있었다면 메스 같은 의료기보다 커터 칼이 더 공포스러웠을 것만 같았다.

"남권아. 내가 담이 약해진 거냐? 커터 칼 보니까 온 몸에 소름이 다 끼친다."

"나도 그랬어. 여기가 추워서 더 그럴지도 모르지. 넌 입에 성기가 박힌 것을 보고 어떤 생각이 드냐?"

장남권은 이영준의 생각이 듣고 싶은 모양이었다.

"잔인하기로 치면야. 다들 정도를 측정하기는 그렇지만 같은 남자로서 이건 좀 그렇네. 그나저나 이 사람 신원은 파악됐어?"

이영준은 이미 비슷한 현장을 본 터라 놀랍기는 장남권보다 덜했지만 처음 본 현장처럼 행동했다.

"그러니까. 이 사건은 그것도 문제야. 낚싯줄 사건 중 유일하게 신분증이 나왔어."

"그러니까 그게 누군데?"

이영준은 피해자의 신분이 매우 궁금했다.

"조희철이라고 기억나냐?'"

"음, 잠깐만. 누군지 들어봤는데. 혹시 그 새끼 아냐? 어린 여자애들 납치해서 성매매 업소에 팔아넘기던 그 놈!"

"맞아. 작년에 출소했어. 결국 여기서 다시 만나게 됐네. 아주 잘 죽었어. 개 같은 놈."

"살인마가 누군지는 몰라도 이번만큼은 죽어야 할 놈을 죽였네. 이번에는 칭찬해줘도 되겠어."

이영준은 처음으로 차라리 잘됐다 싶은 마음이 들었다. 한편으로는 불안한 마음이 가시질 않았다. 인간이 살고 죽는 문제를 타인이 논할 문제는 아니라는 생각에서였다. 잠시 딴 생각을 하던 그는 다시 말을 이었다.

"남권아, 그럼 박명우는 앞으로 어떻게 되는 거지?"

"이거? 언론에 나가는 순간, 언론은 우리가 또 선량한 시민,

무고한 시민을 모함했다고 곤죽을 만들겠지. 사건은 몽땅 원점이 될 것이고. 사실 너뿐만 아니라 우리들 모두 박명우가 진범이라고 생각해. 하지만 증거 문제도 그렇고 이 사건을 도대체 어떻게 설명해야 할지 모르겠어. 우리가 박명우를 잡아 둘 수 있는 방법이라고 해 봐야 기껏 지금 이 사건을 복제 범행이라고 둘러대는 것뿐이야. 하지만 결심공판 때까지야. 더 이상 박명우를 잡아 둘 건덕지가 없는 셈이지. 그래서 너를 여기에 부른 것이기도 해. 반장은 뚜껑 열려서 죽으려고 하다가 너 오기 전에 서로 돌아갔어."

이영준은 장남권의 말에 틀린 것이 하나도 없다는 것을 인정했다. 그 또한 이번 사건은 복제된 범행이라고 생각했다. 사회에 불필요한 것을 제거하겠다는 살인범의 목적이 느껴졌다. 하지만 복제 범행이라고 하기에는 애매했다. 다른 사건들보다 증거물이 많다는 것을 빼고는 원 범죄와 비교해서 크게 벗어나는 점이 없었다. 잔인성이나 실제 고통을 가한 방법은 동일했다. 피해자의 신분증을 고의적으로 노출시킨 것은 여태까지의 경우와 다른 양상을 보이는 것이긴 했다. 하지만 이 사건의 범인은 분명히 나는 죽일 놈을 죽였소,라고 말하는 듯했다. 남자의 성기를 예술적인 솜씨로 뜯어 입에 박아 넣은 것은 소녀들에 대한 복수였을 것이다. 온 몸을 칼로 그은 것 역시 소녀들이 겪었을 고통을 그에게 직접 느껴보라는 의미가 아니었을까 싶었다. 너덜너덜해진 시신의 피부는 아마 소녀들의 고통 중 일 퍼센트도 채 느끼지 못했을 것이라는 생각도 들었다.

"아무래도 내가 보기에 범인은 내가 낚싯줄 연쇄살인사건의 범인이니 나를 잡아 봐라, 하는 식인 것 같아."

사체를 살피던 이영준은 낮은 각도로 고개를 돌려 장남권을 향해 시선을 올려다보며 말했다.

"아까도 말했지만 박명우를 풀어주는 건 정해진 수순이 될 거라는 생각이 들어. 전국이 들썩거린 이 사건에 어떤 얼빠진 판사가 사건 정황만 가지고 박명우에게 유죄를 때리겠어. 언론을 피해 나갈 수는 없을 거야. 절대로!"

장남권은 거의 이 사건에서 자포자기한 상태인 것 같았다.

"어째서? 박명우는 정황상 범인이 확실한 건 사실이잖아. 그거 가지고 안될까?"

"영준아. 너도 결국 정황 같은 소릴 하는구나. 우리 예전에 사건 정황상 유죄, 무죄에 대해서 한참 싸웠던 적이 있었잖아? 형평성과 정직함이 기본 자질로 우선시되어야 하는 검사나 판사들이 정황상 유죄로 기소하고 판결을 하는 게 어떤 문제인지. 정황보다는 팩트가 중요하고 팩트를 뒷받침해 줄 수 있으려면 확실한 증거가 있어야 하잖아. 우리가 맡았던 사건들 중에서도 증거보다는 정황상으로 엮어 놓은 경우도 제법 있었잖아."

"갑자기 왜 그러냐? 현직 형사가 말이야. 너가 하고 있는 말은 이미 퇴직한 나 같은 사람이 해야 하는 대사 아니야?"

이영준은 장남권이 하는 말에 왠지 형사 업무에 회의를 느끼고 있다는 생각이 들었다. 물론 자신도 재직시 느꼈던 부분이기도 했다. 형사들은 대부분 비슷한 괴리감을 호소하기도 했다. 게다가 장남권에게 최근 들어 뭔가 좋지 않은 일이 있었던 것 같았다.

"박명우가 결심공판에서 무죄를 받게 될 거라고 생각하고 있는 거지?"

"글쎄다. 나 같은 현장직이 얼마나 알겠냐? 그러나 형사의 감이란 게 있잖아? 그 새끼는 무죄야."

박명우가 무죄 방면되었다. 검찰도, 경찰도, 이영준도 혼란 속에 휩싸였다. 구십구 퍼센트 확신했다. 어쩌면 일 퍼센트의 불확신이 진실이었을 수도 있다. 박명우가 수감된 상태에서 낚싯줄 살인이 벌어지게 되자 언론에서는 『무능력한 경찰』, 『수사력 떨어지는 한국경찰의 현주소』, 『책상에 앉아 수사하는 탁상 형사』, 『경찰, 선량한 국민을 연쇄살인마로 만들다』, 『선량한 시민을 살인자로 만드는 경찰』 등 경찰의 위신을 땅에 떨어뜨리는 기사들이 줄기차게 쏟아졌다. 경찰 고위 관계자는 연일 방송에서 해명을 해야 했다. 사건을 담당했던 형사들은 언제 불똥이 떨어질 지 걱정을 하며 지냈다. 장남권을 비롯한 담당형사들은 사건에서 손을 뗐다. 자의에 의한 것은 아니었다. 그 자리는 새로운 능력 있는 형사들로 탈바꿈했다. 이영준은 그들의 요청으로 세 번이나 본청으로 불려갔다.

그들은 부도덕한 혐의로 옷을 벗은 뇌물형사 출신의 이영준을 간절히 원하고 있었다. 이제는 이영준이 그들에게서 얻어낼 수 있는 정보는 거의 없었다. 누구도 장남권처럼 협조적으로 정보를 꺼내 줄 리 없었다. 앞으로 이 사건을 해결하려면 이영준 스스로 해결해야만 했다. 불행인지 다행인지 경찰은 박명우를 향한 의심을 거두지는 않았다. 그들 역시 박명우를 범인으로 보고 있었다. 조희철 사건은 모방 범죄라고 다들 입을 모았다. 비슷하지만 다른 사건이었음을 그들은 알고 있었지만 언론에 대고 주장할 수는 없었다. 언론은 경찰을 신뢰하지 않았다.

  임병규는 이영준의 연락을 받은 후 박명우를 제거하고자 했다. 하지만 박명우를 감시하는 눈은 자신들뿐만이 아니었다. 경찰도 박명우를 주시하고 있었다. 임병규가 경찰의 눈을 피해 그를 제거하기는 어려울 것이었다.

  모든 것은 시간이 해결해 준다고 했던가. 박명우가 풀려 나온 지 한 달이 지나고 두 달이 지나도 달라지는 것은 그다지 없었다. 세상은 그대로였다. 해는 동쪽에서 떠서 서쪽으로 졌다. 출퇴근 시간에 도로는 언제나처럼 막혔다. 뉴스는 소재만 바뀌었을 뿐 언제나 시끄러웠다. 게다가 변하지 않는 게 또 하나 있었다. 경찰청에서 직접 파견된 최고의 형사들이라는 사람들 역시 언제나 그랬던 것처럼 날마다 허공에 삽질하다시피 했다. 결과적으로 조희철의 사건은 전혀 진전이 없었다. 언제나 그랬던 것처럼 시간이 지나면서 여론은 다른 사건들에 묻혀 잠잠해졌다. 대중의 관심 속에서 낚싯줄 연쇄 살인 사건은 서서히 잊혀져 갔다. 박명우에게 상시로 붙었던 감시 인력도 이제는 2개 조로 줄었다. 해당사건에 매달렸던 인력도 최소한으로 줄어들었다. 그리고 더 이상의 연쇄 살인 사건은 이어지지 않았다.

어느덧 여의도 윤중로를 화려하게 장식했던 벚꽃도 다 지고 없었다. 누군가 씹다 뱉어버린 껌으로 지저분해진 보도블록 위에 벚꽃 잎이 핑크빛으로 뒤덮였다. 봄은 계절의 여왕이라는 찬사에 우쭐대며 세상 사람들의 마음을 유혹했다. 노란 개나리와 다양한 컬러의 꽃잎들이 그 역할을 했다. 사람들은 그것들 덕에 겨우내 침울했던 마음을 훌훌 털어냈다. 봄이란 놈은 찌들었던 세상마저 산뜻하게 만들어 주려 노력하는 듯했다. 사월이다. 임병규 사건이 발생한 지 무려 일 년이 훌쩍 넘어버렸다. 시간이 흐를수록 낚싯줄 연쇄살인사건에 대한 이야기는 세간에서 지워져 갔다. 지난 것들은 다른 엽기적인 사건들에 묻혀 기억 속에서 사라져갔다. 새로운 봄이 온 것처럼……. 이영준의 기억은 봄을 맞이하려 하지 않았다. 임병규와 전형조 역시 두려움에 떨고 있을 수도 있었다. 어찌 보면 박명우는 형사들의 시선과 임병규가 박아 둔 자들의 시선을 즐기고 있는지도 모를 일이었다. 시간이 가면 갈수록 형사들과 임병규의 사주를 받은 자들도 모두 해이해져 갔다. 따스한 봄볕에 차 문을 반쯤 열어 둔 채로 낮잠을 자고 있을 지도 모를 일이었다.

벌써 초여름 날씨 같다. 가끔씩 반팔 차림의 남자들도 보인다. 몇몇 외국인들은 짙은 선글라스 하나로 얼굴을 가린 채 어딘가를 향해 뛴다. 도로 경계석 사이에는 이미 봄이 지나간 지 오래다. 고개를 푹 숙인 고사리도 여기저기 쉽게 눈에 띈다. 시골 풍경을 뒤로 한적함을 자랑하는 신식 카페가 하나 있다. 구수하고 새큼한 커피 냄새가 눈에 보인다. 카페 안에 이영준이 한 여자와 깊은 대화를 나누고 있다. 이영준의 전화가 요란하게 울어 댔다. 이름도 알 수 없는 가수의 경박한 음악이다. 어린 딸의 성화 때문에 마음대로 전화벨 소리 하나 바꿀 수가 없다. 그의 스마트폰은 어쩔 수 없이 딸의 취향에 맞춰져 있다. 민망하다는 생각에 슬쩍 눈살이 찌푸려졌다. 손님과의 자리에서는 진동으로 바꿔 두곤 했지만 미처 변경해 두지 못한 탓이다. 중요한 조사 때문에 증인을 만나고 있던 그는 자동 문자 답장을 남기고 끊어버렸다. 장남권의 전화였다. 잠시 후 문자메시지가 수신되었음을 알리는 비프음이 울렸다. 여자는 그의 표정에서 심각한 연락이 온 것임을 눈치챘다. 얼굴의 혈색이 급격하게 변하는 것을 보았다면 누구나 심각한 사안임을 알 수 있을 정도였다. 잠시 당황하던 이영준은 양해를 구하고 자리를 빠져 나왔다. 이영준은 세 번이나 문자메시지를 확인했다. 절대로 잘못 보거나 한 것이 아니다. 달랑 한 줄의 메시지였다.『박명우가 실종됐다』그의 문자는 매우 짧았지만 내용은 강렬했다. 이영준은 떨리는 손가락으로 장남권에게 전화를 걸었다.

"무슨 소리야?"

연결신호음이 들리기가 바쁘게 이영준의 다급한 목소리가 터져 나왔다. 저도 모르게 목소리가 가늘게 떨렸다. 두려움은 아니다. 극도의 긴장이다.

"오늘 아침부터 박명우의 종적이 사라졌어. 본청에서 나한테까지 연락이 왔을 정도인 걸 보면 그야말로 연기처럼 사라진 것 같다. 임병규에게는 내가 전화하기가 좀 그래서 안 했고…… 지금 어디냐?"

"제주야. 당장 올라갈게. 지금 상황이 어때?"

이영준의 마음은 벌써 비행기에 올라타고 있을 만큼 다급해졌다.

"지금쯤 아마 그 동안 박명우가 다녔던 곳을 탐문 조사 중이겠지. 인근 CCTV도 체크 중일 것이고."

"남권아. 내 생각에는 몇 달 동안 박명우는 주변 상황을 다 체크했을 거야. 그 새낀 천재성이 있어. 범죄에 있어서는 말이야!"

이영준은 박명우가 감시를 당하고 있다는 것을 모를 리가 없다고 생각했다. 그자는 감시의 눈동자가 몇 개인지, 주변 CCTV는 어디에서 어느 방향으로 보고 있는지, 어떤 게 신형이고 구형인지, 감시하는 자의 교대는 어떤 식으로 이루어지는 지 모두 파악했을 것이다. 게다가, 어쩌면 감시하는 자의 신상 파악까지 마쳤을지도 모를 일이다. 스스로 만족할 때까지 모든 정보를 습득한 후 여유 있게 감시망을 빠져나갔을 것이다. 어떤 복장으로 어떤 교통수단으로 빠져나갔을지조차 예측할 수 없도록 움직였을 것이다. 몇 분 안에 복장만 몇 차례 바꿨을지도 모를 일이다. 박명우는 이미 완벽한 도주로를 검토했을 것이다. 이영준의 머릿속엔 짧은 순간 많은 생각이 스쳐갔다. 생각이 어느 정도 정리되자 임병규에게 박명우의 소식을 전했다. 이영준의 전화에 임병규는 아무렇지도 않다는 듯 전화를 받았다.

"안 그래도 이미 알고 있습니다. 전에 말씀드렸듯이 그 새끼 제거하려고 중국 애들 붙여 놨었는데. 놓쳐 버렸더군요. 경찰도 중국 애들의 존재를 눈치채지 못한 상황이었는데 만약 박명우가 감시의 존재를 눈치챘다면 형사들의 존재는 한참 전에 드러난 걸 겁니다. 박명우가 감시의 눈이 있다는 것을 눈치챘다면 주변의 모든 것을 의심하고 있었겠죠. 그러니 저희 쪽 애들이 드러나지 않을 리가 없었을 겁니다. 하여튼 저희도 백방으로 찾고 있습니다. 이제는 제가 알아서 해결할 테니 이 사장님은 신경 쓰지 않아도 될 것 같습니다. 그동안 수고하셨습니다. 우리 인연은 여기까지일 수도 있겠군요."

이영준은 임병규의 말뜻을 처음에는 이해할 수 없었다. 하지만 곧 임병규 자신이 박명우에게 당할 수도 있다는 암시가 아닐까 싶었다. 그가 박명우에게 어느 정도의 공포를 느끼고 있는지 충분히 알 수 있는 일이었다.

30

 대도 신창원 탈주 사건 이후로는 처음으로 전국적 검문이 진행되었다. 박명우가 행방불명된 지 불과 하루 만에 전국은 공포에 휩싸였다. 이상한 루머가 돌기 시작해서다. 박명우는 임신한 여자를 죽이기를 좋아하며 산 채로 태아를 꺼낸다는 등 엽기적인 소문들이 날조됐다. 언론은 수시로 조정에 들어갔지만 SNS의 속도를 줄일 수 없었다. 모 인터넷 사이트에서는 해외 동영상 중 이 사건과 비슷하게 편집된 것까지 유포했다. 어떤 임신부는 박명우에 대한 소문에 극심한 고통을 받아 유산까지 하게 되었다며 소송을 준비 중이라는 소문도 돌았다. 방송, 인터넷을 뜨겁게 달구던 박명우는 신출귀몰한 능력마저 보였다. 어떤 날은 경기도 안성에서 박명우를 보았다는 신고가 있었다. 일대는 교통이 마비될 정도였다. 안성은 이틀 가까이 고립이라고 해도 될 정도로 경찰이 쫙 깔렸다. 거리를 오가는 사람도 현저히 줄어들었다. 다음 날에는 부산 수영만에서 박명우 목격 신고가 접수되었다. 수영만에 정박되어 있던 모든 요트들의 문을 열어 제끼고 박명우를 찾아 헤맸다. 하지만 역시 박명우의 그림자조차 발견하지 못했다. 일주일이 지나고 보름이 지나서도 박명우는 모습을 드러내지 않았다. 생사 여부를 알 수 있는 것은 전국적으로 진행하고 있는 불심 검문과 벽면 여기저기 붙어 있는 박명우와 관련된 벽보뿐이었다. 무죄 방면된 박명우가 경찰의 눈을 피해 잠적해 버리는 통에 그는 다시 연쇄 살인범으로 지목됐다. 경찰과 언론은 줄기차게 싸우기 시작했다. 일부 언론에서는 진범을 찾지 못하자 박명우에게 혐의를 뒤집어씌울 목적으로 그를 납치, 살해했을 것이라는 음모론도 있었다. 인터넷의 셀 수도 없는 카페, 블로그, 언론 등에서는 다양하고 기상천외한 가설들이 튀어나왔고 전 국민의 가십거리가 되어갔다. 일부 국민들에게는 연쇄 살인범에 대한 공포보다는 지나가는 이야깃거리나 마찬가지였다. 하지만 임병규는 그렇지 못했다. 박명우의 행방불명 일주일 째 되던 날, 이영준은 임병규 측에서 그를 제거한 것이 아니냐는 의심을 했다. 그러나 그들 역시 박명우 때문에 잠도 이루지 못하는 상황이었다. 이영준은 더 이상 할 수 있는 것이 없었다. 이제는 그저 경찰이 모든 것을 해결해 주기만을 기다려야 했다. 이영준은 임병규의 말대로 이제는 그 사건에 더 이상 휘말릴 필요가 없었다. 그렇지만 이영준의 호기심은 그 스스로도 제어할 수 없는 것이었던지, 박명우가 사라진 이후 시간이 갈수록 세간의 기억과는 달리 이영준의 기억은 반비례했다. 그런데 언젠가부터 그의 머릿속에 자리를 잡아가는 것이 있었다. 모방범죄가 일어난 후였다. 일 퍼센트의 가능성 때문이었다. 어쨌든 박명우가 구속된 상태에서 비슷한 사건이 벌어졌고 그 사건은 오히려 박명우보다 전문성을 보였다. 그래서 그들이 추적했던 범인이 한 명이 아닐 수 있다는 가설이 나온 것이다. 언젠가 사무실에서 추리소설을 읽던 미영이 툭 던졌던 말이다. 모방범죄에 대한 이야기를 듣긴 했지만 전혀 대수롭지 않은, 그저 추리소설에서나 나오는 이야기 혹은 그저 그런 삼류소설에나 나오는 소재라고 생각하고 흘려들었던 것이다. 아주 잠시 가능성을 생각했었지만 절대 그럴 리가 없다고 지나쳤던 가설이었다. 이영준은 모든 사건을 노트에 다시 정리하기 시작했다. 시간이 갈수록 크게 두 가지 양상을 보이는 것이 확실하다는 확신이 들었다. 범인이 두 명이라는 가설로 본 후에 그의 눈은 어둠 속에서 빛을 만난 듯, 안갯속에서 잠시 안개가 걷혀버리듯 사건이 달리 보이기 시작했다. 시커멓게 타서 속을 알 수 없었던, 탄 부분이 너무 두꺼워 그 중심까지 모두 타 버렸을 것이라고 생각했던. 하지만 탄 부분을 모두 덜어내자 샛노란 고구마가 드러나듯이. 모락모락 피어나는 수증기와 함께.

 혹시 여자가 아닐까? 제일 먼저 이영준의 뇌리에 스친 것이 있었다. 다른 한 명의 범인은 남자가 아닌 여자일 수도 있다는 것이다. 언젠가 미영이 들려준 이야기 때문이었다. 미영은 가끔씩 충격적인 소설을 읽고 간단하게 설명을 하곤 했다. 물론 미영이 본격적으로 탐정업무를 시작한 후부터의 이야기다. 성적 충격으로 인한 사이코들의 살인에는 성기에 대한 집착이 있다는 것이다.

 살인자가 꼭 남자일 것이라는 고정관념을 버리고 나니 새롭게 보이는 것이 있었다. 사건마다 섬세함의 차이가 있었다. 섬세함을 기준으로 기억을 더듬자 두 가지로 구분됐다. 최근의 조희철 사건은 여자가 벌인 사건일 가능성이 높다. 권인용 사건 역시 마찬가지다. 오래전 정주성 사건 역시도……. 상처를 낸 칼질 등을 봐도 디테일이 다르다. 게다가 피해자의 성기 문제가 있다. 그건 대체로 성적인 문제로 정신적 충격을 받은 여자들의 공통적인 성향이다. 나머지 사건은 한 명의 소행이었다. 그것들은 박명우의 범행일 것이다. 여기서 몇 가지 이해할 수 없는 것이 있었다. 박명우와 다른 범인의 관계다. 혹시 공동범행은 아닐까? 아니, 절대 공동범행으로 볼 수는 없었다. 임병규, 전형조의 사건 역시 범인은 한 명이었다. 전극성을 살해한 동기는 보복성이 명확했다. 너무 시간이 흘러버려 권인용의 사건을 재조사하기는 불가능하다. 당시에 이 사실을 알았다면 어쩌면 새로운 단서를 찾을 수도 있었을 것만 같았다. 김미정

사건 역시, 유전자 검사를 통해 김미정의 아이는 박명우의 아이라는 것만 밝혀졌을 뿐이다. 이영준에게는 이제 새로운 과제가 떨어졌다. 새로이 드러난 범인의 정체를 밝히는 것이다. 이영준은 다시 장남권의 도움을 받아야 했다. 그리고 이번만큼은 모든 것이 밝혀질 때까지는 누구에게도 사실을 알리지 않기로 맘먹었다. 실적에 눈이 멀고 위계질서에 귀가 막힌 경찰의 경거망동으로 인해 자신이 새로 찾아낸 단서를 망가뜨리고 싶지는 않았다.

31

"남권아. 조희철 사건으로 나온 조사 결과 좀 수배해 주면 좋겠는데. 가능하겠냐?"

이영준은 이번만큼은 장남권의 도움이 불가능할 수 있다는 각오는 했다.

"타이밍 좋구만. 몇 달 전만 해도 나는 그 사건에서 배척된 상태였는데 이제는 본청에서 다시 나를 찾아오더라. 다시 맡으라고 하는데, 이게 뭐하는 건지 모르겠어. 하긴 우리야 기라면 기고 까라면 까야지 어쩌겠어."

"그거 정말 잘 되었네. 나도 조희철 건이 너무 궁금해서 알아

보고자 했던 건데. 어때? 내가 넘어갈까?"

"그러지 말고 용산에서 보자. 그쪽 갈 일이 있으니까."

통화를 마치고 이영준은 프라이팬에서 팝콘이 튀다시피 사무실을 빠져 나갔다. 미영이 뭐라고 한마디를 던졌지만 그는 들은 체 만 체였다. 이영준이 용산에 도착했을 때는 장남권이 커피숍에 자리를 잡은 후였다. 용산역 근처의 대로변에 위치한 몇십 년은 되어 보이는 오래된 커피숍이었다. 분위기는 90년대 다방에 가까웠다. 꾀죄죄한 벽면은 지난 세월을 그대로 보여 주고 있었다. 당시 포인트로 걸어 두었을 사진들은 수십 년간 빛을 받아 색이 다 바래 있었다. 지난 세월을 모두 지켜보았을 것이다. 같은 위치에서 같은 장소를 지나친 수많은 것들을.

그들은 마주 앉아 사건에 대한 분석을 시작했다. 장남권의 설명에 의하면 조희철 사건은 이영준이 생각했던 것보다 많은 단서를 가지고 있었다. 게다가 그동안 그것을 통한 조사가 상당히 진행되었던 것을 알 수 있었다. 그러나 그들은 수사 방향이 근본적으로 잘못된 것을 모르고 있었기 때문에 모든 것이 요점 근처에서 배회하고 있었다. 이영준의 생각에는 일단, 그들은 범인이 남자라고 생각하는 점이 가장 큰 오류였다. 그것은 당연한 결과였다. 그들이 가지고 있던 모든 증거 자료는 범인이 여자라고 생각할 수 없게 했다. 자신 역시 방금 전까지 그랬었다. 또 하나의 문제점은 범인이 두 명일 수도 있다는 것을 파악하지 못한 것이었다. 물론 두 명이라곤 하지만 서로는 모르는 사이가 분명하다.

이영준이 새롭게 정립한 가설은 명료했다. 낚싯줄 살인의 완성도 면에서 보면 여자가 저지른 범행이 한 수 위였다. 장남권이 열거한 증거 자료 중 이영준의 눈에 띄는 것이 하나 있었다. 신고자에 대한 정보였다. 아마 경찰도 그 부분에 있어서만큼은 이해할 수 없었을 것이다. 신고자는 여자였고 전화는 대포폰이었다. 대포폰이라는 게 가장 의심스러운 부분이다. 일반적으로 사람들은 대포폰을 사용하지 않는다. 범죄 행위를 목적한 것이 아니라면. 전화의 발신지는 잠실 삼정의료원의 기지국으로 잡혀 있었다. 임병규와 전형조가 입원해 있던 병원이다. 이영준은 뭔가 하나 발견한 것 같았다. 새로운 단서. 장남권은 이영준의 표정에서 분명히 뭔가를 찾은 것을 알았지만 굳이 묻지는 않기로 했다. 그 역시 호기심이 가득했지만 물어본다고 한들 알려주지 않을 가능성이 높다고 판단했다. 알려줄 것이라면 물어보지 않아도 알려줄 것이다. 게다가 어차피 이영준은 사건을 풀고 자신에게 알려 줄 것이 뻔했기 때문이었다. 장남권은 이 사건을 원만히 해결하고 특진만 하면 된다.

"남권아. 통화 녹취 자료는 이메일로 부탁 좀 하자. 이 번호는 조회해 봤겠지만 너가 알고 있는 다른 정보 있으면 다 내놔 봐."

"글쎄. 그 당시는 내가 맡은 게 아니니까, 나야 알 수 없지. 내가 알 수 있는 건 지금 보고 있는 게 전부야."

장남권의 말에 의하면 결국, 이영준 스스로가 모든 것을 찾아내야 할 것이고 경찰에서는 신고자에 대한 것은 파악된 게 없다는 것이라고 봐도 무방할 듯했다.

"삼정의료원이라~"

이영준은 저도 모르게 혼잣말을 하고 있었다.

"뭐라고?"

장남권의 질문에 답변도 없이 이영준은 혼잣말을 주워 담으며 자리를 떠났다. 새로운 가설이 설정된 것이다. 가설은 검증을 통해 완성이 된다. 새로운 조각 퍼즐이 테이블 위에 마구 헝클어져 있었다. 한 번도 본 적이 없는 그림이다. 사진일 수도 있다. 어쨌든 원래 모습이 무엇인지 전혀 알 수 없다. 하지만 그 안에 어떤 것들이 있는지는 알고 있다. 두 사람. 남자 한 명과 여자 한 명. 낚싯줄. 메스와 커터 칼(이건 방금 생각난 것이다. 범인은 일부러 그것을 사용한 것이라고 생각했다.) 등 여태까지 지나온 사건에서 발견한 모든 것들이 그 안에 있을 것이다. 가장 쉬운 포인트가 될 모퉁이부터 네 개 찾아 둔다. 대략의 사이즈는 예상할 수 있다. 네 귀퉁이 중 퍼즐 네 개의 위치도 정확하지 않다. 컬러도 다양해 가늠하기 어렵다. 그저 대략 위치를 맞춰 둔다. 이제 귀가 맞아떨어지는 퍼즐을 찾아내야 한다. 몇 가지는 후보에 들었다. 하나씩 그 자리에 맞아떨어질지 끼워 보면 알 수 있다.

'새로운 범인은 임병규의 근처에 있었다. 그런데 왜 지금도 삼정의료원인가? 결국!' 이영준은 뭔가 깨우친 듯한 표정으로 혼잣말을 하며 국과수로 향했다. 우선은 여자의 범행을 다시 조사하고 정리해야 할 것이다. 그러기 위해서는 전문가의 자문이 필요했다. 이영준은 김영태를 만나서 확인할 것이 하나 있다. 그것만 확인하면 퍼즐 몇 개의 귀가 맞아떨어진다. 틀림없이 아귀가 딱 맞아 떨어질 것이다.

32

"전화도 없이 무슨 일이야?"
 김영태는 연락도 없이 들이닥친 이영준이 반갑기도 했지만 갑작스런 방문에 뭔가 중요한 용건이 있음을 눈치채고 있었다.
 "형님! 지난번 조희철 건은 누가 검시했습니까?"
 "그건 내가 했지. 그건 갑자기 왜? 이거 본청에서 수사하고 있지 않아?"
 "박명우 행불 이후에 다시 공조수사 중입니다."
 "자네두?"
 "저야 민간인인데요. 뭐."

"그럼 뭐가 궁금해서 이렇게 국과수까지 납셨나?"

"형님. 지난번에 김미정 건은 다른 분이 검시했다고 하셨죠?"

"그래! 최 박사가 했지."

"그럼 예전에 전극성은 누가 검시했나요?"

"그것도 내가 했지. 그런데 갑자기 예전 거는 왜 들고 나오는 거야?"

"하나만 더 물어볼 게요. 김명균 사건은요?"

"그건 내가 했지. 너도 다 알고 있었잖아. 새삼스럽게 그건 왜 물어보는 거야?"

"제 기억이 맞는지부터 확인한 겁니다. 좀 이상하다 싶은 게 있어서 급하게 형님을 찾아온 거구요."

김영태는 새삼스럽게 다시 연쇄 살인 사건을 들추고 나선 이영준에게서 호기심이 일어났다. 이번에도 그가 뭔가를 감지했다는 것을 알 수 있었던 것이다.

"그래? 말해봐! 자네가 뭔가를 찾은 것 같은데. 맞지?"

"역시 형님은 정말 예리한 것 같습니다. 제가 볼 땐 형님이 형사질을 해야 돼요."

"야, 그건 추리력이 아니고 내가 널 잘 아니까 가능한 거야. 그리고 형사질은 니들이나 해라. 난 피 만지는 게 더 적성에 맞아."

"그런가요? 이건 일단 아직은 비밀에 부쳐야 하는 건입니다. 당분간은요. 아셨죠?"

"알았어. 내가 어디 말할 사람이 있는 것도 아니니까, 말해 봐!"
김영태는 이영준 이상으로 호기심이 발동했다.
"검시관으로서 분명히 느끼셨을 거라고 생각합니다만. 부검하실 때 뭔가 다른 점이 있다는 것을 느낀 게 없던 가요?"
"글쎄? 갑자기 물어보니 그런 게 있을 것 같기도 한데. 그렇지만 딱히 있는 것 같지도 않다. 왜? 뭔가 있는 것 같아?"
김영태는 이미 그가 이야기하는 요지의 끄트머리를 잡고 있었지만 전혀 티를 내지 않았다. 이를테면 '감'이라는 것이 그에게도 있었다. 수십 년간 한 분야에서만 일한 베테랑으로서만이 가질 수 있는 것이다. 김영태의 표정은 그저 변함이 없었다. 이영준은 자신이 기대했던 것과는 달리 한 가지도 얻어갈 수 없을 것 같아 애가 탔다.
"혹시 이렇게 구분하면 어떤 생각이 드실지 모르겠네요. 김명균과 김미정을 한 그룹으로 묶고 전극성과 조희철을 다른 한 그룹으로 묶어서 생각해 주세요."
"음...... 잠시만 기다려봐!"
이영준이 말을 마치기가 바쁘게 김영태가 일어서며 말했다. 그리고는 뒤도 돌아보지 않고 밖으로 나가 버렸다. 이영준은 원래 독특한 성격에 종잡을 수 없는 김영태에게 적응이 된 몇 안 되는 사람들 중에 속했다. 방금 그의 행동은 자신이 생각하고 있는, 말하려고 했던 것을 이미 파악했다는 것을 말하고 있다고 해도 과언이 아니었다. 그는 한참이 지나서야 자그만 키의 최 박사와 함께 돌아왔다. 수백 년은 햇빛을 보지 않고 살았을 것만 같은 창백한 얼굴이다. 얼굴에는 전혀 반가운 느낌이 없다. 아니. 표정 자체가 없는 것만 같다. 이영준을 마주한 그는 그저 업무적인 만남 그 이상도 이하도 아닌 것으로 보였다. 그는 지난번에도 만난 적이 있었지만 최 박사는 귀신같은 몰골을 하고 있었다. 그렇게 둘을 세워 두고 비교해 보니 오히려 평소 괴물 같다고 생각했던 김영태가 더 평범하다고 느껴질 정도였다.

"이 친구가 도움이 되지 않겠나 싶어서 데리고 왔다. 잘했지? 적응 안 되지? 최 박사는 한번 집중하면 꼬라지가 이렇게 되고 말아. 지금도 너 때문에 간신히 끌고 온 거다. 이놈아."

이미 구면이었던 그들은 악수를 나눴다. 시체 같은 그의 표정과는 달리 손길은 따뜻했다. 바로 이영준의 질문이 이어졌다.

"자! 이렇게 보세요. 김명균과 김미정을 A그룹에 전극성과 조희철을 B그룹에. 분명히 그룹 간 공통점이 있고 그룹별 차이점이 있습니다. 두 분은 전문가니까 뭔가 느낀 게 있을 겁니다. A그룹과 B그룹이 각기 다른 범인의 결과라는 가설을 둔다면 어떻겠습니까?"

"글쎄……."

김영태는 다리를 꼬고 까칠한 턱을 두 손가락으로 긁어 댔다. 그는 글쎄라고 말했지만 표정은 숙제 하나를 해결해 가는 중이라고 말하고 있었다. 이영준은 다시 최 박사의 표정을 살폈다. 최 박사는 김미정만을 검시했으니 고민할 것이 아주 없을 것이라고 생각했다. 그는 어딘가를 쳐다보고 있었지만 초점은 없었다. 의미 없는 시선 속을 따라가면 그의 의식 어딘가까지 가볼 수 있지 않을까 싶을 정도였다.

"최 박사! 혹시 김미징 검시할 때 배를 가른 부위의 절제면이 어떻던가? 혹시 전문가 솜씨 같던가?"

김영태는 멍청한 듯 앉아있던 최 박사에게 느닷없이 질문을 던졌다.

"무슨 전문가요? 살인에도 전문가가 있던가요?"

최박사는 김영태의 질문 자체가 황당한 듯 되물었다.

"아니. 아니! 의술 말이야. 혹시 외과수술 경험자가 손댄 것 같아 보이지 않았냐는 걸세!"

이제서야 김영태의 말뜻을 알아들었는지 최 박사는 희미한 미소를 지었다. 그는 타인과의 대화 자체가 익숙지 않은 스타일인 것 같았다. 같은 곳에 근무하는 김영태조차도 그와의 대화가 부드럽지 않은 것을 보면.

"설마요! 완전히…… 칼질에는 초보 수준이던데요. 차라리 조폭 애들 사시미질이 훨씬 전문가 같아 보였을 겁니다."

그의 말보다 표정이 더 신랄했다. 표정을 해석하자면 김미정에게 칼을 댄 자는 아마추어다,라고 말하는 것이다.

"그 정도인가?"

"말하면 뭣합니까? 깊이, 칼날이 들어간 부위, 칼질 방향 어디를 봐도 초짜지요. 게다가 김미정의 배를 가를 땐, 메스를 가지고 난도질을 했더군요. 외과의사라면 정확한 깊이로 한 번에 죽 그었겠죠. 아시잖습니까? 메스가 들어가면 피부 진피층까지 들어갔는지까지도 손가락에 느낌이 오는데, 범인은 칼질에 경험이 많지 않았어요."

최 박사의 답변은 이미 이영준이 생각했던 결과를 확인시켜 주고 있었다.

"그럼, 자네는 범인이 살인 초보자다,라는 말이군?"

"네. 여부가 있겠습니까? 살인 초보라기보다는 칼질 초보자라고 해야겠죠. 살인은 많이 했을 것으로 보였습니다. 칼질은 서툴렀어도 칼을 대고 긋는 건 한 치의 고민도 없었습니다. 만약 생초짜라고 하면 정말 대담한 놈입니다. 하지만 대부분의 사람들은 그렇게 할 수가 없습니다. 피가 한두 방울만 흘러 나와도 겁이 덜컥 날 텐데요."

"고맙네. 내 용건은 여기까지. 이 형사! 더 물어볼 것 있나?"

김영태는 일부러 이영준을 이 형사로 불렀다. 아까 말했던 것처럼 비밀을 지켜 주기 위함이라는 것을 알 수 있었다. 최 박사가 미팅룸에서 나가자 그들은 다시 대화를 재개했다.

"영준아. 최 박사 말 들었지? 내가 생각한 차이점이 바로 그거야. 네가 두 그룹으로 나눠주는 순간 그 생각이 살짝 들더구만. 최 박사가 설명해주니 내 기억이 전부 다 되살아났다. 예전에 김명균 부검할 때는 최 박사처럼 뭔가 이상하단 생각은 했었다. 하지만 낚싯줄 살인이라는 공통점 때문에 범인이 다른 사람일 것이라는 의심을 못 했었단 말이지. 역시 자네는 천부적인 형사야."

김영태는 실명을 마치고 무엇이 그렇게 만족스러운 지 팔짱을 낀 채 고개를 끄덕였다.

"형님. 그럼 전극성과 조희철 부검하신 전체적인 의견 부탁드립니다."

이영준은 김영태의 입술이 떨어지기만을 기다렸다. 김영태는 잠시 머릿속으로 고민을 하나 싶더니 입을 열었다.

"내 생각에는 말이야. 범인은 현직 의사야. 메스를 만지는 게 특히, 이번 조희철 건에서는 칼질이 더 예리해졌어. 게다가 커터 칼로 그었다면서. 그건 어지간한 솜씨 아니고서는 어려워. 칼을 가지고 자유롭게 놀 수 있는 사람이야. 그리고 그동안 발전을 거듭했다고 봐야지 전극성 때는 레지던트라고 한다면 조희철 때는 개업의야. 그리고 조희철 성기를 예리하게 표피와 살점을 베어 내고 뼈를 지탱하는 연골을 분해했는데 그 상황에서 커터 칼만 가지고도 그 정도의 작업이라면 소를 부위별로 분해하는 발골사 정도의 수준이라고 할 수 있었어. 만약 자네가 그룹을 짓거나 하지 않았다면, 나는 그저 범인이 살인을 많이 해서 수준이 높아진 것이라고 생각하고 말았을 거야. 네 말대로 범인은 두 명이 확실한 것 같다.

박명우와 누군가가 있다는 거지. 자네가 잡은 박명우 외에 박명우가 구속되어 있을 때 조희철을 살해한 누군가 말이야."

김영태는 자신 스스로의 추리에 도취되어 가는 모습을 보였다.

"하하! 형님. 너무 빠지지 마세요."

"아~ 그랬나? 나도 모르게 그만! 아무튼, 새로운 사실을 알게 돼서 말이야. 그럼 자네는 이제 어떻게 할 생각이야? 뭐, 다른 단서라도 있는 거야?"

"글쎄요. 아직은요. 형님. 만약에, 그 누군가가 여자라면 어떻게 생각하십니까?"

이영준의 질문에 김영태의 표정은 다시 순식간에 발갛게 달아올랐다.

"어? 그러고 보면 그것 역시 네 말이 맞는 것 같다. 우리는 여태까지 박명우가 범인이라는 고정관념에 빠져서 범인이 여자일 거라는 의심을 할 수 없었지 않냐?"

김영태는 잠시 또 생각에 빠진 듯, 예의 생각할 때면 나오는 버릇을 보였다. 한참 동안 며칠은 깎지 않은 것으로 보이는 수염이 덥수룩한 턱을 긁었다. 긁어대는 소리가 가깝게 들렸다. 그는 이내 그것을 멈추고 다시 입을 열었다.

"여자가 확실해. 내 경험을 종합해 보건대. 여자는 맞는데 말이야. 소시오패스적인 기질이 다분해. 전형적인 복수극이기도 하고. 여자들이 받았던 성적인 충격과 고통을 남성에게 복수한 거지. 칼선을 생각해보니 그래. 하지만 어떤 건 극히 감정이 실려 있고 또 어떤 건 무덤덤해. 이건 정말 나 혼자만의 견해일 뿐이야. 그저 참고만 해."

김영태는 다시 고개를 끄덕이며 입가에 주름을 보였다. 스스로 만족스러운 결론을 도출시켰다는 표현일 것이었다.

"안 그래도 피살자 체내에서 나온 마취성분이 이상하다 싶었다. 일반인들이 구하기는 어려운 것들이야. 병원에서 근무할 가능성이 높아. 내 생각에는 개업의 같다. 게다가 사이코패스면서 소시오패스지."

이것으로 이영준의 가설은 틀림이 없음을 입증한 것이나 다름없었다. 이제는 박명우와 누군가의 관계적인 부분 그리고 누군가가 누군인지 정체를 파악하는 것이 핵심적인 과제였다. 그리고 박명우의 행방······.

33

이영준은 국과수에서 빠져 나와 곧장 사무실로 향했다. 사무실 건물 앞에 주차한 그는 어떻게 운전을 한 것인지 아무것도 기억나지 않았다. 귀소본능처럼 의식 없이 돌아온 것이다. 그동안 뇌의 대부분은 다른 일을 하고 있었다. 그래서 나온 결과 치고는 대단할 게 없었다. 당장 그가 할 수 있는 것이라고는 전극성, 조희철 그리고 권인용의 공통점을 밝혀내는 것뿐이다. 엘리베이터를 타려고 할 때 장남권에게서 문자메시지가 날아왔다. 조희철 사건을 신고한 여자의 목소리가 담긴 녹음파일을 메일로 보냈다는 것이다. 이영준은 신고자의 목소리가 살인자의 목소리라는 것을 직감했다.

사실, 아니라고 할 이유가 없었다. 엘리베이터는 그대로였지만 그는 느려터진 엘리베이터를 나무랐다. 마음만 급했다. 오히려 자신보다 더 탐정같아 보이는 미정은 퇴근하고 없었다. 아무도 없는 사무실은 그가 사건에 집중하기에 딱 좋은 분위기였다. 노트북을 교체하고 싶다는 생각을 처음 하게 됐다. 모든 게 느렸다. 한참 만에 부팅이 되고 모래시계가 사라지기를 기다리고 버벅거리는 노트북에 대고 싫은 소리를 했다. 알아들을 리는 없다. 포털사이트에 접속하고 키보드를 두드려 로그인을 시도했다. 음성파일을 다운로드 받는 것은 그나마 빠른 속도로 진행됐다. 1%에서 100%까지 채워지는 건 눈에 보이기 때문에 기다리는 것이 고통스럽지 않았다. 노트북의 스피커를 타고 흘러나온 살인자의 목소리는 약간은 허스키한 편에 고음이었다. 역시 여자. 박명우의 살인 파트너일 수도 있는 그 여자다. 그는 머릿속에 목소리를 집어넣었다. 어떠한 형태로 그것이 뇌에 기록되는지는 알 수 없지만 분명히 입력됐다. 직접 듣게 된다면 한 번에 알아볼 수 있을 특징이 있는 목소리였다. 음성파일을 반복 재생해 두고 다른 자료들을 책상 위에 올렸다. 그동안 구해 둔 자료만 해도 산을 이뤘다. 혹시라도 놓치고 가는 것이 있을지도 모른다. 그는 산더미 같은 자료들 중에 무엇이라도 튀어 나오기를 기대했다.

몇 시간째 자료를 검토했다. 이미 자정을 넘은 지 오래다. 조희철, 권인용의 사건은 여성을 팔아 돈벌이를 한다는 것을 빼고는 공통점을 찾을 수 없었다. 전극성의 경우는 다른 두 사건과는 전혀 무관하다고 봐야 할 것 같았다. 김영태의 말대로 전형적인 복수극일 수도 있다. 복수를 목적으로 한 살인이었다면 제일 먼저 살해된 전극성의 사건이 가장 큰 계기가 되었을 것이다. 전극성 살인사건의 보고서는 얼마 전에 다시 읽어보았지만 딱히 눈에 띄는 것은 없었다. 박명우의 경우 김명균에 대한 복수가 그를 사이코패스로 만들게 된 원인이라고 했다. 그렇다면 전극성 역시도 그럴 가능성이 농후하다는 생각이 들었다. 전극성, 박명우, 그리고 새로 나타난 여자. 이 세 사람의 연결고리를 찾아내야 한다. 혹은 지금까지 살해된 사람들과의 연결고리는 어떤 식으로든 있을 것이다. 그 중 전극성의 과거를 파고들면 꼬리가 잡힐 것 같았다. 보고서에 정리된 전극성은 극히 정상적인 남자였다. 건축사업가로 전국을 떠돌며 기와 공사를 하는 사람인데 그의 과거에 살인자와 무엇으로 얽혀 살해당하는 운명이 되었을까?

밤이 새도록 자료를 두 번이나 뒤적였지만 새로운 것이 없었다. 아침 일찍부터 장남권에게 자료를 요청해 전극성의 과거를 살폈지만 그의 과거는 깨끗했다. 음주운전 전과 두 번을 빼고는 아무 것도 없었다. 그의 피살은 살인자와 전극성 당사자 외에는 그 누구도 모를 것 같았다. 이영준은 뭔가 큰 것이 튀어나올 것이라는 기대가 있었지만 불과 몇 시간 만에 허무하게 무너졌다. 초조하고 급했던 마음도 완전히 누그러져 있었다. 이영준은 이제 삼정의료원에 근무하고 있을 여의사 내지는 여 간호사 중에서 목소리의 주인을 찾아내는 것이 숙제로 남았다. 살인자는 임병규의 측근에 있을 것이다. 그는 확신했다. 삼정의료원에 근무하는 직원들 중 여자 직원이 몇 명인지 알아내는 것은 그다지 어려운 일도 아니다. 하지만 그중 녹취된 목소리를 가진 여자를 찾아낸다는 것은 현직 형사라 해도 불가능해 보였다.

이영준은 임병규와 전형조에게 녹음된 목소리를 들려주었다. 크게 기대한 것은 아니었지만 역시나 그들에게서는 어떤 수확도 없었다. 결국 발로 뛰는 수밖에. 그는 장남권의 협조를 받아 병원의 인사과를 찾아갔다. 적어도 인사과를 통해서라면 가능하지 않겠나 하는 생각에서였다. 예상외로 그들은 적극적으로 협조해 주었다. 하지만 현재 근무하는 직원이나 근래에 근무했던 직원 중에 그런 목소리를 아는 사람은 단 한 명도 없었다. 며칠이 더 지났는지 가늠할 수 없다. 가능성은 점점 낮아지고 시간은 하염없이 흘러갔다. 생각을 거듭할수록 짙은 안개 속에서 허우적거리는 꼴이 되었다. 이제 더 이상은 의미가 없었다. 게다가 이미 미궁에 빠진 사건에 매달릴 이유도 없는 그가 이것에 매달리고 있는 것에 회의가 느껴지기도 했다.

34

대대적인 검문검색 구 일째. 이영준은 사건 해결을 위한 목적도 잃어갔다. 희망도 사라져 갔다. 이제는 거의 포기 단계나 마찬가지였다. 사무실로 들어오는 자그마한 업무들은 이미 미영이 알아서 척척 해결했다. 어쩌면 자신보다 더 소질이 있다는 생각이 들곤 했다. 사람을 찾거나, 강아지를 찾거나 하는 일은 미영이 직업적 소명을 창출했다. 수년간 독파한 셀 수도 없는 탐정추리소설이 미영에게 있어서 교과서나 마찬가지였던가 싶었다. 현장에서 굴러먹던 형사들과는 조금 다른 방식의 추리가 가능해 보였다. 신선하달까? 판에 박힌 형사들이 보는 것과 전혀 다른 각도. 전혀 다른 시선.

전혀 다른 생각. 상대방에 자신을 대입한다거나. 드라마 촬영 세트나 무대를 그 상태 그대로 옮겨 두는 식의 상상. 이를테면 수영장 씬을 그대로 우주로 옮겨버리는 식의 뭔가 다른 상상이 미영에게는 가능해 보였다. 미영은 오늘도 강아지를 찾아 달라는 의뢰를 받고 뭔가에 열중하고 있었다. 여태까지 의뢰 받은 적이 없었던 일들이다. 어떻게 홍보를 했는지 미영은 스스로 마케팅까지 하고 있다. 언젠가 피곤에 절은 그가 지나가는 말로 힘들지 않냐, 라는 질문을 한 적이 있었다. 그런데 미영은 예전에 없는 환한 미소와 함께 너무 즐겁다는 대답을 했었다. 그는 자신의 직업 정신이 절대 미영만 못하다는 생각이 들어 부끄럽기까지 했다. 게다가 이 사건을 해결할 수 있는 희망 자체가 점점 희미해지고 있었다. 이영준은 자신이 무엇인가 분명히 놓친 것이 있다고 생각했다. 기억 구석구석 막대기로 휘저어서라도 찾아내고 싶었다. 가능만 하다면⋯⋯. 창가의 봄 햇살은 살랑살랑 이영준의 피곤에 젖은 영혼을 꿈결로 인도하고 있었다.

"사장님! 퀵서비스로 물건 출발했대요."
꿈결 속에 미영의 목소리가 들려왔다. 잠시 꿀 같은 선잠에 들었던 그는 미영의 목소리에 벌떡 일어났다. 짧은 순간이었지만 그는 아주 인상적인 꿈을 꾸었던 것이다.
"미영씨! 뭐라고?"

"퀵서비스 방금 출발 했다고요. 삼십 분 정도면 도착한대요. 보낸 분이 급하다고 그랬대요."

"그래? 그런데 나한테 올 게 없는데…… 잘못 보낸 거 아냐?"

그는 불길한 느낌이 들었다. 방금 꾸었던 생생한 꿈 때문일까? 예리하리만큼 불길한 느낌이 그의 머릿속을 감싸 돌았다.

"아저씨가 수취인 이름이 이영준 탐정사무소랬어요. 전화번호도 맞고요."

"보낸 사람이 누구래?"

"삼정의료원이라고 하던데요!"

이영준의 전두엽이 망치로 맞은 듯한 충격을 느꼈다. '아! 아마도 범인이겠구나. 이미 나를 알고 있다는 건가? 지금까지 대부분의 사건 현장에 자신이 관여했던 것을 그 여자는 알고 있는 것이다. 자신의 일거수일투족을 누군가 꿰뚫어보고 있다는 생각이 들었다. 아이러니하지만 고민하고 있던 것과 이상하게도 잘 매칭되는 것이 있었다. 그는 방금 전 꿈을 되짚었다. 잠깐이었지만 짧지 않은 꿈이었다. 하얀 가운을 입은 여의사가 그를 향해 손을 뻗고 있었다. 그들 사이에는 시뻘건 개울이 흐르고 있었다. 여의사는 얼굴이 없었다. 머뭇거리던 그에게 보이지 않는 미소를 비쳤다. 보이지 않지만 느낄 수 있는 미소였다. 그녀의 가늘고 흰 손가락 끝은 이영준의 시야에서 흔들리고 있었다. 금세라도 떠나버릴 것 같은……. 그러면, 다시는 그녀의 얼굴을 볼 수 없을 것 같은 느낌이었다. 꿈이라는 것을 그는 의식하고 있었다. 간절하게 손을 내밀고 싶었다. 마침 미영의 목소리에 잠을 깬 것이었다. 그는 생각했다. 손을 내밀었다면 꿈은 어떻게 진행되었을까? 여의사가 자신을 죽이려 했을까? 진실을 알려주었을까? 그동안 몰두하고 집중했던 여자는 정말 의사일까? 꿈을 믿어야 할까? 세상에, 설마, 예지몽이라는 것이 있다면 그것이 내게도 그런 능력이 주어진 것일까? 이영준은 믿을 수는 없었지만 알 수 없는 기대를 하고 있었다.

이영준은 뭔가에 집중해 있던 미영의 모습을 물끄러미 보고 있었다. 그가 미영의 책상까지 건너와 있었지만 전혀 모르는 듯했다. 자신만큼이나 어떤 사건에 집중하고 있는 듯했다.
"퀵서비스 전화번호 줘봐!"
그의 목소리에 화들짝 놀란 모습이 미영의 뒤통수에도 드러나 보였다. 미안하다며 어깨를 살짝 두드려 주고 미영에게서 전화번호를 건네받았다. 퀵서비스 기사는 물건을 건네 준 사람이 누구인지 확인해 주었다. 하지만 그의 예상이 빗나갔다. 상대방은 여자가 아니었다. 대리인을 통해 보냈을 가능성이 높다. 그렇게 쉽게 정체를 드러낼 리는 없을 것이다. 게다가 범인이 임병규의 조직은 물론 자신까지 감시했던 것을 보면 철두철미하지 않은 것이 더 이상할 수 있다. 이영준은 이런 저런 생각에 빠졌다. 그는 일단 퀵서비스 기사를 기다려 보기로 했다. 물건을 받아보면 일단의 고민은 해결될 것이다.

다시 또 기다림. 시간은 더디게 갔다. 삼십 분이면 도착한다던 물건은 한 시간이 다 되어서도 도착하지 않았다. 그에게 있어서는 삼십 분도 매우 기나긴 시간처럼 느껴졌다. 수화기 너머 퀵서비스 기사는 거의 다 왔다는 대답만 반복했다. 마지막으로 근처라는 답변을 받고도 무려 십여 분이나 더 걸려서야 물건이 도착했다. 운임을 선불로 받았다는 것으로 보아 그에게는 급할 이유가 없었던 것으로 보였다. 퀵서비스 기사에게서 빼앗듯이 받아낸 물건은 방수 처리된 서류봉투였다. 그 자리에서 조심스럽게 칼로 그어 윗부분을 뜯어냈다. 어이없지만 밀봉된 봉투 속에는 달랑 종이 한 장이 전부였다. 미영은 상기된 그의 표정을 보고 있었다. 대단한 것을 기대했던 봉투의 내용물은 프린터로 출력된 편지였다. 편지를 읽는 그의 손이 미세하게 떨리기 시작했다. 미영이 그의 뒤로 돌아가 함께 편지를 읽었다. 그의 무거운 호흡이 대기 중에 흐르는 것이 느껴졌다.

『이영준 탐정사무소 대표님께.
서면으로는 처음 뵙겠습니다.
누군지는 말씀 드리지 않아도 알고 있으리라 생각합니다.
박명우 씨는 얼마전까지 저와 함께 생활하고 있었습니다.

대표님과 긴히 하고 싶은 말이 있습니다.
지금 바로 아래 주소로 와 주시면 감사하겠습니다.
누구에게도 알리지 말고 혼자 오시기 바랍니다.
만약, 두 가지가 지켜지지 않으면 우리는 영원히 만날 일은 없을 것입니다.
엉뚱한 행동을 하신다면 가족과 미영 씨의 신변은 책임질 수 없겠습니다.
아이들이 정말 예쁘더군요.
노란색 박스가 보일 것입니다.
물론 그 안에는 사장님이 찾아 올 주소가 있습니다.
그 주소로 찾아오세요.
지금 출발하시면 이 곳까지 두 시간이 채 걸리지 않을 것입니다.
잠시 후 뵙겠습니다.
휴대폰은 사무실에 두고 오세요.』
주소: 경기도 하남시 미사동 000

편지의 내용엔 그다지 놀랄 만한 것은 없었다. 하지만 이영준의 기대가 너무 컸던 것이었다. 혹시나 했었지만, 역시 범인의 사건에 대한 자백 같은 것을 기대했던 것은 무리였다. 그와 다르게 미영은 은근한 협박에 공포라는 느낌이 살며시 고개를 치켜들었다. 사건에 대해 어느 정도는 스터디가 되어 있던 그녀였다. 이영준이 박명우 외에 누군가를 조사하고 있다는 것은 어렴풋이 느끼고는 있었지만 이렇게 범인이 먼저 다가오리라는 생각은 해본 적이 없었다. 미영은 추리소설 속으로 빠져들었다. 자신은 이미 명탐정의 세계 속으로 들어간 것이다. 그녀에게는 픽션이 논픽션이고 논픽션이 픽션인 세상이다. 협박 따위는 자신에게 있어 크게 문제되지 않는다,라고 미영은 주문을 외고 있었다. 이영준에게 있어 협박 내용은 염려되지 않았다. 형사 시절부터 이런 식의 협박은 수도 없이 받아왔었다. 그다지 두렵게 느껴지지 않았다. 다만, 지금은 형사가 아니라는 게 마음에 걸렸다. 그가 범인에게 대응하려면 경찰에 이 사실을 알리는 게 옳을 수도 있다. 문제점이 하나 있다. 이 범인은 대한민국을 들썩이게 했던 연쇄 살인범 중 한 명이다. 게다가 자신을 제외한 누구도 여자의 존재 자체를 모르고 있다. 미영조차도 알지 못한다. 만약 처음부터 박명우가 드러난 적이 없다 하더라도 편지를 보낸 범인이 여자라는 사실조차 알아내지 못했을 가능성이 높다. 범인은 지금 누구에게도 알리지 말고 혼자서 오라고 했다. 그렇게 하지 않으면 영원히 만날 수 없을 것이라는 부분이 오히려 더 협박다웠다. 아까 잠깐 봄볕에 졸았을 때 꾸었던 꿈은 이영준의 예지력이 발현된 것 같았다. 지금 그는 여자의 손길을 마주하며 갈등하고 있는 딱 그 장면에서 고민을 하고 있는 것이다. 이제 핏빛 개울을 건너느냐 마느냐 하는 결정만이 남았다. 그는 범인의 입장에 대해 생각해보았다. 협박 부분은 자신의 지시를 따르게 하기 위한 한 가지 수단일 뿐이다. 설마 그럴 리야 없겠지만 그럴 작정이었다면 협박 따위는 필요치도 않았을 것이다. 게다가 지금까지 발생한 살인은 여자나 아이들에게 피해를 줄 성향의 것이 아니었다. 물론 박명우의 살인은 이 여자와는 다르다. 만약 자신을 납치하려 했다면 임병규나 그의 조직원들보다 간단했을 것이다. 무방비 상태나 마찬가지인 자신은 아무런 대응도 못한 채로 피를 흘리고 있을 것이다. 자신은 이미 살인자의 손에 의해 해부되고 있을 것이었다. 그런 생각을 하니 꿈속에 보았던 핏빛 개울은 자신의 피가 아닐까 싶었다. '그래! 나한테 애꿎은 짓을 할 리는 없지!' 이영준은 이미 마음을 먹은 상태였다. 그는 어디서 그런 낙관적인 생각을 이끌어내는 힘이 돋아난 것인지 알 수 없었다. 그는 자신의 방으로 돌아가 금고를 따고 몇 가지 물건을 챙겼다. 급히 나서는 그에게 행선지를 묻는 미영에게조차 대꾸하지 않았다. 부리나케 사무실을 뛰쳐나가는 그의 모습이 미영에게는 명탐정 홈즈의 모습으로 보였다. 목숨도 아까워하지 않고 사건을 추적하는 용기 있는 탐정.

이영준의 손에는 테이져건 하나가 들려 있었다. 만일의 사태에 대응하는데 뭔가 필요했다. 자신을 서포트해 줄 수 있는 것은 그것밖에 없었다. 살인자의 요구대로 휴대폰도 사무실에 두고 나왔다. 말도 안 되는 자신감이었지만 범인이 자신을 해하려는 것이 아니라는 확신이 있었다.

올림픽대로는 끝을 알 수 없을 정도로 늘어선 차량들로 정체되어 있다. 예상은 했었지만 언제나 그랬듯이 미사리까지 가는데만 거의 한 시간이 소요됐다. 그는 범인의 정체만 생각했다. 다른 것은 상상할 수도 없을 것 같았다. 하지만 생각이라는 놈은 뭉게구름처럼 번지고 퍼졌다. 앞으로 어떤 일이 벌어질 것인지 예측할 수 없다. 여자가 자신을 죽이려 할까? 만약 정말 죽이려 한다면 나에게도 낚싯줄을 꿰어 죽일까? 그는 더 이상 나쁜 상상을 하지 않으려 했다. 하지만 그건 노력으로 되는 것이 아니었다. 여자의 정체에 집중하다 보면 다시 낚싯줄에 꿰이는 자신의 모습을 그리고 있었다.

주소지에 도착한 그는 주변을 둘러보았다. 하지만 노란색 박스는 눈에 띄지 않았다. 노란색 박스가 어떤 크기인지 어떤 모양인지도 모른다. 그저 노란색 박스만 찾을 뿐이다. 건물들은 거의 폐허가 되었다. 재개발을 위한 철거공사가 시작되리란 것을 알 수 있다. 주변에는 이미 신도시 개발로 상당부분 아파트가 들어서고 있다. 그는 미사리에 아직도 이런 곳이 있다는 것이 의아했다. 가끔씩 근처 도로를 지나치긴 했어도 구석구석을 이렇게까지 깊숙이 들여다 본 적이 없었던 것 같다. 이런 곳에서라면 어떠한 범죄가 발생하다 할지라도 알 수 없을 것 같다. 일부 건물은 이미 벽이 허물어져 있었다. 간판들은 깨지고 색이 바랜 상태로 공사장 흙먼지를 잔뜩 뒤집어쓰고 있었다. 그의 차는 어떤 용도로 쓰였을지 알 수 없을 것 같은 건물을 끼고 돌아섰다. 멀리 노란색 박스가 보인다. 돌무더기처럼 쌓인 폐기물 덩어리 위에 있다. 이곳은 회색 도시다. 그리고 유일하게 색을 가지고 있는 것이 노란색 박스다.

컴퓨터 그래픽 같은 모습이다. 그는 근처에 차를 세웠다. 노란색 박스를 조심스럽게 들었다. 너무 가벼웠다. 안에 들어 있는 것이 무엇일까? 오만가지 상상이 머릿속을 휘저었다. 노란 종이가 붙여져 있다. 노란색 종이는 아주 꼼꼼하게 붙여져 있다. 물풀이 발라진 자국이 보인다. 종이 모서리까지 섬세하게 풀을 발랐다. 박스는 밀봉되지 않은 상태다. 투명 스카치 테이프 한 줄이 박스 위에 붙여져 있다. 그것만이 아무도 개봉하지 않았음을 알 수 있는 유일한 증거다. 테이프는 드르륵, 하는 소리와 함께 뜯겨졌다. 박스 안에는 달랑 종이 한 장이 전부다. 이번에는 약도다. 포털사이트에서 제공하는 위성 사진이다. 위성 사진은 지금과 전혀 다르다. 위성 사진에는 생기가 느껴진다. 생명이 있다. 하지만 지금 자신이 서 있는 곳엔 생명이 없다. 죽음과 어둠만이 있을 뿐이다. 위성 사진 위에는 현위치를 기준으로 그려진 약도가 그려져 있다. '도보로 올 것!'이라고 인쇄되어 있다. 걸어서 찾아오라는 것이다. 그는 주변을 둘러보며 위치를 머릿속에 익히기 시작했다. 이곳은 아마 구도시의 상가들이었을 듯, 차량이 다니는 골목 안에 피아노학원, 양장점, 구멍가게, 문구점, 과일가게, 다방, 서점 등이 양쪽으로 늘어서 있었다. 다들 죽은 듯이 쓰러져 있었지만 위성 지도는 그들이 살아 있었던 모습을 보여 주었다. 약도는 골목의 우측 끝에 위치한 건물을 지시하고 있다. 그 앞에는 근래에 차량이 다녀간 듯 진흙 위로 타이어 자국이 선명하다. 일주일 전쯤 봄비가 내린 기억이 났다. 그 후에 누군가가 이곳을 찾았다는 것을 증명하고 있다. 이영준은 약도가 가리키는 건물 앞에 서서 이층 건물 위아래를 살펴보았다. 철제문에는 흙먼지가 눈처럼 수북이 쌓여 있다. 먼지 위로 누군가의 손자국이 보였다. 지문은 없다. 얇은 손가락이다. 범인의 손이 분명하다고 그는 생각했다. 그는 살며시 문을 열면서 점퍼 주머니 안의 테이져건 손잡이를 만져 보았다. 만일의 사태가 벌어지지 않기를 바라는 마음이 간절하다. 녹이 슬어 있는 철제문의 한지에서 끼이익 소리를 냈다. 외부에서 손님이 찾아 들었다는 것을 알리려고 괴성을 질러대는 것만 같다.

"젠장!"

낮은 소리였지만 텅 빈 건물 안에 자신의 목소리가 울려 퍼졌다. 그는 어차피 범인이 모든 것을 지켜보고 있을 것이라고 생가하면서도 긴장을 하고 있는 자신이 우스웠다.

"아무도 안 계십니까?"

목에서 소리가 터져 나오자 용기가 더 생겼다. 범인을 찾아 부르던 그는 문득 우측 벽면에서 흐릿한 빛이 흘러나오는 것을 알아챘다. 그건 직접적인 빛이 아니다. 거울에 반사된 것이다. 거울에는 흙먼지가 두텁게 붙어 있다. 흙먼지 사이로 새어 나온 빛이 반사된 것이다. 거울에는 또 다른 빛이 반사되어 보인다. 완벽한 각도다. 범인은 그의 동선을 미리 예상이나 한 듯하다. 그의 눈은 빛을 따라 시선을 옮겼다. 빛의 발원지는 벽면 구석의 지하로 향하는 계단이다. 그는 살며시 발길을 옮기기 시작했다. 그때 지하실 쪽에서는 작게나마 인기척이 느껴졌다. 범인이다, 그는 생각했고 곧장 지하실 쪽으로 발걸음을 옮기고 있다. 두렵고 조심스러운 발걸음이다. 그 사이, 그의 머릿속에서는 운전하면서 상상했던 불안한 모습이 그려지고 있다. 대신 낚싯줄에 꿰어지는 것은 자신의 모습이 아니다. 이번에는 박명우와 여자가 함께 누군가를 살해하는 장면이다. 박명우와 여자가 누군가를 살해하는 장면은 그의 머릿속에서 잔인하게 진행되고 있다. 처참했다. 지난 모든 사건현장에서 보아 왔던 기억이 총망라되는 것만 같다. 바늘이 살을 뚫고 가는 게 망막에 새겨지는 듯하다. 핏방울이 흘러나오는 게 느껴지는 듯하다. 다행히 그건 땀이다. 온 몸에 식은땀이 흐르며 솜털까지 곤두서고 있다. 솜털은 땀이 맺혀 흐르는 일 밀리미터의 움직임까지 모두 알아챘다. 이영준은 자신도 모르게 테이져건을 만지작거렸다. 지하로 내려가는 가파른 계단 끝에서 지하실 불빛이 벽면에 반사되어 비치고 있다. 백색 페인트는 빛을 빨아들이고 그에게 도로 뱉어냈다. 불빛은 강하지 않다. 이미 전기가 공급되지 않는 지역이라는 것을 상기했다. 휴대용 랜턴이나 캠핑용 랜턴일 가능성이 높다. 한 걸음, 한 걸음 계단을 내려갈수록 온몸은 최대한의 긴장 상태를 유지했다. 계단이 몇 개인지는 세지 않았다. 구두 바닥에 밟히는 모래 알갱이들이 바스락거리며 비명을 질러댔다. 맨발로 바닥을 딛는 것처럼 모든 감촉은 발바닥에 쏠려 있는 것만 같다. 계단 끝에 선 그는 가늘고 길게 한숨을 몰아쉬면서 속으로 숫자를 세기 시작했다. 하나, 둘, 셋! 그는 우측으로 계단 벽면을 돌아 지하실로 잽싸게 몸을 돌려 들어갔다. 하나의 공간으로 된 지하실이다. 끝에는 테이블과 의자에 뒤돌아 앉은 사람이 보인다. 여자다. 다른 사람은 보이지 않는다. 피비린내도 나지 않는다. 박명우는 어디에 있는 걸까? 구석까지 모두 살폈지만 다른 인기척은 없다. 사람의 실루엣조차 없다. 기둥도 없는 지하실에는 다른 누군가가 숨을 공간도 없다. 긴장이 조금 풀렸다. 공포에 눌려있던 가슴이 조금 편안해졌다. 하지만 긴장을 놓을 수는 없다. 테이블 쪽으로 발걸음을 옮긴다. 몇 걸음을 걸었을까? 갑자기 뒤쪽에서 쿵~ 하는 소리와 함께 지하실 철문이 닫혀 버렸다. 이미 늦었다는 것을 직감적으로 알 수 있었다. 입구로 뛰어가는 사이, 철컥 하는 소리가 두 번 들려왔다. 분명 문이 잠기는 소리일 것이다. 이영준은 범인에 의해 감금되었다는 것을 인지했지만 인정하기는 싫었다. 그렇다면 문을 잠근 자는 누구이며 의자에 앉은 자는 누구인가? 그는 다시 뒤돌아 테이블을 보았다. 의자에 돌아앉은 여자는 아무런 미동이 없다. 이미 죽은 것 같다. 하지만 지하실에서는 피비린내가 나지 않는다. 그렇다면 피를 보지 않은 상태로 살해한 것인가? 이영준의 가슴은 극도로 팽창했다. 심장이 울컥거리듯 뛰었다. 목이 콱 막히는 느낌이 들었다. 피가 끓고 얼굴이 화끈하게 달아오르기 시작했다. '이미 사망한 건가? 박명우에게 당한 걸까?' 이영준은 다시 지하실 전체를 살피기 시작했다. '침착하자! 침착해야 해!' 그는 여자가 당했을 리는 없을 것이라는 생각이 들었다. 그의 판단으로는 여자가 박명우보다 한 수 위다. 그는 조심스럽게 몸을 움직였다. 테이블이 가까워지고 있다. 진정하려고 노력을 하고 있지만 쉽게 진정되지 않는다. 도저히 침착할 수 없을 것만 같았다. 의자에 앉은 여자에게 가까이 갈수록 발걸음이 무거워졌다. 한 걸음 정도 앞에 서자 착각이었다는 것을 알 수 있었다. '착시!' 마네킹이 여자를 대신하고 있었던 것이다. 애초에 침착하게 살폈다면 절대 몰라볼 수 없는 장면이다. 긴장 때문이리라. 그는 후회했다.

"휴……."

그럴 상황이 아니었음에도 안도의 한숨이 흘러나왔다. 그는 범인이 자신을 유인해서 감금한 이유에 대해 추리하기 시작했다. 행여 자신을 여기까지 끌어온 자는 여자가 아닐지도 모른다는 생각에 미쳤다. 여자는 원래부터 존재하지 않는 것이 아닐까? 그는 다시 처음부터 머릿속을 되짚었다. 박명우는 자신 외에 한 명의 캐릭터를 만들어 냈다. 그렇다면 박명우는 어디에 있는 것일까? 하지만 박명우는 수감되어 있었다. 다른 사건은 그럼 정말 복제 범행일까? 혹시 그를 추종하는 이상한 집단이나 정신병자가 나타난 것은 아닐까? 생각은 끝도 없었다. 반전을 하고 역발상을 하던 중 테이블 위로 시선을 옮긴 그의 눈에 새로운 것이 발견됐다. 지금까지 그것을 발견하지 못한 것이 이상할 정도였다.

흰색 테이블 위에는 아이패드가 올려져 있다. 또, 아이패드 옆에는 메모지 한 장이 있다. 그는 메모지를 뒤집었다. 예의 같은 서체의 프린트물이다.

『아이패드의 동영상을 보세요!』
아이패드의 충전량을 알리는 게이지는 배터리가 얼마 남아있지 않음을 알리고 있다. 바탕화면에는 동영상 두 개가 깔려 있다. ①, ②라고 숫자로 표기된 동영상을 순서대로 보라는 것을 의미하는 것 같다.
"뭐 하자는 거야? 미친 새꺄!"
돌연 이영준은 소리를 꽥 질렀다. 살인마에게 감금되었다는 것을 도저히 떨쳐낼 수가 없어서였다. 지하실에서 증폭된 소리가 귓전을 때렸다. 이영준은 자신이 감금된 이유를 납득할 수가 없었다. 추적을 막기 위한 것일까? 아무리 침착하려 해 봤지만 도저히 불안함을 떨쳐낼 수 없다. 이제 어떤 일이 벌어질 것인지 상상하기도 싫다. 상상한 대로 될까 싶어서다. 지하실 문밖에는 전혀 인기척이 없었다. 혹시나 하는 마음에 지하실 문을 확인했다. 지하실 문은 반대로 설치되어 있다. 안쪽에는 열쇠 구멍과 손잡이만 있다. 미리 손을 봐 둔 것이다. 모든 건 자신을 가두기 위해 만들어진 완벽한 세팅이다. 휴대폰을 가져오지 않은 것을 후회했다. '신중하지 못했군. 들어올 때는 왜 몰랐을까?' 이미 후회해 봤자 소용이 없다. 부족한 관찰력이 스스로를 위험에 빠뜨린 것이다. 그는 시간이 흐를수록 차츰 안정을 찾아갔다. 좌절에서 포기까지 열 단계가 있다면 이미 포기하는 쪽으로 일곱 단계는 가 있는 거나 다름없었다. 소용없다는 것을 알고 있었지만 그는 지하실 구석구석을 뒤지기 시작했다. 역시 빠져나갈 방법도, 사용할 수 있는 도구조차 눈에 띄지 않았다. 그는 마네킹을 바닥으로 밀쳤다. 마네킹은 바닥에 넘어지며 귀곡성을 울렸다. 온 몸에 털이 솟았다. 마치 자신의 처지 같다는 생각을 했다. 그는 그런 자신에게 화가 난 나머지 마네킹을 발로 걷어찼다. 마네킹은 구석까지 날아가며 상체와 하체가 분리됐다. 비록 마네킹이었지만 처참해 보인다. 며칠 후 자신의 모습이 될지도 모른다는 생각이 들었다. 상상은 안 좋은 쪽으로 흘러갔다. 그는 마네킹을 향해 걸어갔다. 여자 마네킹은 지하실 바닥의 시멘트 먼지를 뒤집어쓰고 있었다. 꽤 풍만한 가슴이 셔츠 아래 드러나 보인다. 실제 사람보다 큰 눈은 자신을 향해 웃고 있다. 비웃는 것만 같다. 그는 마네킹을 일으켜 세웠다. 가벼웠다. 그리고는 상체를 하체 위에 조립했다. 잘 세워지지 않는 마네킹을 벽에 기대 세워 두었다. 이영준은 그렇게 하고서야 기분이 좀 편해진다. 그는 의자로 돌아와 앉았다. 그리고는 범인이 남겨 둔 아이패드의 동영상을 재생했다.

35

『**동영상①**

　범인의 손이 보인다. 아마도 아이패드의 동영상 녹화버튼을 누른 것이리라. 여자의 뒤태가 보인다. 밝은 실내가 보인다. 대낮인 듯 환하다. 아니, 실내조명이 밝아 대낮인 것 같다. 낡은 벽지는 촌스러운, 이름 모를 꽃문양 패턴이다. 장미도 백합도 아니다. 전체적으로는 구십 년대 초반의 싸구려 커피숍 같은 분위기다. 그다지 크지 않은 창문은 검은색 커튼으로 가려져 있다. 빛이라고는 한 줌도 들어오지 않는다. 빛을 막기 위해서 커튼을 쳐 둔 것은 아닌 것 같다. 밖에서 안을 보지 못하게 하기 위함이리라.

커튼 사이로도 빛의 흔적은 없다. 양쪽 커튼 사이가 과하다 싶을 정도로 겹쳐 있다. 여자가 화면에서 빠져나갔다. 잠시 후 의자를 설치하는 여자의 모습이 나온다. 나무로 된 의자는 매우 크다. 무게도 상당해 보인다. 여자의 힘으로 쉽지 않아 보인다. 여자는 영리하다. 의자 다리 아래 끈을 묶어 끌어온다. 다시 여자의 모습이 사라졌다. 오른쪽에서 휘청거리고 있는 벌거벗은 남자를 부축하는 여자가 보인다. 남자는 의식이 없지만 스스로 몸을 가눌 수 있다. 흐느적거린다. 약에 취한 것 같다. 여자는 남자를 의자에 앉히고 온몸을 의자에 묶는다. 먼저 오른 팔을 묶고 왼 팔을 묶는다. 여자의 손길은 상당히 능숙하다. 멀리 보이지만 손가락은 매끄럽다. 게다가 얇은 선이 매력적이다. 여자 손에 묶여지는 끈은 아주 빠른 속도로 정확하게 매어진다. 매듭법을 공부한 것이 분명하다. 꼭 동여매고 한 번 더 확인한다. 허벅지와 허리를 두 번 감아 의자에 고정한다. 의자와 남자는 이격이 없다. 일체가 된 것 같다. 무릎 위에서부터 몇 번의 이상한 형태의 매듭이 이어진다. 두 다리 역시 의자 위에 고정됐다. 남자의 고개는 숙여진 상태다. 화면에서 다시 여자가 사라진다. 잠시 후 여자는 각이 진 가방을 들고 남자 옆에 섰다. 스테인리스 재질 같다. 빛에 반짝거린다. 여자는 가방을 의자 옆에 두고 다시 사라진다. 이번에는 접이식 테이블 하나를 들고 나타났다. 캠핑용 테이블이다. 코베아 로고가 보인다. 태그도 달려있다. 구입한 지 얼마 되지 않은 모양이다. 여자는 테이블을 능숙하게 펼쳐 세운다. 높이가 낮아 보인다. 아니나 다를까 여자는 테이블이 들었던 레인보우 패턴의 가방에서 철제 봉을 몇 개 꺼내더니 다리를 연장한다. 이제 테이블의 상판이 높아진 것이 화면에 들어온다. 여자는 의자 옆에 세워 두었던 스테인리스 가방을 코베아 테이블 위에 올린다. 가방은 서류가방처럼 좌우로 펼쳐진다. 여자는 삼십 센티 정도는 되어 보이는 얇은 막대를 꺼내 든다. 여자의 옆모습이 보인다. 흰색 마스크를 쓰고 있다. 여자는 막대를 내려놓는다. 그리고는 하얀 천을 꺼내 들고 머리에 두건을 만들어 쓴다. 투명한 고글을 찾아 쓴다. 고글은 머리에 검은색 밴드로 고정되어 있다. 여자는 다시 사라지더니 이번에는 등이 파인 흰색 가운을 입고 나타난다. 수술용 가운인 것으로 보인다. 예상했던 대로 의사일지도 모른다. 이번엔 얇은 막대를 꺼내 들고는 뭔가를 끼우는 것 같은 포즈를 취한다. 무엇인지 보이지는 않는다. 여자는 막대를 남자의 오른쪽 어깨에 깊게 찔러 넣는다. 전혀 거리낌이 없다. 남자는 잠시 움찔하는 듯 하지만 큰 반응은 없다. 마취가 되어있는 상태로 보인다. 남자가 움찔거린 것은 막대에 찔린 근육이 자동으로 반응한 것 같다 어깨부터 팔꿈치까지 순식간에 여섯 번을 찔러 댄다. 눈에 보이지는 않지만 낚싯줄을 몸에 꿰어가는 것 같다. 막대가 뚫고 지나간 곳에서는 피가 뚝뚝 떨어지기 시작했다. 미리 깔아 둔 것인지 바닥에는 비닐이 보인다. 처음엔 먼지가 앉아 비닐인 지 알 수 없었다. 핏방울이 흐르면서 비닐이라는 것을 알게 됐다. 남자 몸에서 떨어진 핏물은 구겨진 비닐 위로 모여 흐른다. 여자의 발이 움직일 때마다 핏물은 비닐 위에서 요동친다. 여자는 가방에서 흰색 통을 꺼내 피가 나오는 부위에 뿌린다. 아낌 없이 팍팍 뿌린다. 양념을 뿌리듯이. 이번에는 왼쪽 팔의 어깨부터 꿰어간다. 이번에도 역시 오래 걸리지 않았다. 꿰기 후의 작업은 매듭이다. 잘은 모르지만 수술용 매듭으로 보인다. 화면에는 보이지 않지만 매듭을 하는 듯 손가락의 섬세한 움직임을 알 수 있다. 숙련된 솜씨다. 이번에도 흰색 통 안의 흰색 가루를 왼팔에 뿌린다. 그러더니 여자는 바닥에 쪼그리고 앉는다. 왼쪽 다리 무릎부터 막대를 찌른다. 남자의 발이 움찔거린다. 움찔거릴 뿐 큰 움직임은 없다. 자동으로 움찔거리는 모습은 오래전에 황비홍이라는 영화에서 본 장면을 떠올리게 했다. 남자의 두꺼운 종아리 중간 부위를 푹 찌른다. 여자는 동맥을 피해서 찌르는 것 같다. 전문가의 솜씨다. 망설임도 없고 지체함도 없다. 남자의 피부를 뚫고 새어 나오는 피는 그다지 많지 않다. 여자는 발목까지 낚싯줄을 꿰고 다시 흰색 가루를 뿌린다. 여자는 화면에서 사라진다. 화면에 여자의 손이 가득 찼다. 잠시 후 의식이 돌아온 남자가 보인다. 잠시 동영상 녹화를 정지했었던 것 같다. 여자는 보이지 않는다. 의자가 끌리는 소리만 들린다. 그렇지 않아도 무거운 의자 위에 남자까지 앉아 있는 의자가 끌기에 쉽지 않을 것인데 여자는 영리하게 이동시켰을 것이다. 이영준은 여자가 의자를 옮기는 상상을 했다. 남자의 신음이 들린다. 고통이 느껴지는 괴이한 소리다. 생전 처음 듣는 고통스러움. 그것만으로 남자의 고통을 알 수 있을 것 같다. 과연 그 고통을 알 수 있을까? 이영준은 상상을 지우려 머리를 흔들었다. 자신을 그 안에 대입시키고 있었기 때문이다. 상상은 현실이 될 지도 모를 일이다. 정말 많이 아픈 것 같다. 남자가 고개를 든다. 박명우다. 상상도 할 수 없는 일이다. 여자는 박명우를 살해하는 중이다. 두 사람, 두 살인마는 동조자가 아니었던가? 그들은 어떤 관계인 걸까? 그는 호기심으로 가득 찬 눈으로 동영상에 집중했다. 박명우는 아직 눈을 뜨지 못한다. 아직 의식이 전부 돌아오지는 않은 것 같다. 여자는 박명우의 의식이 돌아오기를 기다리는 것 같다. 여자는 화면 밖 어딘가에 앉아 박명우를 지켜보고 있을 것이다. 박명우가 드디어 눈을 떴다. 눈곱이 잔뜩 끼인 눈꺼풀이 서서히 열린다. 핏빛으로 물든 흰자위가 보인다. 의식은 할 수 없어도 신체는 고통을 느끼고 있었던 듯하다. 아직은 눈이 부신지 어지러운지 머리를 세차게 좌우로 흔든다. 통증이 느껴지는지 표정이 일그러져 있다. 이제서야 든 생각이지만 여자는 왜 박명우의 머리를 고정시켜 두지 않은 것일까? 뭔가 말을 하려는지 입술이 삐죽거린다. 입술에서 쩝쩝거리는 소리가 들렸다. 고통을 느끼고 있지만 아직 완전히 정신을 차리지 못한 것이다. 일 분 정도 시간이 흘렀다. 약에 취한 듯 보였던 박명우의 눈빛에 생기가 살아나는 것 같다. "뭐야? 넌 뭐야?" 박명우가 일어서려는 듯하더니 엉덩이를 들썩거리다 이내 힘도 못쓰고 신음

한다. "니가 흉내 내고 다니는 그 사람이지!" 여자의 목소리다. 녹취된 목소리가 아니다. "뭐야?" 무슨 소린가? 그렇다면 박명우와 여자는 서로 모르는 사이란 말인가? 박명우가 여자의 흉내를 낸다? 박명우는 자신의 몸을 둘러본다. 어디서 본 듯한 모습일 것이다. 여자는 일부러 머리를 고정하지 않은 것이 분명하다. "니기. 니가…… 으으…….." 박명우는 이제서야 상황을 파악한 것 같다. 그의 신음은 고통으로 인한 것인지 두려움에 의한 것인지 알 수 없다. "내가 왜 여기에 있는 거지?" 박명우는 자신이 왜 잡혀온 것인지 모른다. 물론 이영준도 알 수 없다. 둘 다 궁금하기는 매한가지다. "글쎄! 말을 잘 들으면 알려줄 지도 모르지!" 여자는 비아냥거리는 말투다. 그들 사이에 뭔가 있는 게 분명하다. "날 어디서 이렇게 납치 한 거지?" 박명우는 기억이 없다. 그렇다면? "내게 무슨 원한이라도 있냐?" 박명우의 질문에 여자는 대답이 없다. 여자의 모습이 다시 화면에 나타났다. "이제 정신이 좀 드나 보군. 다시 시작해 보자. 그리고 난 아직 제대로 시작도 안 했어. 아, 물어본 거는 대답을 해주지. 너에게서 썩은 구린내가 나거든. 그 냄새를 영원히 지워 버리고 싶었어." 여자는 감정이 느껴지지 않는 메마른 어투로 말한다. 박명우에게는 지옥의 목소리로 들렸을 것이다. "안 돼! 뭘! 뭘! 어떻게 하려구?" 박명우는 벌써부터 공포에 차 있다. 박명우의 시선은 여자의 얼굴을 주시한다. "우리는 모르는 사이잖아. 난 그냥 당신의 살인이 맘에 들어서 따라 한 것뿐이야. 당신에게 피해가

간 것도 없잖아. 그냥 모든 살인은 내가 한 걸로 알고 있잖아. 당신에게는 더 좋은 거잖아. 앞으로는 당신이 누굴 죽여도 모두 내가 죽인 줄 알 거 아니야. 날 죽이면 당신이 더 손해야. 잘 생각해봐. 살려만 준다면 난 당신에 대해 절대로 비밀을 지킬 거야. 그러니까 더 이상은. 응? 더 이상은 하지 말자. 제발. 생각 좀 해봐. 내가 있으면 당신한테는 오히려 득이 되는 거야. 좋잖아. 마음대로 누굴 죽여도 당신에게 갈 피해는 없어. 어서, 빨리 날 풀어줘. 자꾸 이러지 말고." 박명우는 여자에게 애원한다. 이런 걸 애걸복걸이라고 하는 건가? "말 다 한 거니? 지금 나를 설득하는 거고?" 여자의 목소리는 차갑다. 절대 박명우의 말을 들어줄 생각이 없어 보인다. "당신은……미인이야. 예쁘고. 누구도 여자가 살인자라는 걸 모를 거야. 우리가 손을 잡으면 세상은 당신이라고 상상도 못해. 제발 날 좀 풀어줘 제발……." 박명우는 소리치듯 말한다. 이제는 부탁이 아닌 명령 같은 톤이다. "예쁘다고 하니 그건 고마워. 하지만 내가 널 풀어줄 거라고 생각하니? 그럴 거라면 내가 힘들게 너를 빼 올 이유가 없었지. 경찰들 눈을 따돌리느라 얼마나 힘들었는데……." 여자는 다시 쇠막대를 들어 박명우의 눈앞에 들이댄다. "이거, 니가 가진 것보다 좋아 보이지? 난 이걸 하기 위해 무려 십 년이란 세월을 공부했다. 그런데 넌 그걸 그냥 복제했지. 잘 봐! 이게 원본이야." 박명우의 표정이 일그러지고 있다. 공포가 보인다. 그는 눈앞에 악마의 현신을 보고 있는 것이다. 이마에 주름이 느껴진다. 여자는 낚싯줄을 꿰어 박명우의 오른쪽 팔꿈치 아래를 푹 찔러 넣는다. "아아아아악~" 박명우의 길고도 깊은 비명이 들린다. 팔꿈치 안쪽에서 바깥쪽으로 쇠막대가 천천히 나온다. 박명우의 얼굴이 여자의 등에 가렸다. 그러나 박명우의 얼굴이 보이는 것만 같다. 여자는 최대한 천천히 막대를 빼냈다. "생각보다 시끄럽네?" 여자는 나지막이 말하고는 다시 팔을 꿰어간다. 박명우의 비명은 멈출 줄을 모른다. "거참! 넌 시끄러워서 죽이기도 싫어지네!" 여자는 화면에서 사라지더니 다시 박명우의 뒤로 가려다 뒷걸음질 쳐서 사라진다. 여자의 손이 화면에 찼다. 다시 화면이 이어지고 박명우의 입에는 동물들에게나 쓰일 듯한 재갈이 물려 있다. 여자는 박명우의 왼팔, 오른다리, 왼다리를 낚싯줄로 차례차례 꿴다. 재갈 때문에 박명우는 비명조차 지를 수가 없다. 오히려 잘된 일일 지도 모른다. 자신의 귀로 듣는 비명은 오히려 더 큰 공포를 가져올 수도 있다. 박명우는 고개를 떨군다. 기절을 한 것인지 기력을 다한 것인지 알 수 없다. 다시 여자의 손에 화면이 꺼졌다가 다시 돌아온 화면은 방향이 바뀌어 있다. 이제 박명우는 사십오 도 방향으로 보인다. 여자는 길고 가는 쇠꼬챙이를 들고 있다. 바늘보다는 제법 길다. 여자는 박명우 오른손 아래 이상하게 생긴 판자를 끼워 손바닥에 받친다. "이 세상에 많고 많은 고문법이 있다고 하더라구! 그 중에 난 네게 줄 선물로 이 방법을 선택했지. 사람 몸 중에는 수많은 신경이 있는데 손가락, 발가락에 정말 많은 신경이 몰려 있어. 너도 잘 알고 있을 거야. 이런 걸 공부해본 적이 있다면 말이지. 세계 역사에서 나오는 고문법 중에 지금 네가 느낄 고통이 가장 심한 고통 중에 하나라고 해. 나도 처음 해 보는 거야. 영광인 줄 알아. 첫 번째가 되는 거니까. 네가 다시 정신을 잃으면 깰 때까지 기다렸다가 할 거니까 그 고통을 끝까지 즐겨 주기를 바래." 여자는 말을 마치고 박명우의 손가락을 만지작거린다. "어떤 것부터 할까?" 눈을 부릅뜬 박명우는 눈을 질끈 감았다. "그래! 보지 말어. 억지로 보게 해 줄 수는 있는데 내가 그것까지는 이해해 줄게. 그렇지만 상상하는 고통이 더 두려울 수도 있어." 여자는 박명우의 검지를 잡는다. 빛에 반사되어 반짝거리는 바늘이 박명우의 검지손가락 끝에 잠시 머물러 있다. 여자는 박명우의 표정을 살핀다. 그는 이를 악물고 앞으로의 고통을 맞을 준비를 하고 있다. 여자는 박명우의 손등을 바늘로 쿡 찍는다. 그러자 박명우의 표정은 쉽게 일그러진다. 그건 그저 바늘이 잘 드는지 확인하려고 한 동작이었을 것이다. 역시 그랬다. 여자는 손톱 아래로 바늘을 깊게 찌르고 바늘을 밀어 넣는다. 박명우의 표정은 방금 전의 표정이 아니다. 눈이 뒤집어졌다. 재갈 사이로 흘러나오는 신음은 나오지 않는 비명과 섞여 괴이하다. 목에는 힘줄이 다 돋아나고 머리는 어깨 뒤로 넘어간다. 여자는 이미 두 번째 손가락을 고르고 있다. 지혈됐던 온 몸의 구멍 사이로 다시 피가 흥건하다. 하얀 분말은 피와 섞여 흘러내린다. 지혈제로 막기에는 피의 양이 많다. 다시 박명우는 괴이한 소리를 내다 고개를 떨구며 기절한다. 아직 남은 손가락이 여덟 개나 있다…….

············〈중략〉

 손가락과 발가락 모두 끝나기까지 박명우는 일곱 번을 기절했다. 바닥에 깔린 비닐에 떨어진 그의 피는 선짓국에 담겨 나오는 핏덩어리처럼 굳어 있다. 마르고 굳은 피는 적어도 하루 이상은 되어 보인다. 피의 양으로 보아서는 살아 있는 것이 용하다. 박명우의 피부는 낚싯줄에 꿰어진 사이사이로 몇 센티씩 찢어져 있다. 근육까지 파열되어 있을 것이다. 여자는 보이지 않는다. 박명우는 아직 의식이 있다. 그저 체력이 소진되어 보인다. 여자는 박명우의 재갈을 벗겨낸다. "으으음…….' 박명우의 신음이 들린다. 오랜만에 들어보는 신음이다. "박명우. 죽고 싶지?" 여자의 목소리다. 이 역시도 오랜만이다. 대화가 있기까지는. "죽고 싶을 거야. 말 잘 들으면 죽여줄 수도 있어. 이제 지옥 구경은 충분히 했지? 우리 이제 이야기 좀 할까?", "으음…… 어…… 그래요…….' 박명우는 이제 존댓말을 한다. 착해진 것 같다. 정말 괴로웠던 거다. "희대의 연쇄살인마 박명우가 정말 착해지셨네? 내가 몇 가지 질문을 하겠어. 대답을 잘하면 아까 말했던 것처럼 쉽게 죽여줄게. 내가 말이야 너 때문에 정말 하기 싫은 공부를 많이 했어. 그래서 쉽게 죽이는 방법도 알고 죽지 않게 하는 방법도 알아. 넌 죽고 싶어도 내 마음을 풀어주지 않으면 쉽게는 못 죽어." 여자는 말을 하면서 나중에는 성이 나는지 이를 악물며 말한다. "박명우, 니가 여태 몇 명을 죽였는지 기억하냐?" "두, 두, 두 명. 두 명은 못 죽였어." "하하하하!" 박명우의 말에 여자는 미친 듯이 웃어 댄다. "두 명? 겨우 두 명 죽였다고?" "정……정말이야. 두 명이야." 박명우는 떨면서 끝까지 두 명이라고 말한다. "니가 쉽게 죽는 걸 포기했구나. 그냥 죽을 때까지 비명이나 지르다 죽어라. 개새끼야!" 여자는 악을 쓴다. 악에 받친 소리다. 지금까지의 여자와는 다른 여자로 보인다. 그리고 공포스럽다. 여자는 다시 화면에서 사라진다. 여자는 투명하고 양쪽에 주둥이가 달린 플라스틱을 가지고 나타난다. 그리고는 장갑에 무언가를 묻혀 박명우의 성기를 쥐고 쓰다듬는다. "이것 봐. 사내새끼들은…… 피가 다 빠져 나갔는데도 거기로 갈 피가 있나 보네?" 박명우의 성기가 부풀어 올랐다. 크지도 작지도 않은 사이즈다. 여자는 플라스틱의 뚫어진 한 쪽을 성기에 넣고 청테이프로 감아 붙였다. 그리고 조그만 상자 하나를 살짝 열고 주둥이를 손으로 잡은 후 플라스틱 병의 다른 한 쪽에 주둥이를 풀어 넣는다. 짙은 색의 작은 쥐 한 마리가 플라스틱으로 미끄러진다. 쥐는 미끄러운 벽면을 기어오르지 못하고 있다. "내가 얼마 전에 어느 소설에선가 비슷한 걸 읽었어. 거기서는 쥐를 배에다 가두고 배를 파먹게 했다지? 나는 네 성기에 그걸 써 보는 중이야. 네게 선물하고 싶었거든. 아니 말만 잘 들으면. 아니 거짓말만 안 했어도 이거는 하지 앉았을 거야!" 여자는 이제 심드렁하게 말한다. "아냐. 아냐. 있어. 한 명 더 있어." 박명우는 투명한 플라스틱 안에서 쥐새끼가 플라스틱을 긁어 대는 소리를 들으며 공포에 차 있다. "이제는 늦었어. 기회는 한 번뿐이었거든. 지옥에서 보자!" 그리고 얼마 후 쥐새끼는 박명우의 성기를 파먹기 시작한다. 플라스틱 벽면에는 피가 흥건하다. "으아악! 으아악!" 박명우의 비명은 십여 분 가까이 지속됐다.』

36

"박명우의 최후는 이렇게 된 거구만."

이영준은 혼잣말을 했다. 영상은 한 시간 정도의 분량이었다. 영상 자체는 엽기적이라기보다는 처절한 복수극이라는 느낌이었다. 박명우가 말한 그 추가된 한 명이 과연 누구인지 궁금했다. 여자는 끝내 얼굴을 보여주지 않았다. 이영준은 오히려 안도하는 마음이 생겼다. 만약, 여자가 자신을 죽이고자 했다면 절대 이런 방법은 아닐 것이기 때문이다. 그리고 자신의 얼굴을 보여주지 못할 것도 없었다. 죽이고자 했다면 얼마든지 가능할 것인데 그러지 않았음은 여자가 자신에게 뭔가의 메시지를 알려주기 위함이라는 생각이 들었던 것이다.

37

『**동영상 ②**

　벽이 보인다. 그리고 잠시 후 벽은 아래로 사라지고 실내의 익숙한 장면이 보인다. 박명우의 얼굴이 보이고 의자에 앉은 뒤통수만 보이는 한 사내가 보인다. 사내는 기절해 있는 것 같다. 임병규의 작업장이다. 뒤통수만 보이는 사내는 전형조가 분명하다. 바닥으로 피가 흥건하다. 쨍그랑 소리가 들렸다. 뭔가 깨지는 소리와 함께 박명우가 놀라는 모습이 보인다. 박명우가 뛰어 나온다. 휴대폰은 주머니에 들어간 듯 바스락거리는 소리와 누군가 뛰는 듯한 발자국 소리만 들린다.』

38

 이 영상으로 전형조 사건의 범인은 박명우가 분명하다는 것이 증명되었다. 그 현장의 목격자는 다름 아닌 이영준을 납치한 여자라는 것을 알게 되었다. 예상외의 결과였다. 이 영상은 여자가 박명우를 미행해 왔다는 것을 말하고 있었다.
 두 차례 더 동영상을 보던 중 아이패드는 배터리를 거의 소진했는지 삑삑거리는 소리가 이어지더니 얼마 지나지 않아 전원이 나가 버렸다. '왜 그랬을까? 단지 박명우를 잡아들이기 위해서? 자신의 범행을 복제하는 박명우에게 복수하려고?' 이영준은 새로운 궁금증이 생겼다. 두 개의 동영상은 표현할 수 없을 정도로 충격적이었고 어떤 시각으로 본다 하더라도 이해할 수 없었다. 아이패드가 꺼지기 전 확인한 시간은 저녁 여덟 시가 다 되어 있었다. 스마트폰을 쓰면서부터 시계를 차고 다니지 않아 시간을 알 수 있는 방법이 없다. 전화를 두고 나와 아내가 걱정을 하고 있을 것 같았다. 이영준은 이런 상황에도 자신을 걱정하고 있을 아내를 떠올리니 아닌 게 아니라 자신이 꽤 가정적인 남자라는 생각이 들었다. 얼마나 기다렸던가, 지하실 입구 쪽에서 인기척이 들렸다. 그의 직감은 여자라고 말하고 있었다. 그는 잔뜩 긴장한 채 테이져건을 손에 들었다. 여차하면 그것을 사용해야 할지도 모른다. 더 이상의 기척은 없었다. 잘못 들은 것은 아닐까? 누군가 그저 지나는 사람일 가능성은 없다. 정적 속에 긴장의 시간만이 흘렀다.

"다 보셨나요?"

동영상에서 들었던 여자의 목소리였다. 이영준은 뭐라고 말을 해야 할지 몰랐다.

"네. 다 봤습니다만……."

이영준은 말을 하면서도 존댓말을 써야 할지 반말을 써야 할지 몰라 저도 모르게 존대를 했다.

"그다지 좋은 분이 아니라고 생각했었는데 예상외로 예의 바른 분이시군요. 이 상황에……."

여자의 말에 이영준은 부끄럽다는 생각을 했다. 목숨을 구걸하고 있다는 생각이 들어서다. 게다가 스스로 생각해도 그렇게 좋은 사람은 아니었다. 형사 옷을 벗게 된 것도 그랬다.

"그건…… 일단 제가 왜 이곳에 감금 되어야만 하는지 이유를 알고 싶군요."

"그건 이 사장님이 하기에 달렸습니다. 이 사장님이 거짓말 안하고 약속을 잘 지킬 것 같으면 풀어 드리고요. 아니면……."

여자의 말에 이영준은 흠칫 놀랐다. 박명우의 거짓말과 그 장면이 떠올랐다.

"우리 계속 이 문을 사이에 두고 말할 건가요?"

그는 여자가 지하실로 들어올 것인지 궁금했다.

"네! 그냥 이렇게 이야기할 겁니다. 제가 이 사장님을 풀어줄지 말지는 여기서 결정이 나겠죠."

여자의 말은 거짓이 아니라는 것을 그는 알고 있었다. 동영상에서 보았듯이 사람 하나 살해하는 데 전혀 거침이 없었다. 지금의 말투 역시 평범하기 그지없었지만 말투의 강단이 명확했다. 농담과 진담을 가늠할 수는 있을 것 같았다.

"왜죠? 제가 이곳에 온 이유가?"

그가 물었다.

"왜라뇨? 여기 오신 건 이 사장님이에요. 저는 그저 초대했을 뿐이고요. 협박을 했던 건 오게 된다면 혼자 오라는 거였지요. 신고 없이!"

"그렇군요. 그럼 그 부분은 제가 사과하겠습니다. 제가 감금되어 있어야 하는 이유가 뭐죠?"

그는 재차 같은 질문을 했다.

"미안해 할 필욘 없어요. 우린 서로 잘 모르기는 매한가지예요. 이렇게 이사장님이 구속된 상태에서라야 제 말에 귀를 기울여 줄 것이고, 그나마 저를 이해해 주지 않을까 했던 겁니다. 다른 의도는 없어요."

"그런가요? 일단은 알겠습니다. 그럼 제가 무엇을 들어드려야 합니까?"

"그냥, 제 이야기를 들어 주시면 됩니다."

"혹시 이름을 알려주시면 안 될까요?"

이영준은 여자의 답변을 듣는 것이 불가능하다는 것을 알면서도 무턱대고 이름을 물었다.

"유진이라고 불러주세요. 물론 실명입니다. 제 이야기 시작해도 될까요?"

여자는 전혀 고민하지 않고 답변을 주었다. 별로 고민하는 것 같지 않았다. 어차피 죽일 것이라 알려주어도 상관이 없는 걸까? 아니면 거짓말인 것일까? 그는 여자의 유진이라는 이름을 두고 잠시 고민했다. 그리곤 말했다.

"그러시지요. 어차피 이 안에서는 따로 할 수 있는 것도 없군요."

짧은 몇 분 동안 공허함이 세상을 지배하는 것 같았다. 이영준은 숨을 쉬는 것도 불편하게 느껴졌다. 차가운 공기는 그대로였다. 폐로 느껴지는 공기는 다른 것이었다. 공기에 다른 뭔가가 함유되어 있는 것만 같았다. 목젖이 긴장을 한 것인지 붓는 것 같았다. 침이 넘어가는 소리가 정말 꼴깍, 소리로 들렸다.

유진은 이야기를 시작했다. 그녀의 과거 이야기다. 이영준은 어느새 지하실 문에 기댄 채 바닥에 쪼그리고 앉았다. 엉덩이가 차가웠다. 하지만 개의치 않았다. 지금의 모든 상황은 아무렇지도 않다. 그저 살 수만 있으면 더 바랄 것이 없다. 철문 반대편 어딘가에는 유진이라는 이름의 살인마가 앉아 있을 것이다. 서 있을 수도 있다. 어쨌든 여자는 뭔가를 말하려 하고 있다. 무엇일까? 과거를 말하려 하는 것일까? 살인에 대한 자기 변론을 하고 싶은 것일까? 살인자와의 대화라니…… 그는 이 상황을 쉽게 정리할 수 없었다.

연쇄살인마 유진 이야기.

1999년. 지구가 멸망할 것이라며 사이비 종교집단이 세상의 마지막이라 불렀던 해다. 장마철이 지난 지 불과 십여 일. 습도가 높고 뜨거웠다. 세상을 찜통으로 만들어 버린 듯했다. 시원한 에어컨 덕분에 『약속다방』엔 오전부터 손님이 득실거렸다. 열 시에 문을 열기가 바쁘게 동네 상점 주인들이 다방 안으로 꼬리를 물고 달려 들어왔다. 초등학교 3학년인 유진은 하루 종일 다방 홀에서 종이접기와 색칠 놀이에 여념이 없었다. 찜통 더위라

밖에서 뛰어놀 엄두가 나지 않았다. 유진은 다방 언니들이 놀아주지 않는 것이 야속하기만 했다. 언니들이 전부 다 예쁘게 보였지만 그중 특히 제일 예쁜 언니는 그날따라 커피 보따리를 꾸려 나가 몇 시간이 지나서야 들어왔다. 그것도 벌써 세 번째다. 유진은 저녁 여덟 시가 다 되어서야 식사를 하게 됐다. 유진의 엄마는 다방 문을 닫고 기절한 듯 잠들어 버렸다. 유진에게 신경 쓸 여유가 없어 보였다. 유진은 하루 종일 거의 혼자나 다름없었다. 다방 홀에 있는 대형 텔레비전에서는 재미도 없는 방송만 줄기차게 나오고 있었다. 유진은 뉴스 같은 세상 이야기에는 전혀 관심이 없었다. 그저 만화영화만 하루 종일 틀어주면 좋겠다고 생각했지만 텔레비전은 유진의 소원을 들어주지 않았다. 까만 밤이 되자 소나기가 내리는지 건물 밖에서 빗소리가 들리기 시작했다. 간헐적으로 천둥소리와 함께 창밖이 번쩍거렸다. 유진은 그런 것에 전혀 두렵지 않았다. 언젠가부터 혼자 노는 데 익숙했고 혼자 있는 것도 이상하지 않았다. 이번 여름에만 해도 천둥 번개를 여러 번 보았다. 알 바 없다는 듯 유진은 가위로 인형을 오리고 있었다. 등 뒤에서 인기척을 느껴 뒤를 돌아보자 비닐 우의를 입은 남자가 빗물을 뚝뚝 흘리며서 있었다. 비를 많이 맞은 듯 보였다. 그는 유진이를 지켜보고 있었다.

"아저씨! 엄마가 오늘 영업 끝났대요."

유진이는 우의 사내에게 예사롭지 않은 듯 말했다. 영업시간이 끝나도 불이 켜져 있는 것을 보고 찾아 들어오는 사람들이 간혹 있었기 때문이다.

"아무도 안 계시니?"

남자의 목소리는 높낮이가 없었다. 무겁지도 가볍지도 않은 목소리였다.

"아뇨! 방에 엄마만 있어요."

유진의 대답에 우의 사내는 뒤쪽의 방으로 향하는 통로를 돌아보았다. 그러더니 남자는 유진의 곁으로 걸어왔다.

"재미있는 방송 있어?"

남자는 유진 옆으로 와서 물었다. 유진은 우의 사내의 얼굴을 정확히 알아볼 수 있었다. 낮에 혼자 와서는 한참을 앉아 있다가 돌아간 손님이었다. 제일 더운 시간이었다. 유진은 나이가 어렸지만 처음 본 사람도 잘 기억하는 편이었다. 다방 손님들은 자기를 먼저 알아보고 인사해 주는 유진을 예뻐했다. 유진은 그게 좋아 새로운 사람을 만나면 인상착의를 기억하는 습관이 들었다.

"그다지 재미있는 게 없어요. 저도 이제 잘 거예요."

유진이 대답을 하는 동시에 우의 사내는 유진의 입을 손으로 틀어막았다. 그리고는 순식간에 유진의 몸을 기둥에 묶었다. 입에는 재갈을 물려 버렸다. 소리 한번 질러볼 틈이 없었다. 저항이라고는 아무 것도 할 수 없었다. 유진의 눈에는 공포의 눈빛이 가득했다. 너무 놀란 나머지 눈물도 흐르지 않았다. 남자는 몸을 돌려 엄마가 잠들어 있는 방으로 향했다. 그제서야 엄마가 위험하다는 것을 눈치 챈 유진은 겁을 먹고 울기 시작했다. 소리를 지르려 했지만 유진이의 입 근처에서만 웅웅거릴 뿐 소리가 되어 나오지는 못했다.

"누구야? 악!"

방에서는 엄마의 목소리와 짧은 비명이 들려왔다. 그리고 엄마의 작은 신음소리가 들려왔다. 가끔 엄마를 때리는 소리와 비명도 들렸다. 삼십 분 정도 되었을까. 엄마의 작은 신음소리는 더 이상 들리지 않았다. 유진은 남자가 엄마를 마구 때리고 엄마를 기절하게 만든 것이라고 생각했다. 잠시 후, 엄마의 울음소리가 들려왔다. 남자가 엄마를 심하게 때린 것이라고 생각했다. 유진은 당장에라도 엄마에게 뛰어가 우의 사내를 때려주고 싶었다. 하지만 그것도 생각뿐이었다. 아무 것도 할 수가 없었다. 다시 엄마의 끙끙거리는 신음소리와 울음소리가 함께 섞여 들렸다. 유진은 가끔 아빠가 엄마와 싸울 때면 비슷한 경우가 있었던 것을 생각했다. 남자가 엄마와 심하게 싸우고 있는 것을 알 수 있었다. 유진은 제발 엄마를 때리지 않기만을 바랄 뿐이었다. 유진의 끔찍한 시간은 엄마의 마지막 신음소리를 끝으로 더 이상 들리지 않았다. 얼마나 지났을까? 남자는 홀에 있는 유진에게 다가와 테이블 위의 재떨이를 들어 팔을 높이 치켜들었다. 유진의 머리를 내려치려는 듯 했다. 유진은 놀라 눈을 감았지만 아무런 통증도 느껴지지 않았다. 겁에 질려 눈을 감고 있는 그 사이 다방 출입문이 열리는 소리가 들렸다. 남자가 사라져 버렸다. 유진은 기둥에 묶인 채 엄마가 나오기만을 기다렸다. 그러나 아무리 기다려도 엄마는 홀로 나오지 않았다. 텔레비전에서는 어느새 애국가와 함께 치지직, 거리는 소리가 들렸다. 유진은 더 이상 버티지 못하고 기둥에 묶여 주저앉은 채 잠들어 버렸다.

다음날 이른 오전, 다방 언니 중 한 명이 문을 열고 들어와 기둥에 묶인 유진을 풀어주었다. 실내를 살펴본 언니는 휴, 하고 한숨을 내쉬었다. 그러다 방으로 들어간 언니는 외마디 비명을 지르며 뛰어나왔다. 유진은 공포에 질린 언니의 얼굴을 보았다. 원래 하얀 얼굴이었지만 더욱 하얗게 질려 있었다. 언니의 눈에서 굵은 눈물이 쏟아져 내렸다. 방으로 뛰어 들어가려던 유진은 언니에 의해 제지당했다. 유진은 엄마에게 큰 사고가 생긴 것을 알고 눈치챘다.

십여 분도 채 지나지 않아 경찰 아저씨들이 들이닥쳤다. 얼마 후 또 다른 경찰 아저씨들이 나타났다. 여기까지가 유진의 기억이었다. 다음은 전해들은 이야기와 나이가 들어 기사들을 보고 알아낸 것들과 자신의 기억을 종합한 것이다.

형사들과 검시관들은 사건 현장을 확인했다. 곧 다방은 폐쇄되었다. 충북 보은에 있는 현장으로 떠났던 유진의 아빠는 경찰의 연락을 받고 다방으로 돌아왔다. 경찰은 살인자의 종적도, 흔적도, 증거도 찾아내지 못했다. 살인자의 것으로 의심되는 정액과 음모가 전부였다. 유진의 엄마는 성기에 마시다 만 소주병이 박힌 채로 목이 졸려 살해되었다. 그리고 배가 갈라져 창자가 바닥에 널브러져 있었다. 심한 열대야 때문에 열 두 시간도 채 되지 않은 시간이었지만 부패가 진행되어 다방 안에는 퀴퀴한 썩은 냄새가 진동했다.

38

　유진은 성인이 되어서야 자세한 사실을 알게 됐다. 유진의 아빠 고영수는 기와 전문가다. IMF로 전국이 경기가 좋지 않은 상황이었지만 고영수의 업종은 오히려 호황이었다. 여느 때보다 수입이 짭짤했다. 게다가 얼마 전 작업반장이 되어 하루에 십팔만 원이나 받으면서 일을 할 수 있었다. 그는 이곳저곳을 돌아다니며 일을 해야 했다. 노쇠한 그의 부모님은 유진을 보살펴 줄 수 있는 상황도 아니었다. 충격을 받은 유진은 정신적으로 불안정했다. 정신과 전문의는 유진에게 아빠의 사랑이 절실히 필요하다고 했다. 그는 유진을 멀리 둘 수 없었다. 다행히 아직 초등학교 저학년이어서 그는 유진을 현장마다 데리고 다녔다. 잦은 전학은 어쩔 수 없었다. 현장은 일 년 동안 무려 세 번을 옮겨 다녔다. 장마철과 겨울에는 일이 없었는데, 그때는 유진의 방학 때와 겹쳐 부모님 댁에서 살았다. 그 때문에 유진은 친구를 사귀지 못했다. 삼 년째 되던 초등학교 육학년 때는 걸핏하면 학교에서 싸우고 왔다. 엄마를 닮아서 꽤 예쁜 편이었던 유진은 친구를 사귀는 방법을 몰랐다. 오히려 친해지고 싶어서 친 장난이 싸움에 이르게 했다. 그런 유진을 위해서 고영수가 할 수 있는 것이라고는 중학교에 입학하기 전에 조그만 가게라도 열어 정착하는 것이었다. 그러기 위해서 그는 목돈을 만들어야만 했다.

  2002년 초봄, 고영수는 제주도 현장으로 향했다. 월드컵을 앞두고 제주도에서는 건축물 공사가 마무리 단계에 있었다. 기와 공사를 하는 그에게는 목돈을 벌 수 있는 최고의 기회였다. 게다가 다른 지역보다 인건비가 꽤 높았고 유진이의 제주도 생활은 팍팍하기만 했던 유진에게 좋은 추억을 남겨줄 수 있을 것만 같았다. 엄마 없이 아빠에게만 기대어 살고 있는 유진이에게 있어 엄마의 사고로 인한 정신적인 충격 또한 제주도에서 치유될 것만 같았다. 그는 일의 특성상 비가 오는 날에 일을 할 수 없었다. 그 덕에 유진을 데리고 제주도 곳곳의 관광지를 여행했다. 효과가 있었던지 유진이는 조금씩 밝아지고 말수도 늘어갔다. 그 역시 제주도를 선택하길 잘했다고 생각했다. 제주도에 정착할 계획까지 하고 있었다.

봄이 지나고 제주도의 이른 장마도 지났다. 월드컵은 이미 축제 분위기였다. 8강 경기가 있던 날은 그의 기와공사 동료들은 모두 일을 쉬고 유진이까지 가세해서 응원했다. 그날 밤 고영수와 동료들은 8강 우승에 도취되어 늦은 시간까지 술자리가 이어졌다. 민박집을 통째로 빌려서 숙박을 하던 그들은 시간이 가는 줄도 몰랐다. 술판까지 벌어졌고 8강까지 거쳐 온 경기를 두고 설전을 벌이고 있었다.

"으응……. 아빠! 술 냄새가 너무 지독해. 음냐!"

유진은 새벽까지 술을 마시고 들어온 고영수의 술 냄새가 역했는지 이불을 뒤집어쓰고 돌아누웠다.

"아빠. 귀찮아. 아이, 간지러워, 그냥 자. 장난하지 말고!"

유진은 아빠의 손길에 신경질이 나기 시작했다. 허리에 올려진 아빠의 손을 뿌리쳤다. 그런데 아빠 손의 감촉이 아닌 것을 알고는 불안한 기분이 들었다. 아빠가 아닌 누군가의 손은 유진이의 엉덩이와 가슴 쪽을 더듬고 우악스럽게 거머쥐었다. 유진이는 놀라며 비명을 지르려 했다. 남자는 유진의 입을 거칠게 막아버렸다. 거친 남자의 두꺼운 손은 유진의 옷을 순식간에 벗겨 버렸다. 창 밖 달빛에 사내의 얼굴이 비쳤다. 아빠의 사장이자 친구인 용팔이 아저씨였다. 유진이는 그 순간 잊혀진 줄 알았던 기억이 났다. 엄마가 죽던 날 우의 사내가 유진에게 재갈을 물리고 기둥에 묶던 기억이다. 용팔이 아저씨의 얼굴이 오버랩 되어갔다. 유진은 있는 힘을 다해 입을 누른 손을 깨물고 얼굴을 할퀴었다. 유진은 그가 용팔이 아저씨가 아닌 우의 사내로 보였다. 죽여 버리고 싶다는 생각만이 가득했다.

"이년이~"

용팔이 아저씨는 있는 힘껏 유진의 뺨을 후려쳤다. 유진은 그대로 사지에 힘이 빠진 채 기절해버렸다. 용팔이 아저씨는 기절해버린 유진을 미친 듯이 유린하고 욕정을 채운 채 방을 떠났다.

유진이 정신을 차리고 눈을 떴을 때까지도 아빠는 방에 돌아오지 않았다. 아랫도리가 찢어지는 것처럼 아파왔다. 이불 위를 보니 찢어지는 듯 아픈 것이 아니라 찢어져서 아픈 것이 확실해 보이는 핏자국이 있었다. 축축하게 젖어버린 이불이 분명 용팔이 아저씨에게서 겁탈을 당한 것임을 알 수 있었다. 유진은 눈물이 펑펑 쏟아졌다. 돌아오지 않는 아빠가 밉기도 하고 끝도 없이 무서웠다. '아빠가 이 사실을 알게 되면 어쩌지? 나도 죽게 되는 걸까? 유진의 공포는 터무니없는 상상으로 끝없이 이어졌다. 우의 사내가 엄마에게 그랬던 것처럼 용팔이 아저씨가 자길 죽여 버릴 것만 같았다. 그러면 사랑하는 아빠와도 영원히 이별이고 아빠는 엄마도 자신도 잃은 채 미쳐버릴 것만 같았다. 유진은 스스로를 마음속에 가두기 시작했다. 용팔이 아저씨는 이제 제주도를 떠난 것인지 고영수가 맡았던 공사가 끝날 때까지도 나타나지 않았다. 용팔이 아저씨는 그날 아침 서울로 떠났다. 고영수에게는 현장을 맡아 달라고 부탁했다. 게다가 원래 약속했던 것보다 많은 금액을 입금해 주었다. 유진의 부어 오른 왼쪽 볼은 끝내 고영수가 알아채지 못했다. 모든 것은 유진 스스로가 떠안아 버린 것이었다. 그렇게 고영수와 유진은 제주도에 터를 잡고 살게 되었다. 애월이라는 조용하고 아름다운 곳에 새로운 보금자리가 마련된 것이었다. 언젠가 유진은 고영수에게 물었다.

"아빠. 치정이라는 게 무슨 말이야?"

"응? 그건 사랑에 얽힌 이야기라는 건데. 그런 단어를 니가 어디서 들었어?"

"어, 동네에서 엄마가 죽은 게 치정 때문이었었다고 했는데 그게 뭔지 궁금했어."

고영수는 당황스러웠다. 아내는 절대 치정에 얽힌 것이 아니었다. 그러나 경찰은 치정에 얽힌 전형적인 살인사건이라고 했다. 우의 사내는 치정살인으로 수사방향을 돌리기 위해서 현장을 꾸민 것 같았다.

유진의 학업 성적은 매우 뛰어났다. 게다가 미모도 상당했다. 서울에 있는 의과 대학교에 입학한 유진은 방학이 되면 언제나 제주로 내려왔다. 2학년 여름방학 때 다시 제주로 내려온 유진은 아빠의 집에 용팔이 아저씨가 들어와 있는 것을 알고는 소스라치게 놀라며 하체에 힘이 빠져버렸다. 만약 문틀이 없었다면 그 자리에서 무너지고 말았을 것이었다.

"유진이 오랜만이네? 이야— 그 동안 정말 예뻐졌구나?"

그는 뻔뻔하게도 아무런 일이 없었던 양 말을 걸어왔다. 유진은 구역질이 나오는 것을 참을 수가 없었다. 그녀는 대문 밖으로 나가 한동안 구역질을 해댔다. 한동안 눌러 두었던 증오와 공포 그리고 제주라는 제2 고향의 아름다운 추억들이 한데 엉켜버린 것이었다.

"죽여버릴 거야!"

유진은 독백처럼 되뇌었다. 맑기만 했던 유진의 눈빛은 눈에 띄게 흐려졌다. 스스로 통제할 수 없는 유진 속의 누군가가 자신을 통제하는 듯 했다.

"그냥 죽여버려. 다른 사람 신경 쓰지 마. 너는 누구도 모르게 죽일 수 있어. 괜찮아. 아빠도 사실을 알게 되면 너를 이해하실 거야. 죽여! 죽여! 그냥 죽여!"

유진 속의 누군가는 유진의 머릿속을 흔들어 댔다. 유진은 그날부터 용팔이 아저씨를 살해하기 위한 계획을 세웠다. 철저하게, 잔인하게, 그가 참회할 수 있는 극도의 공포를 느끼게 해 주고 싶었다. 용서할 생각은 아예 없었다. 유진은 용팔이 아저씨에게서 우의 사내의 책임까지 물어 철저하게 응징하고 싶었다. 유진은 며칠 동안 친구 집을 전전했다. 용팔이 아저씨가 제주를 떠나는 날까지 집에 들어가고 싶지 않았기 때문이다. 가을학기부터는 완벽한 살인을 위해 공부에 전념했다. 살인, 스릴러, 공포, 추리,

탐정 관련된 책이란 책은 다 섭렵했다. 모든 책들은 유진의 교과서였다. 전공은 신경외과 쪽으로 기울었다. 가장 철저하고 강력하게 용팔이 아저씨를 죽이기 위해서는 신경외과만 한 것이 없다고 판단했다. 산 채로 두개골을 열어버리고 싶었다. 공부를 하면 할수록 그를 향한 복수의 의지는 더욱 강렬해졌고 그것이 심해진 만큼 유진은 서서히 미쳐갔다. 그리고 살인에 도움이 되는 것이 있다면 뭐든 미친 듯이 파고들었다.

전극성. 별명이 용팔이었던 그의 본명이었다. 으음~ 쩝쩝~ 전극성은 꿈속에서 무엇을 먹고 있는 것인지 쩝쩝거리며 입맛을 다지고 있었다. 사실 그는 유진의 가슴을 쥐어 잡고 유두를 감미롭게 빨고 핥는 꿈을 꾸고 있는 것이었다. 쭈글해진 자신의 손가락이 새하얗고 봉긋한 가슴을 보드랍게 쥐고 있는 모습만으로 성기가 불뚝 솟아올랐다. 그 순간 별이 번쩍이는 듯한 따가운 통증과 함께 잠에서 깨어버렸다. '좋다 말았네.' 전극성은 꿈이 못내 아쉬웠다. 그런데 이내 그것은 꿈이 아닌 현실이 되는 것임을 인지했다. 번쩍, 했던 것은 무언가에 맞거나 한 통증이었다. 유진이 따귀를 날린 것이다. 란제리를 입은 채 자신의 앞에 서 있는 유진을 보았다. 꿈이 아니었다. 그는 아름다운 유진의 몸에 혼이 빠진 표정을 하며 말했다.

"내가 언제 잠이 든 거지? 미안해! 우리 유진이가 이런 걸 좋아하는지 몰랐네?"

전극성은 유진이 변태성 유희를 노리고 이런 행위를 하는 것으로 생각했다. 전극성은 몸을 움직이려 했지만 자신의 몸 어느 것도 제 맘대로 움직이지 않았다. 의자에 앉은 채로 있었고 머리는 자유자재로 움직일 수 있었다. 온몸에는 두꺼운 낚싯줄에 꿰어진 채 의자에 붙어 있는 것이나 다름없었다. 그는 지금이 꿈이기를 바랐다. 유진의 얼굴은 무표정했다. 화를 내지도 웃지도 않았다. 그 자체가 공포스러웠다. 자신을 이렇게 만든 게 유진이라는 것을 알고 지난 기억이 떠올랐다. 복수다.

"조금 있으면 모든 감각이 살아날 거예요. 지금의 행복을 맘껏 누리세요."

유진은 박스 안을 긴 막대기로 뒤적거리며 전극성을 자극하기 시작했다. 그리곤 브래지어의 한쪽 끈을 슬쩍 내리면서 그에게 농밀한 미소를 보여주었다.

"아~ 이런 것도 정말 좋아하지요?"

유진은 브래지어를 요염한 자세로 벗어버렸다. 꿈에서 본 것보다 아름다운 가슴이었다. 얼굴부터 몸매까지 어느 하나 아름답지 않은 곳이 없었다. 하지만 그에게는 더 이상 아름다운 것으로 보이지 않았다.

"마지막으로 보게 될 미녀의 나신이니까 실컷 감상하시죠. 과연 내 몸이 예뻐 보일지는 모르겠는데 저는 최선을 다해 보겠어요."

"무슨 소리야. 이건 뭐야. 대체!"

전극성은 모든 것이 유진의 복수라는 것이 확실하다고 생각했지만 더 이상 아무런 말도 나오지 않았다. 그것을 아는 것인지 유진은 비릿한 미소를 지어 보였다. 전극성은 악마의 미소를 보았다. 수 킬로미터가 넘을 깊은 공포를 느끼고 있었다.
　"미안해. 그땐 술김에~ 내겐 처자식도 있어. 네 아빠도 이런 건 원치 않을 거야."
　전극성은 뭐든 말을 전달하고 싶었지만 그 아무것도 소리가 되어 나오지 않았다. 그의 목은 점점 감각이 사라지기 시작했다. 대신에 목 아래의 신경이 살아나는지 온몸의 고통이 느껴지고 있었다. 이미 꿰어진 낚싯줄은 피부를 관통해서 근육을 뚫고 반대편 피부로 나온 것이었는데 낚싯줄의 끝은 유진이 서 있는 방향으로 모여 있었다. 다행히도 통증은 더 이상 심해지지는 않았다. 그는 유진이 어떤 복수를 준비했을 지 알 수가 없었다. 모든 신경이 다 돌아온 것을 확인한 그는 의자에서 벌떡 일어나려 했다. 안될 것이라고 생각은 했었지만 막상 시도해 본 것이 생각지도 못한 고통으로 돌아왔다. 통증은 온몸을 강타했다. 여태까지 공사 현장에서 자잘한 사고를 당해 보았지만 이런 고통은 처음이었다. 뼈가 긁히는 느낌, 피부 속으로 뭔가 오가는 느낌, 피부가 찢어지는 느낌, 세상의 모든 고통이 모두 모여 있는 것만 같았다. 머릿속이 하얗게 되는 것 같은 고통에 숨이 멎을 것 같았다. 아니 이대로 숨이 멎었으면 싶었다.
　"아! 미리 말을 안 했군요. 목에 있는 척추를 동여매느라 목을 마춰시켜 놓은 건데. 아저씨가 움직이려고 하면 세상에 다시없는 고통을 맛볼 거예요. 지금까지와는 다른…… 나는 아저씨를 죽이기 위해 신경외과를 전공했죠. 이것들은 아저씨를 위한 선물이에요. 맘껏 즐기셨으면 해요. 이제 팔다리가 움직이는 걸 보니 재미있는 쇼를 진행할 시간인가 보군요."

 유진은 박스 안에서 뱀 한 마리를 꺼내 들었다. 굵은 뱀이다. 뱀은 혀를 날름거렸다. 뱀이 눈을 깜빡이지 않는다는 것을 그는 처음 알게 되었다. 뱀의 혀가 그렇게 길다는 것도 처음 알게 됐다. 뱀의 혀는 그의 코끝을 훑으며 간지럽혔다. 유진은 뱀을 조금 들어 그의 눈앞에 들이밀었다. 처음 보는 이상한 미소가 유진의 눈꼬리에 맺혔다.

 마침내, 유진은 스테인리스로 된 이상한 기구를 그의 입에 강제로 쑤셔 넣었다. 입은 자신의 의지와 상관없이 벌어졌다. 턱이 더 이상 벌어질 수 없을 때까지 벌어진 것 같았다. 턱 뼈가 빠질 지경이 되어서야 기구가 멈추었다.

 유진의 이야기를 모두 들은 이영준은 핏빛으로 물든 그녀의 모습이, 어찌 보면 병들어버린 사회가 만들어낸 결과라는 생각이 들었다. 어린 시절 엄마의 죽음을 성인이 되어서야 알게 됐다. 아니, 철이 들면서 스스로 인지하게 되었을 것이다. 엄마의 그런 죽음을 이웃사람들은 치정이라고 넘겨짚고 손가락질 했다. 그런 것을 알게 되었을 때는 사회를 정상적으로 바라보는 시각이 아니었을 것이다. 게다가 용팔이 아저씨라는 전극성은 이미 엄마의 죽음으로 상처 입은 그녀의 영혼에 어린아이가 감당할 수 없는 비참한 생채기를 남겼다. 죽어서야 잊을 수 있는 상처를 남겨버린 것이다. 어떻게 보면 유진이라는 여자가 정상인으로 살아갈 수 있다는 것 자체가 이상한 일 일지도 몰랐다. 여자로서 절대 상상할 수 없는 수치스러운 방법으로 살해당하고 그것마저도 수치스러운 이유로 손가락질 당한 것이다. 피해자와 피해자 가족에게 씻을 수 없는 기억으로 남겨버린 이웃사람들은 그녀를 살인마로 만든 공범이나 다름없었다. 술에 취해 실수했다고 하기에는 면피 하려는 것 밖에 되어 보이지 않을 전극성은 그녀 입장에서는 죽어 마땅한 것이었다. 전극성의 겁탈은 성이란 것이 무엇인지 아직 잘 모르고 있었을 그녀를 무참히 짓밟았다. 그 사건은 그녀의 어딘가를 평생 짓누르고 있었을 것이다. 사랑? 그녀는 과연 사랑이라는 것을 할 수는 있었을까? 그녀에게 있어, 사랑은 공포였을 것이다. 아니! 사랑의 연장선은 공포로 가는 길이었을 것이다. 그녀의 사형대는 전극성-권인용-조희철-박명우로 이어졌다. 물론 또 누군가가 더 있을 수는 있겠지만.

이야기를 마친 유진은 한동안 말이 없었다. 이영준은 그저 울음을 참아내려는 듯 거칠게 내쉬는 유진의 한숨 소리가 고양이의 그르렁거리는 그것과 닮았다고 생각했다. 이영준 역시 그녀에게 어떤 위로의 말도 할 수가 없었다. 두 사람은 한참을 침묵 속에 있었다. 그러다 이영준이 먼저 입을 열었다.

"권인용과 박명우를 죽이게 된 이유가 있나요? 아마도, 제게 하고 싶다는 말이 유진씨의 과거 이야기만은 아닐 거라고 생각합니다. 어머니를 죽인 살인범은 제가 어떻게 해 보기에는 이미 늦었습니다. 살인에 대한 공소시효 제도가 폐지되기는 했지만, 자료를 찾아본다 한들 오래된 증거들로는 사실상 불가능에 가깝습니다."

이영준의 말에 그녀는 대답이 없었다.

"이미 엄마의 복수는 끝냈어요!"

한참 만에 터져 나온 그녀의 말은 허무에 가까운 느낌이 강하게 전해졌다. 더 이상의 목적성이 없어 보였다.

"혹시. 음~ 설마 박명우입니까?"

"네! 원수는 외나무다리에서 만난다고 했던가요? 기억에서 지워진 것 같았던 얼굴이었는데 마주치자마자 그날의 기억이 그대로 생생하게 떠오르더군요. 기둥에 묶던 모습. 엄마를 죽이고 나와서 재떨이로 나를 때려죽이려고 했던 모습. 그 얼굴이었어요. 그날부터 저는 박명우를 미행했어요."

"그럼, 언제 박명우를 만나게 된 거죠?"

"임병규가 입원하고 일주일쯤 지났을 거예요. 그때까지만 해도 그 새끼가 임병규를 죽이려 했다는 것을 몰랐어요. 알 수 없었죠. 아니! 아는 게 이상한 거라고 봐야죠."

"그렇다면, 유진씨는 왜 권인용을 죽인 겁니까? 그들 조직과는 아무런 관계가 없었지 않습니까?"

이영준의 질문에 유진은 잠시 대답을 하지 않았다. 그저 여자들 특유의 새근거리는 듯한 고르고 약한 숨소리만이 지하실 문 너머로 가늘게 들려왔다.

"권인용은 유진씨와 원수를 지거나 한 건 아니었지 않습니까? 그저 복수만을 위한 살인이었다면 그를 죽이는 것은 유진씨의 목적에 위배되는 거잖습니까?"

이영준이 다시 물었다.

"그건……."

유진은 그제서야 이영준의 질문에 답을 하려했다. 하지만 불편한 것이 있는 것 같았다. 유진을 다시 말을 이어갔다.

"저는 김미정씨의 복수를 해 주고 싶었던 거예요. 그들 조직 사이에서 무슨 짓을 하던, 박명우와 권인용이 무슨 짓을 꾸미던 저는 관여하지 않을 생각이었어요. 그런데 김미정의 죽음을 알고는 참을 수가 없었어요. 끝내 그 자식을 죽이고서야 속이 후련했지요."

영준은 유진의 말에 자신이 잠시 그녀의 과거 때문에 그녀의 살인 행각을 동정하고 있었다는 것을 깨달았다. 그는 범죄는 범죄라고 되까렸다.

"저를 동정할 필요는 없어요. 저는 제가 죽인 사람들에게 미안한 마음도 없고 누군가에게 제 살인을 용서받고 싶지도 않아요. 제가 잘못했다는 생각을 해 본 적도 없어요. 마땅히 죽을 놈들을 죽인 것뿐입니다."

 이영준은 유진이 자신의 머릿속을 꿰뚫고 있는 것인 듯한 착각을 할 정도로 그녀의 생각이 정확하다고 생각했다.

 "그럼~ 그들에게 관여하지 않겠다는 생각을 깨고 권인용을 죽인 이유가 무엇인지 제가 알면 안될까요?"

 그는 다시 조심스럽게 물었다. 유진의 심기를 잘 읽어야만 했다.

 "어차피 다 알려드리려고 모신 거예요. 모셨다고 표현하기에는 대접이 좀 그렇네요? 제가 박명우를 처음 만난 날. 그 날 김동설과 권인용 역시 같이 있었습니다"

 "잠깐만요. 김동설은 누구죠?"

 이영준은 김동설이 누군지 알지 못했다.

 "이 사장님은 그가 누구인지 알고 있어요. 이름을 모르고 있었던 거겠죠. 빡빡머리를 한 놈이 김동설입니다."

 이영준은 그렇게 자주 보았던 사람인 데도 불구하고 여태 이름을 몰랐었다. 굳이 그들과 친하게 지내고 싶지 않아 물어본 적도 없었기 때문이다.

 "네, 이제서야 알겠네요!"

 "아무튼, 임병규는 바보 같은 놈이었어요. 박명우는 권인용과 작당을 했어요. 그런 걸 임병규는 까마득히 모르고 있었죠. 제 입이 근질거릴 지경이었으니까. 그들은 보험 상담을 빌미로 자주 만났어요. 그러다가 권인용과 박명우가 임병규를 죽이기로 한 것 같아요. 실패했지만. 멍청하게."

이영준은 생각지도 못한 그들의 어두운 거래에 놀라지 않을 수가 없었다. 그녀는 다시 말을 이어갔다.

"임병규는 박명우 혼자 범행을 저질렀다고 생각했지만 사실은 권인용과 함께 꾸민 계획이었어요. 당시 갑자기 폭설이 내려 산속에서 차를 빼내고 박명우가 현장을 마무리하고 나올 계획이었는데 임병규는 그들이 생각한 것처럼 나약한 남자가 아니었죠. 그런 상황에서 탈출할 거라고는 사실 그 누구도 상상할 수 없었을 거에요!"

"그럼 김동설은요?"

"김동설은 이런 사실을 전혀 몰랐어요."

"그렇다면 권인용은 왜 죽인건가요? 당신이 죽인 게 맞지 않나요?"

이영준은 다시 권인용의 살해동기를 물었다.

이영준은 그녀가 권인용을 살해한 이유가 궁금했었다. 그녀는 임병규와는 아무런 인연이 없었음에도 굳이 누군가를 살해한다는 것이 이상했다.

"아까 말한 것처럼 김미정에 대한 복수, 그 뿐이었어요. 그러면 그 여자가 웃으면서 천국으로 갈 수 있을 거라고 생각했던 거에요. 갔을까요?"

"아뇨! 그런 거 말고 진짜 이유가 있을 것 같은데. 제 생각이 틀린가요?"

"예리하시네요. 안 그래도 말씀드릴 참이었어요. 제가 권인용을 죽인 이유는 말한 대로예요. 그런데 권인용이 죽어야 하는 이유가 궁금하실 거예요. 김미정이 박명우의 연인이었다는 건 이미 알고 계시죠?"

"네. 대충은, 그럴 것이라고 생각은 했습니다. 대신! 그 이상은 아무것도 알아낼 수는 없었습니다."

"그럴 거예요. 지극히 개인적인 것들이니까요. 박명우는 김미정의 아이가 임병규의 아이라고 알고 있었어요. 그건, 아마 죽을 때까지도 몰랐을 거예요. 제가 그것마저 알려주었으면 더 힘들었을 거예요. 아마도."

"왜 말해주지 않은 건가요?"

"글쎄요. 그것만큼은 말하고 싶지 않더군요. 저도 제가 왜 그랬는지 모르겠어요. 그럼 더 괴로워하며 죽었을 텐데. 하긴 자기가 왜 죽는지도 모르고 죽었는데. 그것까지 알려 줄 이유도 없었죠."

"그렇긴 해요. 가는 길에 마지막으로 은혜를 베푸신 것 같습니다."

"호호호. 그런가요? 그건 절대 아니에요. 저는 지옥에서 다시 만났을 때 말해주고 싶었어요. 죽어서도 괴로워하라고요. 박명우는 권인용의 잔꾀에 놀아났어요. 김미정의 아이가 박명우의 아이로 생각하게끔 한 거예요. 그런 사실을 모르는 박명우는 임병규의 살인을 주도했고요. 자기의 일이 아니었는데 자신만의 복수가 되었고, 조직 내 누구도 내부의 소행이라는 것을 알지 못했어요."

유진은 처음으로 웃음소리를 내었다.

"그걸 유진씨가 어떻게 알게 된 거죠?"

"권인용은 입이 가볍더군요. 생각보다 겁이 많았어요. 좀 아프게 했다고 모든 걸 술술 불어버리더라구요."

"그럼, 전형조는요? 박명우는 왜 전형조를 살해하려고 한 건가요? 이미 권인용도 사망한 상태고 박명우가 누군가를 위해 일할 이유도 없었지 않습니까?"

유진의 말에 따르면 지금까지 있었던 모든 사건은 앞뒤가 딱 들어맞는 것이었지만 전형조 사건만큼은 더 이상의 연계가 되지 않았다.

"그건 저 역시 알지 못해요. 그다지 알고 싶지도 않고 알아야 할 이유도 없지요. 그저, 추측해 보건대 박명우가 임병규의 조직 전체에 해를 끼치려는 게 아니었을까요? 작업장에서 여자들은 임병규 부하들도 몇몇을 거쳐갔다는 건 박명우도 알고 있던 사실이었으니까요."

"그렇다면 박명우가 김미정을 살해한 이유도 아시나요?"

이영준은 막연하게 그들 사이의 치정관계라는 것은 예상하고 있었지만 유진은 정확한 이유를 알고 있을 것 같았다.

"저는 처음에는 그저 단순한 문제 정도로만 알았지만 사실을 알고 미정씨의 복수를 해 준 것이긴 해요. 말씀드렸던 것처럼 김미정은 박명우와 연인 관계였어요. 둘은 임신한 사실을 알았고 임병규를 살해한 후 미정씨를 조직에서 빼내 주기로 약속했죠. 멍청하게도.

그냥 자발적으로 나가면 될 일이었는데. 정작 나간다고 하면 내보내 주지 않을까 겁이 났던 거예요. 그래서 조직을 장악하려는 권인용과 손을 잡았죠. 그런데 임병규를 죽이려 한 계획이 실패로 돌아갔어요. 아까 알려드린 것처럼 박명우는 권인용을 통해 미정씨의 아이가 임병규의 아이라는 것을 알게 된 거에요. 심한 배신감과 분노를 느꼈겠죠. 제 생각에 미정씨는 끝까지 박명우의 아이라고 주장했을 것이지만 박명우는 이미 미쳐 버렸을 겁니다. 그렇지 않고서야 미정씨 뱃속에서 태아를 꺼내는 무지막지한 행동을 하지는 않았을 거예요. 자기 아인데. 그 후 제가 권인용을 죽였을 때 박명우는 뭔가 이상한 생각을 했을 거에요. 자신과 비슷한 방법으로 자신의 동지인 권인용을 죽여 버렸으니 말이죠. 절대로 자신이 복제한 살인 방법의 원조 격인 제가 그를 죽였으리라고는 상상할 수도 없는 일이었겠죠. 그런데, 조직에서는 끝까지 사건을 묻어버렸고 위기 의식을 느꼈던 겁니다. 박명우는 권인용을 죽인 사람이 누구라고 생각했을까요?"

이영준은 그녀의 질문에 한참을 고민했다. 그러나 그의 머릿속에 연상되는 사람이라고는 임병규 외에는 없었다.

"혹시 임병규 일까요? 아니면 전형조라고 생각했을 수도 있지 않을까요?"

"그러게요. 저도 둘 중 한 명을 의심했거나 둘 다 의심했을 가능성이 높다고 생각해요."

이영준은 그녀의 추리와 자신의 추리가 얼추 맞아 떨어진다고 생각했다. 물론 모든 사실은 죽은 자들만이 아는 것일 테니 영원히 미스터리로 남는 부분이다. 그들이 살아 돌아오지 않는 이상엔……

40

"마지막 사건만 남았군요. 조희철 사건은 왜죠? 전혀 상관없는 자였을 텐데."

이제 유진에게서 들을 수 있는 마지막 사건 풀이였다.

"조희철은 우연히 제 눈에 띈 먹잇감이라고 해야 할까요? 얼마 전에 병원에 입원 했더군요. 사실 조희철 사건은 이 사장님을 모시기 위한 미끼라고 할 수도 있어요. 아시다시피 박명우를 빼내기 위한 방법이었어요. 그렇지 않아도 무혐의로 풀려날 것이겠지만, 그 후에도 자유롭지는 않을 것이라는 건 보나마나였어요. 그래서 세간의 눈을 돌리기 위해서 제 자신을 드러내기로 한 거에요.

이 사장님의 추격이 상당히 재미있었어요. 거의 근접해 오셨는데 아쉽죠. 조희철 사건에서는 제가 일부러 제 모습을 노출시켜 봤어요. 그런데 놓치고 지나치셨더군요."

유미진의 말에 이영준은 놀라지 않을 수가 없었다. 일부러 단서를 흘렸지만 알지 못했다고 하기에는 사실 조희철의 사건 이후에는 자신이 사건에 접근하는 것은 불가능에 가까웠다. 장남권마저도 배척된 상황이었으니까.

"그땐 제가 사건에서 배제된 상황이라 유진씨가 남긴 단서를 찾지 못했나 보군요. 아쉽습니다. 그게 대체 뭐였길래……?"

이영준은 내심 그 증거를 알려주기를 바랬다. 어차피 그에게 남긴 증거라면 알려주지 못할 것은 없을 거라고 생각했다.

"자전거를 타고 세 번이나 갔었어요. 헬멧도 벗고 마스크도 벗고 말이에요. 사건 전에 두 번, 사건 후에는 한 번을 다녀갔었어요. 형사들은 범인이 자전거를 탄 여자일 거라는 생각은 하지 않았을 거에요. 편견과 고정관념이 만든 결과죠."

그녀의 말에 이영준의 기억에 떠오르는 장면이 있었다. 전형조 사건 때 CCTV 화면에 나타났던 자전거를 탄 행인. 새벽의 자전거. 동호인 복장의 라이더는 사실 그 시간 그런 외진 곳에서 그다지 어울리지 않는 모습이었다. 그것도 여자의 모습에.

"혹시 전형조 사건 때, 자전거를 타고 갔었나요? CCTV 화면에서 본 것 같습니다만."

"이제서야 감이 왔나 보군요. 맞아요. 저였어요. 아무도 자전거를 탄 범인은 상상하지 않죠. 그렇게 모든 현장을 사건 전후에 자유롭게 구경하고 다녔어요. 재미있지 않나요?"

이영준은 유진이 범행을 은근히 즐기고 있었다는 것을 알 수 있었다. 그녀는 모든 것이 고정관념에서 벗어나지 못하면 문제를 해결할 수 없음을 새로운 시각으로 지적하는 것이었다.

"삼정의료원에서 유진씨의 존재를 찾아 다녔지만 녹취된 파일 목소리의 주인공은 없었어요. 그것도 미리 준비하고 신고한 거라는 거죠?"

"네. 컴퓨터로 믹싱해서 변조시킨 것을 재생한 것뿐이었어요. 물론 전문가들이라면 제 원래의 목소리를 찾아낼 수 있었겠지만. 그들은 그런 의심을 하지 않았어요. 정말 이상해요."

"자! 그러면 이제 제일 중요한 것에 대해 물어보겠습니다. 저를 감금한 이유는 알겠습니다만 제게 이런 비밀을 모두 털어놓는 이유가 뭐죠?"

이영준은 지하실 문을 사이에 두고 불과 일 미터도 채 떨어지지 않은 거리에 마주한 채 미궁으로 빠질 것이 뻔했던 사건의 비밀을 털어놓는 유진의 속내가 무엇일지 궁금했다. 그리고 유진이 말했던 이영준이 지켜야 할 약속이 무엇인지, 자신이 말해야 할 진실이 무엇인지도 매우 궁금했다.

"글쎄요……. 뭐랄까요? 이 사장님은 믿을 수 있을 것 같았어요.

한 가지가 알쏭달쏭했어요. 뇌물수수로 형사직을 내놓은 사람이란 게 영 탐탁지 않았죠. 이젠 그걸 제 나름대로 조사했더니 안개가 걷히더군요. 아무튼 제가 먼저 이 사장님에게 질문을 해야 할 것 같네요. 괜찮으시죠?"

"그러세요. 여태 제 질문만 있었군요. 그러고 보니……."

"저는 사실, 이제는 삶에 어떤 의미도 없어요. 목적도 없고요. 제가 살아야 할 이유가 없어요. 단지 복수만 목표로 살아왔던 인생이었기 때문일까요? 전극성을 죽이고 난 후 저는 자살을 생각하고 있었어요. 잔인하게 최대한 잔인하게 죽이려고 신경외과를 전공했죠. 그게 의술이라고 할 수 있을지는 모르겠지만. 하여튼 덕분에 공부를 잘 해서 성적이 좋았고 삼정의료원까지 들어갔네요. 삶의 목표가 없으니 모든 게 무료해 지더군요. 그저 피 냄새 진동하는 외과의사로서 살아가는 것만이 제 삶의 유일한 즐거움이었다고나 할까요? 저는 살면서 사랑도 못하고 누군가를 깊게 사귀지 못했어요. 어릴 땐 불쌍한 우리 아빠 때문에 잦은 이사를 다녀서 성격에 모가 난 줄 알았어요. 나이가 들어가면서 정신적으로 척박한 여자라는 것을 알게 됐어요. 저 같은 사람을 소시오패스라고 하더군요. 아빠가 죽기 전에는 그나마 버틸만했어요. 그러다 제 눈에 박명우가 나타났어요. 다시, 삶의 목표를 찾아낸 거예요. 처음엔 아니었어요. 절대로. 그런데 저는 점점 미쳐가고 있었어요. 저는 알고 있었어요. 제가 그런 식이었다는 걸요. 언젠가부터 사람의 살을 베어

내고, 낚싯줄을 꿰고, 피가 흘러나오고 ,비명을 지르다 죽어가도, 제 눈을 마주보며 살려 달라는 눈빛으로 목숨을 애걸해도 저는…… 저는…… 하나도 미안하거나 슬프거나 괴롭지가 않았어요. 저는 이제 저를 버리려고 해요. 이제는 사라져야 할 것 같아요. 그런데 문제는 죽고 싶지는 않다는 거에요. 이제 여태까지의 제 모습이 아닌 새로운 유진으로 살고 싶어요. 이 사장님이 저를 도와줘야 해요."

유진은 감정의 기복이 심했다. 목소리는 결단력이 있다가도 없었고 울 것 같다가도 명랑했다. 지금 이 자리가 명랑해도 될 자리라고 말할 수는 없는데……. 어쨌든 유진은 정말 모든 것을 새로이 시작하고 싶어하는 것 같았다. 하지만 이제는 그렇게 할 수 없다는 것을 알고 있을 것이다, 라고 이영준은 생각했다.

"제가 무엇을 도와드리면 될까요? 제가 할 수 있는 거라면 하겠습니다."

이영준은 그녀를 측은해 하는 마음이 강하게 치고 올라오는 것을 알 수 있었다. 뭐든 유진이 원하는 것이 있다면 돕고 싶었다. 자신의 능력이 되는 한에는, 불법적인 것이 아니라면…….

"이제부터는 이 사장님의 진실과 거짓에 대한 부분을 다뤄야 할 타이밍이군요. 이제, 몇 가지 질문을 하겠습니다."

유진의 목소리에서 뭔가 다른 냄새가 났다. 지금까지와는 전혀 다른 것이었다. 이영준은 지금 이 순간은 자신의 목숨이 좌지우지될 순간일지도 모른다는 생각이 들었다.

"네. 준비됐습니다. 말씀하시죠."

이영준은 왜 이런 약속을 해야 하는지 이해할 수 없었다. 하지만 이미 자신도 모르게 유진의 뜻에 모든 걸 내맡긴 채 따르고 있었다.

"가족을 사랑하나요?"

"네?"

이영준은 유진의 어이없는 질문에 대답을 하기는커녕 반문을 했다. 그리곤 다시 답했다.

"사랑할 수밖에요."

"정의를 믿나요?"

"정의를 믿는다라기보다는 할 수 있다면 정의를 따르고자 합니다."

"자. 그럼 제가 이 사장님을 풀어드린다면, 저를 신고하거나 저를 잡을 생각인가요?"

이영준은 예상 밖의 질문에 즉시 대답을 하기가 어려웠다. 유진은 다시 물었다.

"정의를 위해서라면 저를 잡는 게 맞는데, 그냥 놔두실 건가요?"

"잠시만요. 생각을 좀 해도 될까요? 어려운 질문입니다."

"좋습니다. 어차피 신중하게 답을 해주시는 게 좋아요. 시간을 좀 드릴게요. 말씀해 주세요. 어차피 바로 답을 해주실 리는 없다고 생각했어요."

그는 심각하게 고민해서 답해야 하는 상황이란 것을 직감했다.

솔직하게는 그녀의 말대로, 나가는 즉시 장남권과 협의하여 수사를 진행하는 게 맞을 것 같았다. 한편으로는 그녀를 그냥 놔주는 것도 나쁘지 않을 것 같았다. 사회에 암적인 존재들은 사라져도 마땅하다고 생각했다. 용서? 구걸하는 자와 용서해 주는 자의 입장은 전혀 다르다. 살기 위해 용서를 구하는 것은 이미 거짓이다. 진정으로 뉘우치며 용서를 구하는 자가 세상엔 얼마나 있을까? 유진은 적어도 아무나 죽이지는 않았다. 그녀 자신의 복수는 그렇다 치고 전형조를 제외하고는 딱히 죽이면 안될 자를 죽인 적은 없다. 사회적으로, 도의적, 법적으로야 절대 있어서는 안 될 일이다. 하지만 우리는 암적인 존재들과 한 공기를 마시며 살고 있다. 누군가는 죽여 버리고 싶은 마음이 있어도 그러하지 못하고 산다. 어떻게 보면 세상을 뛰어 넘은 유진 같은 여자를 부러워하는 사람도 있을 것이다. 그렇다고 유진처럼 복수를 했다고 해서 모든 것을 해탈하고 마음에 평화가 오는 것도 아니다. 유진처럼 말이다. 이미 유진에게는 더 이상의 살인은 의미가 없을 것이다. 스스로 자살의 길을 선택하지 않는 것만 해도 다행일 것이라는 생각이 들었다. 그녀의 손에 죽은 자들은 누구나 『죽어 마땅한 자』라고 해도 될 사람들이었다. 물론 대부분의 사람들은 어두운 곳에 숨어서 소리치겠지만.

"솔직히 유진 씨를 잡아야 하겠지만, 더 이상의 고통은 의미가 없다고 생각해요. 연쇄 살인이 여기서 끝난다면 이제 서로 모든 것을 잊을 때가 아닌가 합니다."

그는 심사숙고 후에 자신의 내면에서 나온 생각을 말했다. 잠시 후 유진의 목소리가 들렸다.

"제가 연쇄 살인을 끝내지 못한다면요? 저는 이제 제가 할 일을 찾았거든요. 사실⋯⋯. 그래서 이 사장님을 여기로 모신 거나 마찬가지예요."

"글쎄요. 제가 유진 씨의 뜻을 이해하지 못한 건 아니겠죠?"

이영준은 상당히 고민스러웠다. 유진은 계속 살인은 이어가겠다고 말하고 있었다. 자신의 해석이 맞다면.

"아뇨. 맞을 거예요."

"그렇다면 제가 어떤 답을 드려야 하는 거죠?"

이영준은 유진의 말처럼 진실을 말하고 싶었다. 하지만 자신이 이 곳에서 나가느냐 마느냐 하는 마스터키는 유진이 쥐고 있었다. 그래서 진심을 말하는 것에 있어 확인이 서지 않았다. 한참을 고민하던 그는 유진과 자신의 진실 게임이라며 생각을 좁혔다. 차라리 떳떳한 것이 낫겠다는 생각이 든 것이다. 자신의 목숨 때문에 불의와 타협하고 싶지는 않았다고 말하고 싶지만, 아마도 유진은 그런 그의 모습을 원하는 것이라고 믿고 있었다. 그는 자신의 운명을 돌이킬 수 없는 단 한번의 대답에 걸어야 하는 상황일 지도 모르는 것이었다. 적어도 유진은 비도덕적인 생각을 가진 여자는 아니다, 라고 그는 생각했다. 다만 윤리적인, 사회적인, 이해가 되지 않는, 이해할 수 없는 행위. 즉, 살인을 한 것이 문제다. 다만 그녀는 행동으로 옮기지 말았어야 하는 것을 옮기고 말았다. 물론 그것을 부러워하는 사람도 없지 않겠지만. '『혀의 권세』라더니 이런 상황을 두고 하는 말인가?' 이영준은 마음을 굳게 먹고 말했다.

"저는 유진씨를 끝까지 잡겠습니다."

하지만 그는 대답을 하자마자 고민에 휩싸였다. 미친듯이 후회가 밀려들었다.

"저는 이 사장님이 이런 선택을 할 줄 알고 있었습니다. 제 판단이 틀리지 않았군요. 이 사장님 고맙네요. 은혜는 잊지 않겠습니다. 아이패드는 선물입니다. 어떻게 쓰실지는 이 사장님의 판단에 맡기겠습니다."

"잠시만요. 무슨 말씀인지?"

이영준은 분위기가 이상하게 흘러가는 것 같아서 서둘러 유진을 불렀다. 하지만 더 이상 유진의 목소리는 들리지 않았다. 대신 철문 아래로 메모지 한 장이 밀려 들어왔다. 그는 서둘러 메모지를 펴서 내용을 확인했다.

『모든 답은 이 안에 있어요.』

이영준은 크게 소리 질렀다.

"유진씨! 열어주고 가요!"

제발, 이라는 단어는 머릿속에만 남았다. 철문 밖에서는 더 이상 어떤 소리도, 어떤 대답도 들리지 않았다. 인기척도 느껴지지 않았다. 이미 그녀는 떠나버린 것이다.

"모든 답은 이 안에 있다? 모든 답이라……."

이영준은 유진이 던진 짧은 한마디가 의미하는 바를 충분히 이해했다. 지하실에서 나갈 수 있는 방법을 그 안에서 찾으라는 것이었다. 그는 지하실의 구석구석을 살펴보았다. 한 시간여를 찾아 헤맸다. 그러나 이영준의 눈에는 아무것도 보이지 않았다. 실내를 밝히던 콜맨 가스등은 어느새 가스를 다 태워갔다. 지하실은 조금씩 어두워지기 시작했다. 밸브를 열어 광원을 높이려 했지만 이미 밸브는 최대치로 열려 있었다. 빛이 어두워지는 것은 불과 몇 분도 채 걸리지 않았다. 꺼져가는 불빛을 바라보는 그는 사그라져 가는 불빛과 함께 살아서 나가려 했던 희망도 덩달아 꺼져갔다. 그의 가슴속, 머릿속에서는 죽음이라는 공포가 조금씩 싹을 틔우고 있었다. 랜턴은 푸드득 하는 소리를 내며 마지막 생명을 쏟아내었다. 칠흑같이 어두운 지하공간은 빛 대신 어둠과 공포가 자리를 대신했다. 이영준은 눈을 떠도 보이지 않는 것을 눈 뜨고 보고 싶지 않았다. 그냥 눈도 감아버렸다. 한참 만에 고개를 숙이고 몸을 보려 했다. 한줄기 빛도 없는 지하실에서는 아무것도 볼 수 없어야만 했다. 그런데 왠지 뒤통수 쪽에서 가는 빛이 느껴졌다. 암흑이어야 마땅할 자신의 무덤이 될 지하실, 그곳에서 희망과 공포가 공존했다. 그 순간만큼은 한 번도 겪어보지 못했던 공포가 희망을 억누르고 있었다. 빛의 정체가 생각지도 못한 두려움을 주었다. 빛은 희망이어야 했다. 그게 상식이었다. 그런데 암흑뿐인 지하실에 영문도 모를 원래부터 존재하지도 않았던 빛이 존재한다. 이영준은 용기를 내어 천천히 몸을 돌렸다. 그는 뒤통수가 아닌 뒤쪽 천정 구석에서 광원을 발견했다. 열쇠 모양의 그림이 새겨진 조그만 종이봉투 하나가 옅은 형광 빛을 발하고 있었다. 눈이 빛과 어둠 사이에서 방황했다. 적응한 것도 아니고 적응을 하지 못한 것도 아닌 애매한 시력에 의존해 사방을 더듬었다. 의자를 찾기 위해서였다. 대략의 위치를 기억 속에서 더듬어 의자까지 기듯이 다가갔다. 손에 의자 다리가 잡혔다. 그는 뒤로 돌아 열쇠 광원이 보이는 곳까지 의자를 끌고 갔다. 열쇠모양의 봉투 아래까지 의자를 끌고 간 그는 흔들 거리는 의자에 올라섰다. 빛이 아닌 어둠에 의지해야 했다. 까치 발을 들고서야 손이 간신히 천장에 닿았다. 천정에 붙어 있던 봉투 안에는 두 개의 열쇠가 들어 있었다. 역시, 기대했던 대로였다. 그는 열쇠를 꼭 쥐고 희망으로 가득 찬 마음으로 벽을 더듬어 입구를 찾아갔다. 손에는 땀이 배어 나와 지하실 속 공포에 짓눌린 오물들과 함께 끈적거렸다. 열쇠가 구멍을 찾아 들어가는 소리는 생명을 찾는 소리였다. 희망을 향한 소리였다.

40

깊은 암흑의 공포 속 좌절 끝에 찾은 희망.
이영준은 초심을 잃지 않고 살아간다.
야광의 열쇠모양을 한 봉투 안에는 유진의 메시지가 들어있었다.

　　『초심을 잃지 마세요. 이것이 제 부탁입니다.』

유진의 간결한 메시지 두 개는 이영준이 살아가는 인생의 지표로 삼았다.

모든 답은 내 안에 있다.
초심을 잃지 말자.

유진의 메시지는 『모든 답이 이 안에 있다』였지만, 정작 그는 두려움과 공포라는 것이 희망과 가장 가까운 곳에 있다는 것을 뼈저리게 느꼈다. 지하실은 새로운 믿음도 주었다. 희망이라는 건 세상의 그 무엇과도 바꾸면 안 된다는 것이다. 열쇠는 희망의 빛이었다. 불교에서는 『일체유심조』라고 했다. 교과서에서 배웠던 그렇게 많은 명언들은 지하실에서 유진을 통해 몇 시간 만에 깨우치게 된 것만 못했다.

얼마 후, 유진은 고향이나 마찬가지라고 했던 제주도의 어느 아름다운 해변에서 발견되었다. 아침 일찍 물질을 나갔던 해녀의 눈에 익사체로 발견되었다. 해녀는 살아만 있다면 그녀 엄마 또래일 여자였다.

뉴스에서는 낚싯줄 살인마를 살해한 살인마의 유서가 발견되었다고 보도되었다.

유진의 몇 십억 원 정도 되는 모든 재산은 미혼모를 위한 단체에 기부되었다. 유서의 내용 때문이었다. 그 돈은 그녀의 아버지가 사 두었던 애월의 토지를 모두 처분한 돈이었다. 그녀는 이제 아무 것도 필요 없다,라고 유서에 남겼다.

박명우의 죽음이 담긴 동영상은 장남권의 손을 통해 경찰에 입수

되었다. 그는 이영준의 약속대로 특진을 할 수 있게 되었다.

박명우의 시체는 끝내 드러나지 않았다.
유진이 그의 시체를 어떻게 처리했는지는 알 수 없다.
낚싯줄 연쇄살인마를 살해한 또 다른 낚싯줄 연쇄살인마 사건만큼은 영원히 미제 사건으로 남을 것이다.
이영준은 유진이 사망하지 않았음을 알고 있다.
그녀가 어딘가에서 그녀만의 방식으로 그녀가 세운 정의라는 틀 안에서 불의와 싸우고 있을 지도 모르겠다는 상상을 하기도 했다.
이영준은 어렴풋이나마 알 수 있었지만, 모든 답은 그녀의 마음 속에만 있을 것이었다.

그녀의 초심은 과연 무엇이었을까?

작가의 말

　어린 시절 사고나 폭행, 방임, 성적학대를 겪은 경우 성인기에 우울증 발병 확률이 그렇지 않은 사람에 비해 8~10배 정도 높다는 연구결과를 뒷받침해주는 생리학적 원리가 세계 처음으로 국내 연구진에 의해 규명됐다는 뉴스를 얼마 전 접했습니다.
　이는 뇌신경 손상을 치료해주는 뇌유래신경영양인자(BDNF)의 작동과 관련 있다는 내용이었습니다.

　요즘 너무나 잔인하고, 차마 입에 담지 못 할 범죄를 뉴스를 통해 쉽게 접하게 됩니다.

　서글프기도 하고, 험악해지는 사회가 무섭기도 합니다.

　저에게는 세상 누구보다 예쁜 어린 딸아이가 있습니다.

제 아이와 우리네 아이들이 그런 트라우마를 겪지 않고 순수하게 성장하기를 바라는 마음과, 어른들이 경각심을 갖고 우리 아이들에게 보다 좋은 세상을 보여주기 위해 노력하기를 바라는 간절함으로 이 소설을 세상에 내놓습니다.

2017. 초여름
한유지

한유지
살인자와의 대화

인쇄 2017년 6월 10일
발행 2017년 6월 15일

지은이 한유지
발행인 서정환
펴낸곳 신아출판사
주소 전북 전주시 완산구 공북 1길 16(태평동 251-30)
전화 (063) 275-4000 · 0484 · 6374
팩스 (063) 274-3131
이메일 shina2347@naver.com sina321@hanmail.net
출판등록 제465-1984-000004호
인쇄 · 제본 신아출판사

저작권자 ⓒ 2017, 한유지
이 책의 저작권은 저자에게 있습니다. 서면에 의한 저자의 허락없이 내용의 일부를 인용하거나 발췌하는 것을 금합니다.
COPYRIGHT ⓒ 2017, by Han Yoojee
All rights reserved including the rights of reproduction in whole or in part in any form.
저자와 협의, 인지는 생략합니다.
잘못된 책은 바꿔 드립니다.

ISBN 979-11-5605-443-6 03810
값 15,000원

이 도서의 국립중앙도서관 출판예정도서목록(CIP)은 서지정보유통지원시스템 홈페이지(http://seoji.nl.go.kr)와 가자료공동목록시스템(http://www.nl.go.kr/kolisnet)에서 이용하실 수 있습니다.(CIP제어번호:2017013785)

Printed in KOREA

신아 미스터리 컬렉션 현장으로 당신의 미스터리 원고를 초대합니다!

46년 역사의 종합출판사 신아가 새롭게 미스터리 원고를 모집합니다.

신아출판사는 장르소설의 지평을 넓히고자 추리, 호러, 서스펜스, 스릴러 등 미스터리 소설의 저변을 구축하고 있습니다.

일상과 비일상의 경계를 허물어뜨릴 미스터리 장르의 열정 어린 현장에 역량 있는 당신의 동참을 기대합니다.

단행본 분량의 미스터리 원고 혹은 시놉시스가 준비되었다면 신아 미스터리 세계의 문을 주저 없이 노크해 주시길 바라 마지않습니다.

원고와 시놉시스는 이메일 접수로 받습니다.
sina321@hanmail.net
전화문의도 환영합니다. 063-275-4000으로 신아 미스터리 담당자를 부탁하시면 됩니다.

당신의 오감을 각성시킬 신아 미스터리는 새로운 세계를 만들어냅니다!